本书作者高富华与骑士罗维孝

夜宿邓池沟天主教堂，孙前和本书作者高富华为罗维孝壮行（刘南康 摄）

首次出征青藏高原

高原反应，鼻血
不止，也挡不住前进
的步履

西藏松赞干布出生地

西藏然乌湖

西藏昂仁湖

新藏公路"死人沟"邂逅野生藏羚羊

高山湖泊

从人骑车到车骑人

"津门女骑侠"
皇甫华骑游川藏线,
拜访罗维孝

路遇外国骑游者

新疆天山

赛里木湖，远处是天山

古格王朝遗址

南海之滨

天安门广场，
中国公路零公里处

哈尔滨大教堂

福建土楼人家

罗维孝途经福建厦门土楼

红植物

从这里跨出国门

途经俄罗斯红场，偶遇中国游客

波兰民居

波兰的天主
教堂，遍及城乡

波兰天主教堂

波兰天主教堂

静静的顿河

德国莱茵河

法国艾斯佩莱特市前市长戴海杜迎接罗维孝

接受法国电视三台采访

在《问道天路》首发式上，一家四口合照

高富华 著

旷野独骑

一个铁血骑士的十年传奇

四川文艺出版社

图书在版编目（CIP）数据

旷野独骑：一个铁血骑士的十年传奇 / 高富华著. —
2版. — 成都：四川文艺出版社，2019.4
ISBN 978-7-5411-5247-4

Ⅰ.①旷… Ⅱ.①高… Ⅲ.①报告文学－中国－当代
Ⅳ.①I25

中国版本图书馆CIP数据核字（2019）第059985号

KUANGYE DUQI

旷野独骑
一个铁血骑士的十年传奇

高富华 著

责任编辑　彭　炜　周　轶
责任校对　王　冉
封面设计　刘　亮
内文设计　史小燕

出版发行　四川文艺出版社（成都市槐树街2号）
网　　址　www.scwys.com
电　　话　028-86259285（发行部）　　028-86259303（编辑部）
传　　真　028-86259306

邮购地址　成都市槐树街2号四川文艺出版社邮购部　610031
印　　刷　三河市华东印刷有限公司
成品尺寸　146mm×210mm　　　　　开　本　32开
印　　张　11　　　　　　　　　　　字　数　200千
版　　次　2019年4月第二版　　　　印　次　2020年4月第二次印刷
书　　号　ISBN 978-7-5411-5247-4
定　　价　48.00元

目录

序 骑士罗维孝

　　骑士，似乎已成了一个很"古典"的称谓，因为骑士时代已是遥远的过去。

　　但我依然把它戴在罗维孝的头上，我相信，他不会辱没这个神圣的称谓。

　　2014年4月30日下午4时许，我的手机铃声突然响了起来。我一看，正是骑士罗维孝打过来的。

　　他的电话向来用得"金贵"，有事开机，打完电话又关机，"两耳不闻手机声，一心骑行新丝路"，因为在骑行路上接电话，很不安全。

　　"富华老弟，我已站在了中国最西北的新疆维吾尔自治区霍尔果斯口岸，马上就要通过海关了，踏上西行路上的第一个异国他乡哈萨克斯坦的土地。在哈萨克斯坦的后面，还有6个国家。你们就等着我抵达法国埃斯佩莱特市的好消息吧！"

　　虽然是从遥远的地方打过来的电话，罗维孝的声音中气很

足，依如往常，振荡着我的耳膜。

在电话中，罗维孝还告诉我，如果今天出不了关，就得三天以后才能通关，因为"五一"节放假，霍尔果斯口岸要关闭三天。

"轻轻一抬腿，我就跨出了国门。再见！"

2014年3月18日，罗维孝从四川省雅安市宝兴县邓池沟天主教堂出发，一人一车，单骑前行，从四川到新疆，已连续骑行了44天，行程5000多公里，终于抵达了出境口岸。

罗维孝的目标，是从中国的西南部到法国西南部，从大熊猫发现地到大熊猫发现者阿尔芒·戴维的故乡——法国西南部比利牛斯省的埃斯佩莱特市。

从出发地到目的地，虽然同在西南部，但相隔东西方，相距千万里。

罗维孝骑行的路线是从南方丝绸之路上的重镇雅安出发，进入北方丝绸之路后，再沿丝绸古道一路西行，离开中国出境后，穿越中亚哈萨克斯坦，经东欧俄罗斯，进入北欧波罗的海三国中的拉脱维亚、立陶宛后，再经中欧波兰、德国，最后进入西欧法国的东北部，最终抵达位于法国西南部的埃斯佩莱特市——回访大熊猫的发现者阿尔芒·戴维故里，实现跨越145年的握手。

闭上眼睛，我的眼里马上浮现出这样一幅画面：在霍尔果斯口岸，孤独的罗维孝骑着自行车，回过头来挥挥手，咧着大嘴巴笑笑，耳边还回荡着他的话"轻轻一抬腿，我就跨出了国门"。

罗维孝说起来似乎很轻松，但我知道，这一路他会走得很孤独，也很艰难。在无外援、也无后勤保障的情况下，而他不仅年过花甲，还不会外语，别说交流沟通了，就连最简单的路标路牌他都不认识，还有漫长的1万公里的行程，7个国家的疆界等待着他穿越，只要有一个失误出现，也许对他的骑游，都是致命的。

眼下我能做的，就是在心底默默地为他祝福：

"好人一路平安。罗老师，前路迢迢，关山重重，未知的困难会很多很多，但我相信你都会有办法解决。祝你顺利到达目的地！"

我想起了我和罗维孝曾有过的对话。那是在罗维孝出征法兰西的前夜，那天晚上，我们是在邓池沟天主教堂度过的，我们先是在天井里烤火，后来同住一个寝室。

那天晚上，我曾对他说："罗老师，唐僧西天取经路上虽然有九九八十一难，但有无所不能的孙悟空保驾护航，困难再多都不是困难。而你孤身一人闯世界，别说其他，单是语言不通和水土不服这两难，也许就会让你半途而废。实在不行，也别硬撑。"

邓池沟的夜晚有点凉，我们坐在教堂的天井中烤火，真正的"围炉夜话"。

罗维孝环顾教堂四周，他没有马上回答我，只是仰望着星空，许久，他悠悠地反问了我一句：

"你说，阿尔芒·戴维当年在中国的大江南北搜寻物种标本，就算他懂一点汉语，未必他听得懂全中国所有地方的方言土话？"

我愕然。

随后哑然失笑。

中国自古有句古话："民不畏死，奈何以死惧之？"

如果一个人连死都不怕了，还会怕什么困难？

是啊，罗维孝不畏困难，奈何以困难惧之？

退伍军人、退休工人、花甲老人、青藏高原、亚欧大陆、小学肄业、大熊猫文化使者、摄影家、旅行家、作家、北京签名售书……

这些毫不相关的字眼，犹如一盘散沙，很多人难以把它们联系在一起，"奇人"罗维孝却集这些字眼于一身，因为这些标签都可以贴在他的身上。虽然有些"混搭"，但很"搭调"，一点儿也不觉得有什么不妥。

罗维孝，一个年过花甲的老人，一个白细胞不到3000个单位的人，从2005年起到2014年，在10年的时间里，他骑行了中国大陆的31个省、市、自治区，并穿越东西方，单骑新丝路，梦圆法兰西……

这样的"疯"老头，全天下有几个？

我与罗维孝认识，是在2003年。

"扬子江心水，蒙山顶上茶"，那时，雅安市正在筹备第八届国际茶文化研讨会暨首届蒙顶山国际茶文化旅游节。我从《雅安日报》抽调到筹委会办公室从事宣传工作，我的工作很简单，宣传蒙顶山茶文化，目标很大，让蒙顶山茶文化走向世界。

青衣江边有一家"平羌茶楼"，茶楼不大，但还算精致，进门一道照壁，是山石砌成的"高山流水"。

茶楼老板正是罗维孝，他和我的堂姐夫李云星曾经是战友，一起在东北当过工程基建兵。

虽然十多年过去了，但我还清楚地记得第一次见面的情景。

看上去罗维孝的精神并不好，他告诉我，因为身体上出了点不大不小的毛病，基本上不上班了，等待到点退休。他曾在《雅安日报》上发过一些诗文，同是文学爱好者，我们还有一些共同话题，相谈甚欢。

后来，听说他约了几个老友，要骑自行车到西藏。"疯了，罗维孝肯定是疯了！"身体有毛病的人还去折腾啥？

随后，我在《雅安日报》上看到了罗维孝等人骑自行车进藏的相关报道，而且还是跟踪报道，过不了三五天就有一篇，罗维孝的名字经常出现在《雅安日报》的头版上。

起初，很多人跟我想的一样：他们是整起耍的，也许他们会半途而废的。反正几乎都是退休老人，又不是当年从雅安挺进西藏的解放军十八军战士，壮怀激烈，就是死神也挡不住他们一往无前的铿锵步伐。

出门不到10天，果然听说，有人打道回府了。

7个人的队伍，陆陆续续回来了5人，有的从半路返回的，更多的是到了拉萨才返回的，但里面没有罗维孝和梁辉两人的身影。

罗维孝和梁辉到哪里去了？

62天后，罗维孝回来了，满脸黢黑的他回来了。

一打听，原来他和梁辉不但从雅安骑到了西藏拉萨，还翻越了唐古拉山，从川藏公路进，走青藏公路出，绕川西北高原，在青藏高原上画了个圈后，又回到了62天前出发的地点——雅安。

读万卷书，行万里路。

从古到今，行走的人多，行吟的人少，成书的就更少了。骑游青藏高原归来，罗维孝开始闭门写书——

一晃两年的时间过去了。

在这两年的时间里，既不见罗维孝的身影，也没有看到书的踪影。

凡事有因有果，有始有终，也许不了了之也是一种结果。

谁都知道，这两年写书不易，出书更难。当然，自费出书是另外一回事。

然而让很多人意想不到是，"闭门"写书的罗维孝，最终写出了名堂。

有一天，我突然在《华西都市报》"特别报道"版上看到一篇稿子，题为"老顽童骑游青藏高原"的纪实游记。

我的心怦然一动，一看作者署名，果然是罗维孝。

再一细看，写的正是罗维孝等人骑游青藏高原的事。而且还是纪实连载。

那几天，小城雅安很是热闹，只要《华西都市报》一摆上报亭，就被一抢而空，争相传阅。雅安买不到，有人就打电话，托亲戚朋友在成都买到后赶快寄过来。更有甚者，借报纸也要复印一份。大家的目标只有一个——先睹为快。

《华西都市报》在全国都市类报纸中首创"每天讲述一个长篇新闻（纪实）故事"，这个长篇纪实故事就登在"特别报道"版上。四五千字的稿子，一篇登完，上万字的稿子用连载的方式刊发。

"特别报道"版是《华西都市报》的"独家利器"，在

全国数十家报纸特稿网络单位每天采选特稿并连载。据说"特别报道"的稿件淘汰率在99%以上,可谓"百里挑一"。上稿不易,稿费自然很是可观,基本稿费达到了千字千元,稿酬之高,在全国报纸类居第一位;另外还有月度好稿奖、年度好稿奖,一篇稿子挣上几千上万块钱,是件轻松的事。

高稿费引来了好作品,"特别报道"版天天好看,篇篇精彩。

罗维孝兄妹多,家里穷,他只读到小学三年级就辍学了,不是下河挖沙,就是上山砍柴,小小年纪就出门挣钱了。而今老来写书挣钱,不鸣则已,一鸣惊人。

连载作品选的只是部分章节,没有全文连载,自然吊起了人们的胃口,热情的小城市民热切地期待着罗维孝新书的上市。

罗维孝年轻不红老来红,竟然还折腾出这般境界,不能不让人感叹。

然而让人感叹的事还远远没有结束。接下来还会让人唏嘘再三,感叹再感叹。

就在《华西都市报》连载罗维孝的作品后不久,《问道天路——骑游青藏高原六十二天》一书摆在了我的案头,作者自然是罗维孝,书是他送给我的。

这本书被四川民族出版社列为重点项目编辑出版,该书不负众望，一上市就引起轰动。当年5月初，作为出版社特邀的唯一作者，罗维孝陪伴他的新书一起到重庆参加全国书展，并在书展现场签名售书，引起了轰动。

文坛刮进了一股"草根风"，《问道天路——骑游青藏高原六十二天》曾一度"杀进"北京王府井书店、西单图书大厦的畅销书排行榜。

一个草根作家的处女作，受到读者如此青睐，不能不让人叹为观止。

"别人是行万里路，写万卷书。我是行万里路，只写一卷书。"

也许正是罗维孝的厚积薄发，才会出手不凡，一鸣惊人。

重庆书展不久，好事接踵而至。

不久，四川民族出版社、北京新华书店发行总公司邀请罗维孝到北京参加签名售书活动。

赶飞机还是坐火车，邀请单位说由他定，反正不由他个人掏腰包。

出人意料的是，罗维孝飞机不坐，火车也不赶。他只是告诉对方："谢谢了！我自己来就行了。"

怎么去，他没有说。邀请单位以为他凑巧在北京，正好过去签名售书。

从雅安到北京，从南到北，千里迢迢，似乎有些遥远。

但在罗维孝眼里，国道108公路就连着北京和四川，而且这条路还经过雅安。站在家中的窗户边，他就能看到国道108公路。

从雅安出门，骑着自行车北上，一条路走到底，走到国道108公路零公里处就到北京了。

罗维孝算了一下，一天骑行100多公里，只需要10多天的时间也就够了，比骑行青藏高原轻松多了。

罗维孝怀揣《问道天路——骑游青藏高原六十二天》上路了。

13天后，他的身影出现在了天安门广场，在他的骑行旗帜上和书上，又加盖上了四川、陕西、山西、河北、北京等沿途的上百枚邮戳。

在北京签名售书的那几天，罗维孝直喊手臂酸痛。原来别人签名售书，只是写上自己的名字，顶多再加上一个年月日，而罗维孝不但签了名，还要写上一段自己的话。既费马达又费油的结果是，读者高兴了，他的手也写痛了。

不过，这"痛并快乐"的事，罗维孝乐意。

2010年，年满60岁的罗维孝正式办理了退休手续，尽管此前，他已离岗待退，耍了好几年。退休了，算是跨入到了颐养天年的老人行列中。

老了，罗维孝折腾得更欢了，整天骑着自行车满世界疯游，不是南下北上，就是西进东征，青藏高原来来回回跑了好几趟。在退休前后的几年时间里，他骑游了滇藏，还不忘新藏，硬是把进藏的川藏、青藏、滇藏、新藏四条公路一条不落地走了个遍。

仅仅几年时间，大江南北，长城内外，中国大陆31个省、市、自治区都留下了罗维孝的足迹。他说："东西南北中，祖国在心中。"

一路走来，罗维孝拥有了众多的"粉丝"——江湖人称"锣丝"，被尊称为"骑行界骨灰级的精神教父"。

随着自行车户外骑行运动的普及，有"青藏高原门户"之称的雅安逐渐成为"驴友"们骑行青藏高原的大本营。天南海北的"驴友"们在网上一吆喝，从天南海北赶到大本营雅安集中，然后再结队向青藏高原挺进。

雅安城郊的东升竹庄，原本是一个农家乐，后来城区面积扩大了，这里似城似乡，生意时好时坏。后来老板看到一拨接一拨的"驴友"往雅安赶，也没有一个集中的地方，他灵机一动，实行"战略大转移"，从农家乐摇身一变成了"骑游驿站"，结果生意特好，天天爆满。

"驴友"到了雅安，他们最想的就是见到罗维孝，得到一本罗维孝亲笔签名的《问道天路——骑游青藏高原六十二天》，就心满意足了。

由于罗维孝性格开朗，有求必应，喜欢笑，"锣丝"们便送了他一个雅号"罗微笑"——"骑侠罗维孝，微笑在路上。"东升竹庄的老板也会经营，隔三岔五就把"罗微笑"请过去，与"驴友"们见见面，聊聊天，签签名，尽量满足他们的要求。经过"驴友"的口口相传，网上相约，如今东升竹庄的名气大得很。

2010年，是罗维孝的花甲之年。然而就在他的花甲之年，罗维孝又有了新的打算。

这天，罗维孝找到我，一句话，又让我愣住了。

他告诉我："我要骑车到法国。作为民间大熊猫文化大使，回访大熊猫发现者阿尔芒·戴维的故乡。"

那一刻，我真想问他：

罗老师，你还有多少惊喜让我们期待？

那一刻，在心里我一声赞叹：

罗老师，你的世界有多大？

罗老师，你的路还有多长……

2014年3月，罗维孝再一次踏上漫漫征程，3个多月后，他胜利归来。

就在我开始撰写这部报告文学时，看到了这样一个网络故事——

一位广西网友在行驶的高速公路上，偶然看到一只正在"越狱"的胖猪，当时，这位网友正好跟在这辆运输车的后面。

天赐良机，网友完整地记录下了胖猪在运输过程中跳车、安全着陆、横穿高速公路后逃逸的完整过程，他在网上发布了这一视频。

惊险、惊奇，犹如一部精彩"大片"，令人拍案叫绝。

这一罕见而又神奇的视频上网后，万千网友在瞬间被感动，涕泪涟涟。

有人认为这就是"一场说走就走的旅行"，也有人调侃这就是"不自由、毋宁死"的呐喊……

毋庸置疑，这是一只胖猪对自己命运的"绝地反击"！

当然，不管这只胖猪多么努力，最终仍然摆脱不了被送进屠宰场的命运。

但是，在那之前，你可知道这只猪路过了多少地方？看到了多少风景？

也许那只胖猪心里在说：我改变不了结果，但是我改变了过程！

是的，从生命的诞生到死亡，无论生命周期多长、多短，生命的归属自然都是相同的，但是过程的不同，造就了千姿百态的人生。

把这段文字写在这里，似乎有些不妥，但好在道理是相通

的——

改变不了结果，可以改变过程。

罗维孝的白细胞只有正常人的一半，也许注定了他的"人生长度"之"长"不会很长，会让人一声叹息，但他"人生宽度"之"宽"，足以让人叹为观止。

路虽远，行则必至。没有他去不了的路，没有他到不了的地方。骑士罗维孝的生命在路上——

山高人为峰，路远他去过！

上篇

骑游青藏高原

从 2005 年 5 月到 2008 年 10 月——

他三上青藏高原，骑着自行车走完了四

条进藏公路；

他写下了近百万字的行走笔记，拍摄了

上万张精彩照片；

他创作出版《问道天路——骑游青藏高

原六十二天》一书……

引子

雅安一城连古今

《中国国家地理》2003年第9期首次推出200页加厚版，而该期的"主角"是四川。

在四川众多的城市中，作为个性化的四座城市（雅安、绵阳、西昌、攀枝花）中，雅安排在首位。"雅雨、雅鱼和雅女是雅安这座城市的精灵。这里既是茶马古道的北线起点，也是成都的后花园。今天的雅安，仍流淌着古老的历史与悠闲的生活。"茶马古道代表了雅安的历史，而"后花园"则是今日雅安最为形象的概括。

茶马道行吟

一个烟雨朦胧的早晨，名山县新店镇。

叩开厚重的大门，"茶马司"三个字顿时映入眼帘，院中一株千年老树，见证了茶马互市的千古历史。

　　雅安，川藏茶马古道的起点。从雅安到康定，有两条路，一条从雅州（今雅安）到荥经，越大相岭到黎州（汉源），经泸定磨西到打箭炉（康定），这条路因早在秦汉就成大道，故名为"大路"；另一条是自雅安到天全，越二郎山，经泸定至康定，因系山间小路，故称为"小路"。由这两条路上运输的茶，分别称为"大路茶"和"小路茶"。背进去的是茶，牵出来的是马……正是千百年来不绝如缕的古道，催生了雅安的历史和文化。

　　走在茶马古道上，仿佛还留着飘荡在山谷间的缕缕茶香，仿佛正与那"嗒嗒"响着的马蹄擦肩而过……看着青石板路上的拐子窝，眼前顿时出现了这样的情景：背夹子上的茶包子重重叠叠，"背二哥"（背夫）手持拐子，脚穿偏耳子草鞋，一步一拐地跋涉在崇山峻岭中。

　　今天，当川藏、滇藏、青藏、新藏公路和飞机航线把内地和西藏紧紧相连时，"茶马古道上不再有那些清脆的马铃声响在蒙蒙的雅雨中"，延续了千百年的茶马古道已基本丧失了存在的意义，祖先的辉煌还给了辉煌的祖先。

　　然而蓦然回首，人们惊异地发现：如同茶文化是雅安的灵魂一样，茶马古道已深深地浸入到城市和人共同书写的记忆中。

浪漫后花园

今天的雅安，打造的就是成都的后花园——中国西部生态之城。

从成都到雅安，一条高速公路缩短了两地的时空距离。雅安从昔日茶马古道的起点一跃成为成都今日的后花园。漫步雨城，随着丝丝雅雨扑面而来的是散漫的生活气息，一种能沁入心肺的悠闲，让人顿生停下来歇歇脚的念头。抬腿出雨城，这里有世界茶文化圣山蒙顶山，有"天然氧吧"碧峰峡，有奔流不息的"天府第一汤"周公山温泉，10公里的车程，眨眼可至。

2005年9月15日，时任雅安市委书记侯雄飞向全市人民"散发"了一张雅安的城市名片：生态城市。

冰川时代"活化石"的大熊猫，也许目睹了雅安的亘古变迁，但它无言无语。大熊猫选择在雅安繁衍生息，自然有它生存的道理，因为这里是它们最后的天堂。青山碧水，入眼皆景，尽涤尘虑。如此美景，自然不单是人们偷得浮生半日闲的最佳去处，更是娇贵无比的大熊猫栖身的真正天堂。于是，我们在《中国国家地理》杂志上读到了这样的文字——

对于生活在今天的雅安百姓而言，先人的历史只能作茶余饭后的谈资，精彩的生活却留给了当代和未来……雅安，当这

个城市不再以一个繁忙的边地重镇形象彰显它的业绩时，生活便回到了平淡与安详之中；当无边的丝雨若有若无地飘散着，古老的街巷都亮起了一盏盏橘红的灯光，你既可触摸到由茶马古道写就的辉煌巨著，也能聆听到由"雅安三雅"（雅雨、雅鱼、雅女）变奏出的后花园交响。从遥远的古代到今天，从重镇到后花园，雅安，这个城市已经跃然于纸上……

（记者　高尧）

——摘自《雅安日报》2003 年 9 月 28 日第八版

第一章
青藏高原　飞翔而下

浪漫雅安

2003年9月28日下午，罗维孝来到位于雅安市中区的四川农业大学校门边的报亭。

这个报亭是他的朋友唐国强开的，唐国强原在雅安地区物资公司上班，公司改制后，他也就失业了。40多岁的人了，干什么都难，好在唐国强喜欢读书看报，在大学门口开个报亭，既可看不花钱的书报，还能多少赚点生活费，唐国强倒也乐此不疲。后来，雅安撤地设市了，唐国强的报亭依然如故，还顽强地站在那里。

罗维孝每个月都要到唐国强的报亭去好几趟，拉拉家常，再买几本杂志，算是照顾朋友的生意。《中国国家地理》杂志，是罗维孝每月必买的杂志之一。

"罗老师，这期的《中国国家地理》特别好看，不但比平时的要厚得多，而且里面还有专门介绍雅安的文章。"罗维孝刚走到报亭，大嗓门的唐国强就招呼了起来。

这期杂志，是《中国国家地理》推出的第一期加厚本，是"四川专辑"，主题看上去有些勾魂，叫"上帝为什么造四川"。

"四川专辑"编得也特别精美，地理人文无所不包，"山、水、城、人"四首交响曲在书中回荡，盛赞四川旅游景观的差异之美。

由于这是杂志社出的第一本加厚本，内容说的是四川，2003年9月27日，杂志社便在成都会展中心举行了推介会，社长李栓科、执行主编单之蔷专程到成都主持推介会，《雅安日报》记者高尧也应邀参加了推介会。

2003年9月28日，该报刊发了相关报道《雅安一城连古今》。

罗维孝在《雅安日报》上看到介绍后，马上就往报亭赶，专门来买这期杂志，而且一买就是两本，说是读一本，还要珍藏一本。

介绍雅安的文章的题目是"茶马古道上的后花园"，是四川知名作家聂作平写的。内容不错，文字很美，罗维孝靠在报亭上就读了起来。

"我的家乡，有那么美吗？"

读罢，罗维孝问自己。

但他无法回答。也许是"不知雅安真面目，只缘身在此城中"吧。

读罢，曾经埋藏罗维孝心底的火种再一次被点燃——

"我要到拉萨！我要沿着茶马古道，从'后花园'骑车到拉萨！"

罗维孝对于青藏高原的向往，已经很久很久了。

这颗冰封多年的种子，今天终于发芽了。

十多年前，罗维孝曾推着自行车，登上了二郎山之巅。

二郎山不仅是四川盆地和川西北高原的分界线，而且还是汉族文化与藏羌彝民族文化的分界线，算是一座带有地理和民族文化色彩的地标山脉。再加上当年修建康藏公路时，"二呀嘛二郎山，高呀嘛高万丈"四处传唱，名扬天下，二郎山又成了一座天下名山。

山这面是雅安，山那面是甘孜。

一山两世界，甘孜阳光，雅安细雨。

1987年7月，与雅安一山之隔的甘孜藏族自治州泸定县海螺沟发现了全球纬度最低的冰川。在冰川开发前，罗维孝和朋友杨康明相约去看冰川。他们各自骑着一辆笨重的"28"圈加重自行车，沿着蜿蜒崎岖的国道318公路（起点上海，终点拉萨）到了泸定县海螺沟。

与其说是骑车，不如说是推车。从雅安到泸定县虽然只有100多公里，但从市区海拔600多米陡升到近3000米的二郎山垭口，而且全是泥浆路，很难骑行，大多数时间在推车，有时还要扛着自行车走。单是翻越二郎山垭口，他们就花了整整两天时间。

到了泸定县，就算是到了四川藏区的边缘，再往前走，就是"跑马溜溜的康定城"了。从海螺沟出来，望着隐没在崇山峻岭中的国道318公路，罗维孝曾萌发了骑自行车到西藏看看的念头。

然而他悄悄叹了一口气，他担心自己的身体吃不消，恐怕还没有骑到拉萨，自己就倒在进藏的路上了。

罗维孝的身体不好，白细胞低，只有正常人的一半，三天两头感冒，吃了很多药，都无济于事。后来，牙齿也莫名其妙地掉光了，只得安了满口的假牙。

白细胞低是什么原因造成的？

罗维孝一直百思不得其解。

直到有一次看病，医生在不经意间问了问罗维孝从小到大的生活经历后，突然叹了一口气，然后告诉他："老罗，你的身体可能受到过放射性物质的辐射，爱感冒和掉牙齿是有原因的，因为你的白细胞低，因而你的自身免疫力不强。白细胞低是不可逆转的，吃再多的药也很难提高。不过，你也别太灰心，还有一个办法，那就是锻炼身体，提高身体抵抗力，也许有一定的作用。"

罗维孝一听，起初也很沮丧，后来也就坦然了，既然改变不了，就得学会适应。

自己的白细胞低，他的很多战友也都有同样的毛病。他们隐约知道是当基建工程兵留下的后遗症，因为他们当年是国防铀矿部队，而铀矿正是放射性物质，当年他们开采铀矿时，近乎"赤膊上阵"，没有任何一点防护设备。

死马只得当成活马医了。罗维孝听从了的医生的建议，从1992年夏天起，他开始天天下河游泳，数九寒天也依然坚持。

后来，罗维孝还约上一些老同志，成立了一支雅安市老年冬泳队。除了游泳外，他还经常骑着自行车在雅安周边城市、乡村游玩，疯得经常不落屋。

前半生，有养家的责任，也有对社会的责任，必须按部就班地生活、工作。直到儿子罗里大学毕业后，在成都找到了工作，罗维孝和老伴李兆先也退休了，也有了大把大把的时间给自己"挥霍"，游泳搏击江河，骑行纵情山野，便成了罗维孝的最爱。老伴李兆先也非常支持他，你想"疯"就"疯"，只要身体好起来，任由他折腾，给了他"放纵"的空间。

登山、打球、游泳、骑行等十多年坚持不懈的锻炼，罗维孝的体质和体能终于有了起色。尽管白细胞还是很低，但

感冒的次数明显减少了，罗维孝总算有了一个看上去还算健康的身体。

选择何种方式进入西藏？

罗维孝曾有过很多设想，其中徒步或骑车，这是他考虑得最多的两种方式。

最后，罗维孝决定骑车进西藏，沿着昔日的茶马古道、今日的国道318公路到西藏。

从雅安到西藏，在古代是一条茶叶大道。

中国是茶的故乡，而雅安的蒙顶山，是有文字记载世界上人工植茶最早的地方。自古以来我国各族人民就有饮茶的习惯，创造了灿烂的中华茶文化。在我国众多的民族中，没有哪一个民族能比藏族更嗜爱茶。

茶对藏族人来说就如阳光、空气一样，是生活中不可须臾缺少的东西。藏族谚语有"汉家饭饱腹，藏家茶饱肚"之说，足见茶在藏族日常生活中比粮食更为重要。一般情况下不论贫富，人们"每天至少饮茶五六次，每次人必十数碗"，可算得饮茶最多的民族。藏族对茶情有独钟，饮茶蔚然成风。历史证明，一种社会生活习惯和一种民族习俗的形成，总是离不开其所处环境的物质条件以及人们生活对这种习惯的共同需要。

藏族同胞饮茶习惯的形成正是这样。一方面藏族所居的地方高寒、缺氧、干燥，其膳食以糌粑、牛羊肉为主，缺少蔬菜。而茶叶中富含维生素、微量元素及单宁酸、茶碱等成分，具有清热、解毒、润燥、利尿等功能，可弥补其膳食结构的不足，正所谓"以其腥肉之食，非茶不消；青稞之热，非茶不解"。因此藏族对茶有必然的需求。另一方面藏区虽不产茶，但与其毗邻的四川却是盛产茶叶之乡，青藏高原与内地长期保持着紧密的经济交流互补关系。千百年来四川所产之茶源源不断地输入藏区，完全能满足藏族人民之需。而藏区的土特产品也随着茶叶输藏的贸易被传输到内地，弥补了内地所缺。于是一条以茶叶贸易为主的交通线，在藏汉民族商贩、背夫、驮队、马帮的披荆斩棘努力下，在历代中央政府的支持下被开辟出来。它像一条绿色的飘带，横亘于青藏高原与川、滇之间，蜿蜒曲折于世界屋脊之上。穿过崇山峻岭、峡江长河，越过皑皑雪原、茫茫草地，像一条剪不断的纽带，把内地与藏区相连接。

宋元时期官府就在今雅安的黎州（汉源）、碉门（天全）等地与吐蕃等族开展茶马贸易，但数量较少，所卖茶叶只能供应当地少数民族食用。迄至明朝，政府规定于四川、陕西两省分别接待杂甘思及西藏的入贡使团，而明朝使臣亦分别由四川、陕西入藏。由于明朝运往西北输入藏区的茶叶仅占全川产量的十分之一，即100万斤，支付在甘青藏区"差发马"所需茶叶，其余大部川茶（边茶），则由雅安输入藏区。而西藏

等地藏区僧俗首领向明廷朝贡的主要目的，也是获取茶叶。因此，他们就纷纷从川藏茶道入贡。明代朝廷更明确规定乌思藏赞善、阐教、阐化、辅教四王和附近乌思藏地方的藏区贡使均由四川茶路入贡。而明朝则在今雅安、天全设置茶马司，每年数百万斤茶叶（边茶）输往康区转至乌思藏，从而使茶道从康区延伸至西藏。而乌思藏贡使的往来，又促进了川藏道的畅通。于是由茶叶贸易开拓的川藏茶道同时成为官道，而取代了青藏道的地位。

清朝进一步加强了对康区和西藏的经营，设置台站，放宽茶叶输藏，打箭炉（今康定）成为南路边茶总汇之地，更使川藏茶道进一步繁荣。这样，在明清时期形成了由雅安、天全越马鞍山、泸定到康定的"小路茶道"和由雅安、荥经越大相岭、飞越岭、泸定至康定的"大路茶道"，再由康定经雅江、里塘、巴塘、江卡、察雅、昌都至拉萨的南路茶道和由康定经乾宁、道孚、炉霍、甘孜、德格渡金沙江至昌都与南路会合至拉萨的北路茶道。这条由雅安至康定，康定至拉萨的茶道，既是明清时期的川藏道，也是今天的川藏茶马古道。

以前，从雅安到康定，几乎是背夫的天下，成群结队的背夫把雅安的茶叶背到康定后，再通过骡马驮运到西藏。以前就有一个说法："背不完的雅安，填不满的康定。"

除了背夫外，达官贵人进出康藏，走的也是这条路。

民国期间，刘文辉任西康省主席兼国民革命军24军军长，省会虽然在康定，但24军军部在雅安，刘文辉长期住在雅安，遥控指挥，偶尔到康定公干，不是坐轿子，就是"甩火腿"（走路）。

这里也曾修过公路，从雅安一直修到了康定，只是在通车典礼上连推带抬，弄进去一辆小车，就算通车了，修而不通，劳民伤财。直到新中国成立后，随着解放军18军进藏的步伐，康藏公路、青藏公路南北两线并进，1954年12月，分别起于雅安、西宁，止于拉萨的康藏公路、青藏公路双线通车。

国道318公路建成通车后，茶马古道虽然荒芜了，但雅安生产南路边茶依然是藏区人民生活的必需品。

罗维孝决定，骑行青藏高原，从川藏公路进去，从青藏公路出来。寻访茶马古道，宣传雅安茶文化，就是此次骑行的主题。

就在罗维孝筹备骑自行车进藏期间，2004年9月，第八届中国国际茶文化研讨会暨首届蒙顶山国际茶文化旅游节在雅安举行，同期举行了茶马古道百年老照片展。

茶马古道的老照片出自法国人之手，拍摄于1904年，刚好100年。

1899年10月，42岁的奥古斯特·费朗索瓦（Auguste Francois，1857~1935，中文名方苏雅），经历千辛万苦，将

12篓筐玻璃底片（当时的胶片）以及笨重复杂的摄影设备运到中国(途中还要用油纸蘸上牛血来包装，以防雨淋湿)，他绝不会意识到，他的那些照片将成为百年后亚洲最早、最完整地记录一个国家、一个地区社会概貌的纪实性图片，而他对中国的感情也将随着他的照片，在时间的长河中流淌。

方苏雅时任法国驻昆明总领事。1904年，方苏雅离开中国的最后一程，就是为了考察从四川到云南能否修一条铁路。他沿着川滇古道（南方丝绸之路），由昆明经楚雄，进入大小凉山，行至泸定、康定，再行至川藏交界处，最后折转回到雅安。

崇山峻岭，沟壑纵横，海拔起伏较大。在方苏雅的眼里，要在这里修建起一条铁路，无疑是"天方夜谭"。

虽然方苏雅的考察结论是"这里无法修建铁路"，但南方丝绸之路和茶马古道上的风物，被他永远定格在了镜头中，给我们留下了一批弥足珍贵的历史照片。

大相岭、大渡河、古道、古桥、鸡毛小店、背夫、轿夫、马帮、茶包……无一不凝固在了方苏雅的胶片里，留给世人一段永远的记忆。

戴在头顶上的大草帽不仅遮阳挡雨，也使背夫们的身形奇特而高大，苦力们一天大约要走40公里，负重可能

超过了100公斤……这些外表毫无生气的极度贫困的人能

胜任这种工作，表现出如此的耐久力……

方苏雅不仅留下了难得的照片，在他的日记中，我们还看

到了他笔下描写茶马古道的文字。

在百年茶马古道老照片展出期间，罗维孝多次前去观看，

看着那些苍凉的老照片，他在感叹茶马古道上背夫艰辛命运的

同时，也为拍摄者叫好。在他的内心深处，他更敬佩拍摄者方

苏雅。

无论如何，那时法国的生活肯定强于中国，昆明城市的生

活自然也比山村好得多，而方苏雅放弃舒适的生活，跋山涉水，

走进了川滇藏交界的深山峡谷中，拍下了这些弥足珍贵的照片。

看着茶马古道百年老照片，更坚定了罗维孝骑游青藏高原

的决心。

挺进拉萨

第八届中国国际茶文化研讨会暨首届蒙顶山国际茶文化

旅游节成功举办后，雅安又开始筹办第三届四川省旅游发展

大会。

骑游青藏高原，宣传雅安，宣传四川，罗维孝遇上了好

时机。

罗维孝打算骑行青藏高原的消息传出后，有不少人报名参加，后来有人建议他们结队骑行。

在一年多的筹备时间里，他们多次进行适应性训练，二郎山就是他们的练兵场。

2005年5月22日上午9时，罗维孝、杨德钦、穆朝缜、郭绍奎、梁辉、何有忠、丁爱英7人在雅安市区康藏路解放军某运输团门口集中，他们打着"青藏高原骑游队"的旗帜，踏上骑行青藏高原的漫长旅程。

这支4男3女的骑游队，除雨城区第一中学的英语老师何有忠是在职的外，其余6人都是退休人员，他们的平均年龄54岁。

出门在外，意想不到的风险无处不在。

其实这条路是很凶险的，从古到今，丧生在这条路的人很多。雅安市图书馆党支部书记兼副馆长张勇是罗维孝的外甥，听说舅舅罗维孝要骑自行车到西藏，他专门找了几本旧书给舅舅看。

别看这几本旧书毫不起眼，但对后世影响极大。《鞑靼西藏旅行记》和《中华帝国纪行》的作者是法国人古伯察，另一本《艽野尘梦》，是"湘西王"陈渠珍写的。

陈渠珍与熊希龄、沈从文并称"凤凰三杰"。陈渠珍原入湘军，后转入川军。宣统元年（1909）英军入侵西藏，陈渠珍上书《西征计划》，得上司赏识，被任命为督队官深入藏区。

骑游青藏高原

陈渠珍随川军入藏收复工布之后，率兵进攻波密。

1911年，武昌起义的消息传至西藏，援藏军随即哗变。无奈之下，陈渠珍决定弃职东归。他率领湖南同乡士兵及亲信共115人，打算取道青海返回中原。

陈渠珍在风雪中翻越唐古拉山脉，进入无人区后食粮殆尽，饥寒交迫中与恶狼争抢食物。茫茫雪原，漫漫黄沙，陈渠珍几欲倒地不起，险为恶狼所噬，在渺无人烟的荒原中，历经7个多月的艰苦历程后，才抵达青海湟源。

115人的队伍，仅7人生还。后来，陈渠珍根据这段经历，写下了《艽野尘梦》一书。

多少垂死的呻吟、枕藉的白骨，早已湮没在西陲的沙尘与风雪中。荒原求生，时时惊心，处处动魄，读者无不为之动容。书中还描写了藏族少女西原，是侠、是佛，是天下奇女子，朝夕相处的跌宕日子使得他和西原间情缘日渐升华。西原于陈渠珍，不仅有情，有恩，更有义！万里相随，竟一病而逝，令他痛彻肺腑。

陈渠珍执掌湘西大权不久，20岁的沈从文从川东被部队遣散回到保靖，被陈渠珍留在身边做书记。后来有人说"沈从文的脚步，一直牵着陈渠珍的影子"。

新中国成立之初，陈渠珍增补为全国政协委员。当时解放军正在筹划进藏事宜，贺龙、刘伯承还专门向陈询问有

关西藏的事，还向他要了《芄野尘梦》书稿，印发给部队官兵，作为进藏指南。

《中国帝国纪行》的作者古伯察（M.Huc，1813~1860）为法国遣使会会士，1839年来华传教。1844年他与秦噶哗神甫以及一名出生在青海的土族云游喇嘛萨木丹净巴3人组成了一支旅行队伍，开始了从东北到青藏高原、横穿中华大地的旅行，经过热河、蒙古、宁夏、甘肃、青海等地历时18个月的长途跋涉，于1846年到达了西藏首府拉萨。

在当时，进藏并不是一件容易的事。他们跟随一个从内地朝贡归来的使团。这是一支庞大的队伍，跨越冰河时，河面上的薄冰在人马的压力之下破裂，发出阵阵撼人心魄的声音。翻越巴颜喀拉山时，这支人马遇到了一连狂吹15天的暴风。他们只好裹起层层羊羔皮大衣和坎肩，又给骆驼裹上了"大块毛毡"。不抵寒冷的秦噶哗"双手与面部都被冰冻上了，嘴唇苍白无色，双眼几乎失神"。古伯察把他裹在一个被子里，像包袱一样紧紧捆在马背上。在翻越海拔6069米的唐古拉山时，花了将近3个星期：6天用于攀登，12天在高原上奔命，有40人和十几头牲畜成了"山鹰、秃鹫和乌鸦争抢的食物"。但令人惊讶的是，在巴颜喀拉山上被判了"死刑"的秦噶哗居然逐渐恢复了知觉，从鬼门关上捡回了一条性命。

清政府得知古伯察进藏后，指示驻藏大臣琦善：

此人远涉重洋，经历数省，学习各处文字、语言，意究何居？……该洋人是否实系该国所遣，及有无送银接济之事，并将匣内所贮洋信、洋书等件交通晓洋字之人逐件译明，庶可得其底细。

琦善奉令将其驱逐，派车押送出境。古伯察只得经西藏、四川、湖北、江西、广州，于1846年末到达澳门，从而完成了1844~1846年的环游中国之旅。

到了澳门后，古伯察完成了回忆录的整理，并命名为"鞑靼西藏旅行记"。后世诸多冒险家，如法国的伯希和、俄国的普热瓦尔斯基、美国的柔克义和日本的后藤富男等，都是此书的忠实读者。不少人还旁征博引，对《鞑靼西藏旅行记》进行过注释和考证。有人甚至将这本小书装在马鞍口袋中，在旅程中时常翻阅。后来，他又写了《中华帝国行》，讲述从西藏到澳门的见闻。

古伯察在书中预言，中国的国门必将被打开。

罗维孝是一个爱读书的人，他认真地看了这三本书，惊异地发现，《艽野尘梦》作者陈渠珍当年进藏的路线，大致就是今天的川藏公路，而他离开西藏的路线，也几乎与青藏公路一致。而《中华帝国行》作者古伯察的路线刚好相反，他是从青藏古道上进去，从川藏茶马古道中出来。

有意思的是，陈渠珍、古伯察都经过了"康藏门户"雅安。对雅安到西藏的遥远而又艰险的道路，在他们的书中，都用了大量的笔墨进行描述。

其实，走在这条路上的人还有很多，民国奇女子刘曼卿只身入西藏，走的也是这条路。前些年，罗维孝也读过她写的旅途日记《康藏轺征》。

1929年，汉藏纠纷，藏军进攻四川巴塘。国民政府刚刚勉强平定中原，加上担心英国人从中挑拨，遂决定派代表团赴藏与达赖沟通，但一时竟然找不到合适的人选。这时候，一位传奇女子站了出来，向长官古应芬主动请缨，请求任使节赴藏完成这一重要使命。这位奇女子就是刘曼卿，才24岁，时任国民政府一等书记官。

国民政府批准了刘曼卿的请求，任命她为国民政府和解特使。她随即从南京出发，一路西进。

刘曼卿仅带了一个藏族随从，从尚无任何公路通往康藏的四川雅安开始了她险象环生、九死一生的西藏之行。

途中，刘曼卿历经艰险，多次几乎丧生，战暴风冰雪，抗缺氧高反，与随时可能伤害自己生命的敌对藏军周旋，与在拉萨企图加害她的英国间谍斗争，最后终于把国民政府的声音带给了十三世达赖和西藏朝野，为汉藏人民的友谊做出了不可磨灭的贡献。

随后，刘曼卿又绕道印度，乘坐轮船返回。

"看来，我们今天要走的路线，就是当年古伯察、陈渠珍、刘曼卿等人走过的路。在过去，这是一条九死一生的路，今天，我们既不能畏惧，更不能掉以轻心。"行前，罗维孝反复告诫大家。

为提高大家的风险防范意识，他们7人以及他们的亲属还共同在《雅安冬泳骑游队骑游青藏高原公约》上签字，"公约"上明确规定，责任和风险由本人及其家属共同承担。

在罗维孝的建议下，他们集体到保险公司购买了数额不等的"意外人身伤害保险"。

罗维孝被大家一致推举为队长。

途经四川甘孜州泸定桥

　　川藏公路的地质气象情况复杂，常年因塌方、泥石流改道不断，是一条永远没有精确里程的国道，世人称"西部奇路"。而青藏公路因海拔更高，空气更稀薄，气候更恶劣多变，被称为"神仙行走的天路"。

　　骑游青藏高原，这说起来非常轻松，等到迈出了第一步，才知道艰辛、艰险、艰难的个中滋味。

　　上午9点出发，晚上8点，他们终于到达计划中的第一个住宿点——新沟，骑行将近11个小时。

　　这里是雅安市天全县两路口乡政府所在地，位于二郎山脚，也是"驴友"集中的骑行驿站。罗维孝一行住进驿站，墙壁甚至天花板上都是"驴友"写下的东西。

　　其中有一首"问坡何时休"的顺口溜，虽然只有寥寥几句，但形象、生动，让罗维孝先是忍俊不禁，后来捧腹大笑了起来。

问坡何时休

抬头是坡，

低头是路。

问坡何时休？

坡曰：

爬坡爬到死！

从雅安到新沟，只有短短的87公里，海拔高度也只是从雅安市区的641米跃升到新沟的1330米，只有700多米的落差。从严格意义说，这仅是骑行青藏高原万里长征的第一步，与动辄四五千米的高山相比，可以说小巫见大巫。

真正的考验还在后头，稍有不慎，就有可能把命丢在路上。

在罗维孝跑前跑后的拉扯下，这支骑游队伍从雅安到康定，总算有惊无险地到达了。

严峻的考验终于来了。

从康定到新都桥，虽然只有84公里，但要翻越海拔4298米的折多山，这是进入西藏的第一座超过4000米的高山，而且还有连续不断的33公里上坡路，从山脚到垭口，海拔高度陡升了1800多米，这对于他们是一种巨大的考验。

2005年5月27日6时15分，他们开始了登山之旅。

弯多坡陡，空气稀薄，每走一步，呼吸都十分困难。最恼火的是金灿灿的太阳不打一点闪闪，裸露在阳光下的皮肤火辣辣地灼痛。罗维孝和梁辉走在前头，他俩把他们甩下一段路后，又返回来帮三位女将推车上山，来来回回跑了几趟，全部人马终于到达了折多山垭口，已是下午3时许，花了整整9个小时的时间。

上山不易下山也困难。由于下山的路几乎是碎石土路，坑坑洼洼，很难掌握好自行车的平衡，快不得也慢不得。

傍晚6时许，罗维孝率先到达了新都桥兵站。

　　川藏某运输团团长刘正良跟罗维孝是"摄友",他们骑行青藏高原一事,得到了刘正良的支持,沿途兵站协助解决他们的食宿。

　　罗维孝到达兵站一个多小时后,有人已经赶到,有人还在路上。眼看夜幕就要降临,兵站已准备好晚饭,然而还有穆朝缜、丁爱英两人未到。

　　就在罗维孝等人心急如焚时,手机的短信铃声突然间响了起来。

　　罗维孝一看,是穆朝缜发过来的:"我在下山途中碎石路上不慎跌跤,自行车被摔坏,现已无法骑行,请你们想法予以帮助!"

　　罗维孝立即请求兵站支援。

　　此时天色已晚,突然下起了雨,而且越下越大,还伴随着电闪雷鸣。

　　兵站闻讯后,二话没说,马上派了一辆车前去协助搜救。罗维孝让其他4人在兵站等候,他随车前去接迎。

　　大雨如注,汽车一头冲进夜幕中。

　　由于手机信号不畅通,无法联系上穆朝缜,直到罗维孝乘坐的搜救车到了分手处,也没有看到她们的身影。

　　"穆朝缜,你在哪里?"罗维孝不顾风雨雷电,打开车窗高声呼喊。

风声雨声，就是没有穆朝缜的回声。

眼看着汽车就要开到了山顶处，依然没有她俩的身影。好在手机有了微弱的信号，罗维孝打通了电话，才得知穆朝缜、丁爱英搭其他便车已到了兵站。

饥肠辘辘的罗维孝返回兵站时，已是晚上11点钟了，只见大伙在门口屋檐下等候着他。

看着浑身湿透的罗维孝，穆朝缜走过来对他说："老罗，对不起，是我连累了大家！"

"一个人可以走得很快，一个团队可以走得更远。既然大家选择了这条路，我们就得团结互助，克服困难往前走。"罗维孝等人安慰她说。

大家饿着肚子没有吃饭，等着罗维孝回来才一起吃。

罗维孝很感动，他赶紧换下湿透了的衣服，兵站炊事员也把饭菜加热了，大伙围在一起狼吞虎咽地吃了起来。

雨过天晴，次日清晨一出门，遍地的绿草红花扑面而来，弥漫着花香、青草气息的空气十分清新。

新都桥有"摄影家的天堂"的美誉，而5月份正是最好的季节。

自行车摔坏了，自然无法继续往前骑行，穆朝缜便成了第一个回家的人。

穆朝缜泪洒新都桥，大家都很伤感。

"我在雅安等待你们凯旋。"穆朝缜挥泪与大家告别,依依不舍地回到了雅安。

罗维孝等人继续前行。

接下来要翻越高尔寺山、海子山、唐古拉山等多座高耸入云的山峰,还有"世界屋脊"上瞬息万变的恶劣气候,一路上随时都有可能遭遇暴风雪……

骑行青藏高原,不但挑战着人的体能,更是挑战着人的意志。山,一座一座地翻越;路,一段一段地骑行,所有的艰难困苦都被他们克服了过来。

2005年6月25日16时,当他们骑过了拉萨桥,拉萨市区就在眼前,隐约看到了布达拉宫广场,他们欢呼着,脚下生风,飞快地朝布达拉宫广场冲了过去。

布达拉宫

当他们在布达拉宫广场展开队旗合影留念时，似乎成为人类坚韧不拔挑战大自然的胜利标志，他们高兴得跳了起来，正在广场上游玩的中外游人争相要求和他们合影，还有藏族同胞拿来了哈达，献给他们。

在骑行到拉萨的途中，罗维孝多次看到了雅安茶叶（边茶）的身影，他们还一次次走进当地牧民的家中，藏族同胞用雅安茶叶打制的酥油茶招待他们。

梁辉、罗维孝、郭绍奎3人完成从雅安到拉萨的全程骑行，丁爱英、杨德钦、何有忠中途搭过一段汽车。

突遭藏獒袭击，路遇激流险阻，在暴风雪中与死亡搏击，挣扎求生，险遇塌方活埋，为探路一脚踏空差点掉下深渊……

这诸多真实而又惊险的情景，让他们回想起来都觉得后怕。

好在这一切，他们都挺了过来。

尽管如此，骑行川藏公路、青藏公路的计划只完成了一半。他们接下来还要骑行青藏线。

按照国际骑行惯例，创造纪录的骑行休整期不应超过3天。也就是说，向青藏公路的挑战必须在两天后开始……

20世纪80年代，几位国际自行车户外运动界名人曾经提出举办一个难度类似达喀尔汽车拉力赛的"世界超高海拔自行车越野赛"，几经考察，地点就放在了中国的青藏公路。

为保险起见，他们邀请了运动医学专家现场考察论证。考察结

论让人退避三舍。专家的结论是，运动员会在超负荷运动的缺氧状况下，出现心肌梗死，这是一条地地道道的"死亡运动路线"。

结果，名噪一时的"世界超高海拔自行车越野赛"无疾而终，从此，这项运动再无人提起。

青藏公路的路况看上去不错，全线几乎都是沥青路面。然而，这里四季高寒缺氧，盛夏常发生间歇性电闪雷鸣、狂风大雪和冰雹，给自行车户外骑行运动带来不少困难。经过一个多月长途跋涉，罗维孝等人身体情况已经不是太好。毕竟生命是第一位的，谁也不愿意跟生命过不去。

在残酷的现实面前，是进是退？

大家在尊重个人意见基础上商定，丁爱英、杨德钦两位女同志在拉萨将自行车托运回家，然后搭车到青海格尔木，再乘坐火车经成都回到雅安。郭绍奎、何有忠两位老同志从拉萨搭车越过唐古拉山、昆仑山口等高山的1000多公里高风险地段后，从青海的格尔木恢复骑行。冲击川藏、青藏两线的自行车骑行新纪录，由罗维孝、梁辉代表全队完成！

穿越青藏

2005年6月28日清晨，肩负使命的罗维孝、梁辉从拉萨市区出发。随着海拔的升高，空气逐渐稀薄起来，在正常人坐着不动都感到呼吸困难的地方，他们长距离骑行的艰难可想而知。

骑至羊八井，他们看到青藏铁路的建设工地，轨道已铺设到了这里。

施工负责人听说两位勇士依靠自行车骑行完川藏公路，正在征服青藏公路，佩服之至，执意邀请两位勇士参观刚刚铺好的铁轨，称梁辉、罗维孝是"青藏铁路的第一批游客"。

不过，羊八井兵站站长像景阳岗前的酒店老板敬告武松不要过岗一样，他告诉罗维孝、梁辉两人："你们是无法翻过唐古拉山的！"

这位站长的理由很简单：骑行青藏公路的，要么有后援车跟随保障，要么装备十分高级，负重极轻。装备差、负重大，且无保障车辆伴随，因而很难穿越成功。

从拉萨到唐古拉山口600公里全是爬坡，从那曲到昆仑山口700多公里的地段，公路始终在4700米至5300米之间，长距离的骑行，心脏负荷大，是件要命的事。而翻越川藏公路上的高山，只是在山顶上做短暂停留后，就往山下走，心脏负荷要小得多。

从当雄到那曲，沿途雪山皑皑、草地茫茫，他们骑行了好几十公里，也没有看见一家商店。

长时间的缺氧和大运动量骑行，罗维孝和梁辉的体力渐渐

不支，几乎连啃压缩饼干的劲都没有了。一阵大雨伴着七八级大风吹来，他们根本无法前进，只得倒卧在公路一侧，任凭高原冷雨浇淋，狂风抽打。

不过两人都很明白，如果在这里过夜，哪怕躲进帐篷中，即使夜间不突然下雪和出现冰雹，也没有狼群出现，仅下半夜的降温，也很有可能让他们患上感冒，从而出现令人生畏的高原肺水肿，如果得不到及时有效的治疗，生命就会受到死神的威胁。

罗维孝粗略计算了一下，估计此处离那曲仅有20公里。于是，两人强打精神拼命骑行到了那曲。

那曲军分区首长在电视上早已认识了"天路双侠"，看到他们狼狈不堪地闯了进来，立即安排炊事员拿出最好的饭菜予以接待，并让他们住进了营房。两人好好休整了一天，体能得到了恢复，又继续前进。

翻越申格里贡山口时，罗维孝和梁辉碰上4位骑行装备十分精良的挪威人。

尽管彼此间语言不通，但同属"骑士"，并相遇在"世界屋脊"上，大家高喊着相互间谁也听不懂的话，并亲切地拥抱起来。最后，大家按"江湖规矩"各自支起相机合影留念后，握手告别。

他们刚翻过申格里贡山，风云突变，刚才晴好的天气一瞬间变脸，乌云密布，竟然飘起了鹅毛大雪。鹅毛大雪随着七八级的大风不断往眼睛里钻，寒风一吹，身上的积雪变成了冰块。好在他们两人从川藏线杀将过来，这种"六月飞雪"的阵势，他们并不陌生。

艰难骑至唐古拉山口前的安多已是21时。在海拔4700米的安多兵站门口问路时，穿着皮大衣的哨兵见暮色中的骑行者竟只穿着单衣单裤，雨衣上覆盖着冰雪，立即报告站长。站长立即让士兵们为他们安排食宿。

2005年7月3日16时，经过近4000公里的骑行，罗维孝、梁辉由南向北，终于登上了唐古拉山口。

雨雪过后的唐古拉山非常雄伟壮丽，不远处是即将竣工的世界海拔最高的火车站。

青藏线昆仑山

两人留影后，见路况、天气均好，"老夫聊发少年狂"，任由自行车一路狂飙，在"世界屋脊"飞驰而下，痛快地尽享在天路上"飞翔"，仅半天时间，他们就"飞翔"了127公里。

那种腾空而起，似乎在"飞"的感觉，罗维孝、梁辉脑海里只有一个字，就是"爽"！

穿过柴达木盆地的戈壁滩，经都兰县，环绕美丽的青海湖骑行100多公里后，7月12日骑行到达西宁，他们又进入甘肃地界，取道甘南回到四川，经阿坝州的若尔盖、红原、理县、汶川，再经都江堰、成都回到雅安。

7月20日，罗维孝、梁辉终于骑行到距成都只有270公里的米亚罗（位于阿坝藏族羌族自治州理县境内）。由于这段路基本都是下坡路，胜利在望，他们气冲霄汉，决定再创一个新纪录，从理县到成都，一天骑行完成。

7月22日，两名老兵从成都出发，沿国道318公路轻松骑行了140公里，胜利回到出发地雅安。先期回来的其他同志和其他迎接人员一道，早已在雅安城郊的金鸡关隧道口等候他们。当他们的身影一出隧道口，雅安市摄影家协会的"摄友"们手中的长枪短炮对准他们就是一阵狂拍。

他们出发时有7名队员，最后只剩下了罗维孝和梁辉两人，他们坚持走完了计划中的所有旅程。

梁辉、罗维孝作为雅安骑行队的代表，靠着惊人的毅力，历时两个月，顽强拼搏，用自行车在青藏高原画出了一个万里圆弧，创造了若干项全国、亚洲，乃至世界群众性体育运动的新纪录。

罗维孝等人从青藏高原回来后，很多省内外的"驴友"找到他们，向他们打听骑游青藏高原的相关事项。

拖着疲惫的身躯、圆梦后的喜悦，罗维孝心潮起伏，久久不能平静。

行前的激动，壮观的送行，艰辛的路程，队员之间感人的互助精神和依依不舍的分别场景，多次命悬一线游走在生死边缘的惊魂时刻，以及众多藏汉朋友无私帮助，沿线兵站的慷慨援助，时时撞击着罗维孝的心灵……

心灵叩访

从西藏回来，罗维孝开始向众人讲述途中的经历，字字句句感人，点点滴滴震撼。不少人说："老罗，你该写本书了！就把你讲的写出来，就是一本好书！"

初次听到这话时，罗维孝苦笑了一下。

"我写书？"罗维孝怎么也没办法将自己和作家联系在一起。

读书，是他从小就喜欢的事，写书，是他自己想都没有想

过的事。

再后来，劝说的人越来越多了，就像是一颗种在沙丘里的种子，本来不会发芽，但浇水的人多了，种子终于发芽了。

"我能写书吗？"

"我能写好书吗？"

罗维孝心中形成的一种渴望变得越来越强烈，他最后横下一条心："写就写，梦回拉萨，叩访天路，在心灵里再走一趟青藏高原！"

罗维孝是一个不服输的人，他决定把骑行的经历写出来！至于能不能出书，写出来再说。

"后来我就想，我为什么不把我这次的经历用文字记录下来呢？让更多的人来了解川藏线、青藏线，去感受青藏高原那纯洁、苍茫、深沉而又气势磅礴的美，当然，还可以了解我们的雅安，了解我们雅安人的精神。"这个念头在罗维孝的脑海里萌发后，挥之不去，如影随形。

罗维孝决定再一次行走天路——用心灵叩访。于是，他拿起了创作的笔。

西藏，应该说是男人们心中最向往的世界。这种向往，如同一个女人向往法国巴黎的香水和时装，有着魔一样的诱惑力。

罗维孝一直是把西藏当作神往的"世外桃源"，他做梦都想，用一种属于自己的方式，走进这个让自己魂牵梦绕的地方。

行程中，罗维孝每到一地，第一件事就是到当地邮局加盖邮戳。回到家中，看着数不清的一枚枚邮戳，历历在目的一幕幕场景，如同定格的电影胶片，在罗维孝的脑海中不断回放。

用生命丈量极限，用两轮书写人生。

走在旷野，寻找一种孤独而又缥缈的感觉。

放飞自由心灵的空间，让我寻找并感知真正属于我自己的空间与世界。

我不敢妄言说，我成功了；但，我敢说，我努力了！

这些意味深长的语言，这些狂放不羁的话语，很难想象出自只有小学三年级文化的罗维孝之手。户外骑游的生活、放飞梦想的高原，为他积淀了太多太深的感受，一下笔，这些词句奔涌而来。

疲惫一次次地袭来，当罗维孝瘫倒在地再也不想起来的时候，感觉到恶劣的自然气候快要将自己吞噬的时候，还有眼前突然出现闪着银色的雪峰时，他都会虔诚跪拜……默默地祈求母亲在天之灵的庇护。

每一次骑车出行之前，罗维孝向往的是人间绝妙的景致，

但一出后发，他的唯一目标，就是活着回来。

"让我用文字还原当时的感触，真像重新翻越一次青藏高原。"罗维孝是个洒脱的人，但写文章却是他最痛苦的坚持。

罗维孝提笔将跨越21座雪山、14条江河、62天骑游青藏高原的经历，完整地记录下来，记录下行程的艰难与豪情、痛苦与欢乐，记录下青藏高原磅礴的气势、沿途不事雕琢的自然美和苍茫旷远的深沉美，记录下旅途中那撞击心灵的一个个瞬间。

"煎熬！"罗维孝足足用了两年时间，初稿成型后，内行的评价竟然只是"流水账"。他继续饱受煎熬，从第一稿到第六稿，原来的"流水账"不见了，不但有了骨架，还有血有肉。

文化水平不高的罗维孝，我手写我心，我心随我行，再一次"行走"在高原上，再一次"放飞"在天地间，他用了整整两年的时间，终于写了一本20万字的日记体长篇纪实游记。

几经考虑，罗维孝把书名定为"问道天路——骑游青藏高原六十二天"，时间、地点、方式都交代了。

"写这本游记，与再次骑游、重新行走相比，其痛苦有过之而无不及。"两年的时间，用纪实的手法，再现骑游中的所见所闻，所思所感。"我不是作家，我只是用笔记录了一路的真情实感和沿途亲眼所见、亲耳所闻、亲身经历。"罗维孝感叹不已。

书稿写出来了，有没有出版社愿意出版？交给哪家出版社出版？从没有写过书的罗维孝一筹莫展。

后来在朋友的帮助下，罗维孝将游记的部分章节上传到网上，并留下通讯地址和联系电话。

当天晚上，四川大学冬泳协会副会长陈学勤无意中看到了书稿，他一口气通读了网上所有的章节。

第二天一大早，陈学勤给罗维孝打电话："这是一本真实、独特的游记，是用生命写就的心路历程。这本书无疑是一个优秀的旅游向导，是骑游世界第三极的出行指南。"

陈学勤还建议罗维孝，如果有可能，在雅安组织成立"驴"行青藏高原培训基地。

看了书稿的一网友赞叹道：

> 这是一本独特的奇书。它的独特不仅因为写了"有着魔一样诱惑力"的土地，也不仅因为它叙述了奇人奇旅，而且因为它用最朴质平实的日常语言，原汁原味地再现了这一切，没有雕琢堆砌，没有花拳绣腿，质朴粗犷的语言和质朴粗犷的人、境、言行、心灵浑然一体，相得益彰。我们被深深吸引着，同他们一起紧张、痛苦、焦虑、快乐……

马上有网友跟帖：

看了罗维孝的游记，更增加了我对拉萨的渴望！景
色是一回事，拉萨是一回事，骑游是一回事……路途中的
喜怒哀乐才是主题！

《华西都市报》特稿部编辑慧眼识珠，以"老顽童骑游
青藏高原"为题，精选了部分章节，率先进行了连载，随后
《西南航空》等杂志也向罗维孝约稿，随后图文并茂地刊发
了此文。

原四川民族出版社社长罗勇也在网上看到了文稿，他拍案
叫绝："这是一本充满真情实感和心路历程的，具有唯一性、
独特性，充分揭示人性美的好作品。"

他安排编辑主动上门，要走了罗维孝的完整书稿。

随后一个惊喜传到了罗维孝耳中："我们给你出书，不但不
用你掏一分钱，我们还要按高标准的版税，支付你的稿费。"

此前，有人知道罗维孝在写书，假装好心地找上门去，
说是为他出书打点铺路，从他手中骗走了5000元。而现在，罗
维孝曾有过的担心和疑虑早已吹到了爪哇国，《华西都市报》
"特别报道"连载的上万元稿费早已拿到手上，四川民族出版
社也破天荒地给他开出了10%版税的价码，那可是一流作家的

稿费标准。

四川民族出版社高度重视《问道天路——骑游青藏高原的六十二天》的出版发行工作，罗勇亲自参与，精心策划，最有意思的是，编辑把他沿途盖的邮戳全部编印在了书上，用独特的邮戳见证罗维孝的骑游旅程。

当样书拿到手，罗维孝做的第一件事，就是跪拜在母亲的遗像前，他把样书郑重地放在母亲的遗像面前，他要将此书奉献给母亲的在天之灵。

"妈，你的儿子没有给你丢脸。小时候，我没有读过几天书，不是你的错，那是时代的悲剧。今天，你的儿子出书了，不是儿子的自豪，而是母亲的骄傲。因为在你儿子的血脉中，流淌着你与命运抗争的基因和传统，我才会有今天不屈服于命运的安排，挑战命运、挑战自我的结果！希望妈妈的在天之灵永远庇护着我，妈妈，你安息吧！"

罗维孝的父亲早年去世，开小食店的母亲王淑荣独自撑起了一个家，把他们兄妹一一拉扯长大。在罗维孝的心中，母亲并没有远离儿女，而是躲在一个他们看不到的地方，在默默地关注着自己的儿女，祝福着自己的儿女。

如今罗维孝有出息了，成了"文化人"了，就像他上学时得到了一张奖状，马上飞跑回家报喜那样，他用样书给母亲报告，在告慰母亲的在天之灵！

　　从此，这本祭奠过母亲的书，被罗维孝一直带在身上，保佑着自己骑行一路平安，成为自己的"护身符"，罗维孝走哪就把它带到哪，并在书上加盖了他骑行经过地方的邮戳。天长日久，在这本书上，除了原印在书上的邮戳外，他又加盖了更多、更新的邮戳，成了"孤本"。

　　正如四川民族出版社事先预测的一样，《问道天路——骑游青藏高原的六十二天》一问世就火爆了起来。

　　2007年4月25日至5月1日，在重庆市举行的第十七届全国图书交易博览会上，《问道天路——骑游青藏高原六十二天》这本长达20多万字，配有105张精美图片和上百枚沿途邮戳的纪实游记，深受读者好评，被誉为"骑游世界第三极的出行宝典"。

　　随着博览会的展出，数百本刚出印刷厂还飘着油墨香的书就被读者抢购一空。来自全国各地的发行商，纷纷与出版社签约，商定发行事宜。参加图书交易博览会的外国友人，也向出版社咨询该书是否出版外文版。

　　"这本书非常真实、独特、实用。"4月25日，时任四川省委常委、省委宣传部部长王少雄来到书市现场，看着正埋头签名售书的罗维孝，对《问道天路——骑游青藏高原六十二天》称赞不已，随后与罗维孝亲切交谈，鼓励他再创作出更多更好的优秀作品。

2007年5月19日，四川民族出版社、雅安市文化新闻出版和广播电视局、雅安市摄影家协会联合在雅安举行了"雅安人文化成果展示——罗维孝高原骑游摄影展暨《问道天路》新书发布会"活动。在会上罗维孝讲述了难忘的时刻——

2005年7月3日下午4点半钟，我和梁辉历经千难万险终于登上了唐古拉山口——这里是"世界屋脊"的脊梁，是离云彩和天堂最近的地方。我们能站在最高点上，验证了我们顽强的意志、坚韧不拔的精神，我们是勇敢的人，是意志品质坚强的人。我做了一件我最想做的事，走了一段我最想走的路，看了一路我最想看的景，圆了一个我最想圆的梦，写了一本我最想写的书。

我相信古往今来在中国的历史上比徐霞客走得远、走得多的人有的是，为什么人们没有记住他们？因为他们没有留下文字的东西来考证和传承。人们记住了徐霞客，是因为他留下了不朽的文字。

罗维孝的发言，语惊四座，掌声雷动。当他走下主席台，就有人开始喊他"罗霞客"。

骑行没有尽头，惊喜还在继续。

签名售书

2007年6月19日，罗维孝接到从北京打来的电话，四川民族出版社和北京新华书店发行总公司邀请他到北京参加签名售书活动。

"邀请我进京参加签名售书活动？"

罗维孝几乎不相信自己的耳朵了，他有些怀疑要不是人家电话打错了，要不就是自己耳朵听错了。一个草根能进京参加签名售书活动？在罗维孝看来，这简直就是天方夜谭般的故事。

"你没有说错，我也没有听错吧？"罗维孝不放心，他再

罗维孝签名售书

问了一遍。

"没有错，我们邀请的就是《问道天路——骑游青藏高原六十二天》的作者罗维孝！喂，你是不是罗维孝？"罗维孝的疑虑，倒是让对方怀疑接电话的人，是不是罗维孝。

罗维孝这才相信，天上真的是掉下了馅饼，而且还砸在了自己头上。

6月23日，罗维孝从雅安出发，开始了骑游北京的旅程。

7月6日下午，罗维孝骑着自行车抵达北京新华书店发行总公司。

"签名售书活动，我们每年都要举行很多次，邀请外地的作家也很多，他们不是坐火车就是赶飞机，像这样骑自行车进京签名售书的，你是第一人。"发行公司总经理看着风尘仆仆的罗维孝，惊讶不已。

既然骑着自行车进京的，发行公司在西单图书大厦布置的签名售书现场自然也就很拉风，除了悬挂着的巨大横幅标语外，"主角"之一的自行车，也摆放在了签名售书现场最显眼的地方。

满脸黢黑的罗维孝一出现在签名售书现场，就引起了轰动，很多读者一下就围了起来，不但要求罗维孝签名，还要求与他一起合影，现场气氛十分热闹。

那几天，《问道天路——骑游青藏高原六十二天》一书的

签名售书活动先后在北京西单图书大厦、王府井书店、中关村图书大厦三大书城举行。

在北京签名售书期间，罗维孝还接受了《中国新闻出版报》《京华时报》的采访。

2007年7月12日，《中国新闻出版报》刊发了对他的专访。

用心写天路
——访《问道天路》作者罗维孝

川藏公路、青藏公路、川西高原因路途艰险，被人们誉为"天路"。然而正是这样的天路，被56岁的退休工人罗维孝和他的伙伴梁辉征服了。这两位年过半百的人，硬是靠骑人力自行车一次性地穿越了四川、西藏、青海、甘肃四省区的45个县市，历时62天走完了总行程5300公里的路程，并根据此行写就了游记《问道天路——骑游青藏高原六十二天》。

"由于现在骑游的人很多，但是真正把骑游的经历写成十几万字书的人，还是很少的。"这是罗维孝引以为豪的事情。

为了来北京签售，已经58岁的罗维孝重拾自行车，在酷热的天气里，开始了新的征途。每天早晨5点开始上路，晚上8点住宿，硬是从成都骑到了北京。7月8日上午，在北京图书大厦，带着西藏阳光留下的印记，皮肤黝黑、骑士打扮的罗维孝一露面，即引起不少读者的好奇。尽管读者多为他的打扮而观望，可他并不失望，淳朴的笑容始终挂在脸上，热情地邀请读者与他交流骑游的感受。

对于骑游的经历，罗维孝描述为风餐露宿，忍饥挨饿，迎雷电、顶风沙、闯犬阵、涉急流，千辛万苦、九死一生。退休后，不享受生活。却去受苦图什么呢？面对此疑问，罗维孝早有准备，"为了做自己最想做的事，走自己最想走的路，看自己最想看的景，圆自己最想圆的梦。"

一口气说出几个"最想"，罗维孝似乎意犹未尽，竟旁若无人地大声地手指书中某一段落念给记者听："我陶醉于草原的景色，静卧在松软的草地上，望着湛蓝的天空，飘浮的白云，看盘旋飞翔的雄鹰，听鸟的啼鸣，远山、草地、溪流、帐篷、牦牛、羊群，构成一幅自然和谐的美景。"

出发前七个人结伴骑游天路，最后仅剩两个人成功走完天路。对此罗维孝称是"幸运"。谈及书中描绘的西藏，罗维孝激动地说，那是男人们心目中最向往的世界，就好像女人向往法国巴黎的香水和时装一样。而行前的激动，壮观的送行，艰辛的路程，队员间感人的互助精神和不得已分别的场景，及难以用语言表述的青藏高原壮美的

景色，多次命悬一线游走在生死边缘的惊魂动魄时刻，以及众多藏汉朋友慷慨无私的帮助，军民的鱼水深情——又无不是罗维孝决定再次挑战自己——写书的动力。

与骑游西藏天路相比，写书无疑是更为艰难的挑战。因家贫，罗维孝在小学三年级便辍学了。但是他没有采纳请别人代笔的建议，"别人无法体会我内心的感受。我要自己用心写。"他说。

本着这样的念头，用62天走完的天路，罗维孝用一年多的时间来书写，六易其稿，才写出日记体游记《问道天路》。为了证明内容的真实性，罗维孝特意在每篇日记中都印上当地邮局的邮戳。

"我的这本书还是很火的"，拿着一摞照片，罗维孝用流行词"火"来说明他的书在今年5月第十七届全国书市上签售的情景。"这两天，我在北京地安门新华书店签售了不少书呢！"

罗维孝很开心。看得出，他对自己这本书的销量充满信心。

下一步计划，罗维孝准备从北京骑游去河南，"如果可能的话，还要签售"。

炙热的天气，夏季的暴雨，与西藏天路恶劣的天气相比，对罗维孝来说，应该都是小菜一碟了，因为他坚信

"只要坚持就能办到想办的事"。

祝他在骑行路上，一路走好！

（记者　章红雨）

——摘自《中国新闻出版报》2007 年 7 月 12 日第四版

签名售书活动结束后，罗维孝推着自行车来到天安门广场，但在天安门广场巡逻的武警把他拦住了，告诉他，自行车不得进入天安门广场。因为天安门广场是重要的活动场所，禁止一切车辆入内。

罗维孝掏出了《问道天路——骑游青藏高原六十二天》一书，他说自己是应邀到北京来参加签名售书活动的，自己从四川到北京也是骑着自行车来的，很想在天安门广场留下一张自己和自行车相伴的照片。

罗维孝的要求，让武警战士为难了。但他并没有再阻拦，只是让罗维孝先站着别动，他去请示领导后再说。

武警战士和值班领导走过来了，值班领导查看了他相应的证明材料后，没有马上答复，只见他掏出对讲机请示了起来。

最终，罗维孝的请求，得到了管理部门的批准，准予他推着自行车进入到了天安门广场的中心地带。

在游人的帮助下，罗维孝推着自行车行走在天安门广场的珍贵镜头，便永远地定格了下来。

这一难得的照片，成为罗维孝永久的纪念（后来有人看到这张照片，说是PS的，罗维孝只是笑笑，并没有解释什么）。

随后，罗维孝又来到天安门广场正阳门，他站在了"四方神"标志前。

"四方神"是中国公路"零公里"标志。

世界上许多国家，如美国、法国、俄罗斯、西班牙、意大利等，都在首都的中心位置设立了"公路零公里"标志，象征一个国家或者城市干线公路的起点和城市的中心点，同时也具有重要的人文价值。美国的"零公里"点设在美国国会大厦前，俄罗斯的标志设在红场，法国的标志设在著名的巴黎圣母院大教堂前。它们不但成为所在国家公路的标志和象征，同时也成为著名的人文景观。

过去我国公路里程少、发展水平低，一直没有考虑设立此类标志。改革开放后，随着我国公路事业的飞速发展，设置中国公路"零公里"标志的建议逐步提上日程。

北京作为我国首都，在我国68条国道中，11条国道的起点在北京（其中从北京起至昆明、经过四川雅安等地的国道108公路的零公里就在这里），向全国辐射。在我国规划的7条射线、9条纵线、18条横线，总长8.5万公里的高速公路网布局中，有7条从北京向外辐射，经过雅安的G5京昆高速公路（2007年3月，该路最后一段雅安至西昌已动工修建，后于

2012年4月通车）的起点也在这里。

但国道和高速公路以前在北京没有一个统一的标志性起点。在天安门广场设立中国公路"零公里"标志后，不仅将为中国公路网络提供一个标志性的起点，还对展示中国的开放形象、弘扬传统文化具有积极意义。

造型古朴庄重的中国公路"零公里"标志，于2006年9月24日上午安放在天安门广场正阳门前，是在正阳门和毛主席纪念堂、国旗杆一线的中轴线上，范围是1.6立方米。中国公路"零公里"标志是用黄铜铸成，东西南北四个铜字，在铜字的内侧是朱雀、青龙、白虎、玄武中国古代四种神兽的图案，标志的中心则是一个车轮。用古代车轮的形象代表以首都北京为中心，四通八达的中国公路网。它的建成既是国家干线公路总起点的象征，也将为北京为天安门广场增添一道亮丽的人文景观。

"东西南北中，祖国在心中。"

站在天安门"四方神"前，罗维孝脑海里又浮现出美丽的青藏高原。

他暗暗下了决心，在未来的三年时间里，趁自己还年轻，将沿滇藏、新藏线骑行青藏高原，围着世界屋脊转，给青藏高原画上一个圆满的圆圈后，再骑行祖国的大江南北。如果还有机会，他还有一个心愿：骑着自行车走出国门，去看看外面的世界。

等到这一切都结束后，自己就坐在家里，静静地创作"骑

游三部曲"——在《问道天路——骑游青藏高原的六十二天》的基础上，把骑行四条进藏公路的内容全部加上去，创作一本全新的《问道天路》；然后再分别创作一本骑游神州大地的《问道神州》和骑游国外的《问道西方》，让"骑游三部曲"来记录和见证自己的骑游生涯。

骑行青藏高原的成功，《问道天路——骑游青藏高原六十二天》一书的轰动，让罗维孝的激情再一次迸发。

罗维孝相信，一个人只要尊重自己，尊重自然，挖掘自身内在的价值，不断地挑战自我，在这个包容的世界里，人人都能创造出人间奇迹。

天安门广场，中国公路零公里处

附：川藏公路、青藏公路简介

川藏公路（国道318公路）：东起四川省省会成都市，西止西藏自治区首府拉萨市，公路有南北线之分，南线由四川成都、雅安、康定、东俄洛、巴塘、西藏芒康、左贡、邦达、八宿、波密、林芝、八一、工布江达、墨竹工卡、达孜至拉萨，全长2146公里。北线由成都至东俄洛与南线重合，再由东俄洛与南线分开北上，经乾宁、甘孜、德格、西藏江达、昌都至邦达又与南线重合，直抵拉萨，全长2414公里。川藏公路属国道318公路（东起上海人民广场，西至西藏中尼公路樟木口岸）的一部分，沿途自然景观奇特，民族风情浓郁，有"中国人的景观大道"之称。

青藏公路（国道109公路）：起点青海西宁，经格尔木，翻越昆仑山（4700米）、风火山（4800米）、唐古拉山（垭口海拔5150米）和念青唐古拉山四座大山，跨过通天河、沱沱河和楚玛尔河三条大河，穿过藏北羌塘草原，在西藏拉萨市与川藏公路汇合。全长1937公里，沿途景观大气磅礴且丰富，可看到草原、盐湖、戈壁、高山、荒漠等景观。青藏公路属国道109公路（起点北京，终点拉萨）。

第二章

公路之巅　印上轮迹

再进拉萨

　　青藏高原，被称为地球的第三极，广袤而神秘。长久以来，她以独有的自然景观和人文景观吸引着世人。西藏，应该说是男人们心中最向往的世界。这种向往，如同女人向往法国巴黎的香水和时装，有着魔一样的诱惑力。西藏及青藏高原的魅力主要来自于她的人文历史风情，而绝非只是单纯的自然景观，一方圣洁的雪域，一片神奇的土地，一个质朴的民族，一幅生动而又绚丽的画卷，独特旖旎的自然风光与古朴多彩的民族风情交相辉映，确切地说青藏高原对于现代人来说，是一处绝尘净域、旷古秘境。青藏高原无疑是中国版图上最美的景观带和景观串连线，一个人如果没有亲历亲为地到过这里，也就不会知道自然有多美，中国有多美。就美的震撼性而言，中国地势的三个台阶，是美的梯度，从东向西一个比一个强烈和震撼，确切地说到了第一级的青藏高原，也就到达了高潮。青藏高原对于现代人来说具有无法抗拒的诱惑力，人们渴望回归的情感世界，增进了对大自然的亲近和敬畏。无功利的追逐是人性中最难得的境界。法国藏学家米歇尔·泰勒曾说过："西藏除了是一种地理现实外，还是一种思想造物。"

挑战，从来都是无止境的。

挑战的不仅仅是生理的极限，更是心理的极限。

追逐梦想，事在人为。人活着，就应该有追求，有追求的人生才是有激情的人生。生命有激情，才会带给人心灵的触动与思考。不管你有什么样的梦想，只要锲而不舍、持之以恒，梦想就能实现。

在首次骑行青藏高原成功后，罗维孝从家乡雅安出发，先后骑行北京（参加签名售书活动）、湖南省湘西凤凰古城（向凤凰古城博物馆赠书）、西藏芒康（骑行滇藏线）。

2008年5月，罗维孝再次悄然上路，沿川滇公路108国道到了云南临沧，从滇藏公路零公里处出发进入西藏，完成第三条

从滇藏线的零公里处出发

滇藏线上，在香格里拉与国际友人在一起

进藏线路——滇藏路的骑行。

在骑行滇藏路上，"5·12"汶川特大地震发生了，罗维孝的家乡雅安紧邻震中汶川，受到了地震的严重波及，与阿坝、成都、德阳、绵阳、广元一起成为四川六个重灾市州。看着沿线的民众都在向四川灾区捐款，罗维孝感动不已，他也自觉地加入到捐款的队伍中，为家乡四川捐款。

罗维孝归心似箭，但他依然坚持骑行到川藏线和滇藏线汇合处的西藏自治区的昌都地区芒康县，抵达目的地后，他立即返回雅安。

"我回来后，签名售书，所有书款全部捐献给灾区！"在回家的途中，他看到源源不断的救援志愿者和救灾物资驶向灾区，罗维孝打电话与朋友商议，并请朋友张罗此事。由于大家忙于抗震救灾，签名售书的愿望，最终没有实现。

后来，他考虑到自己年龄大了，也没有专业知识，无法投身到灾后重建中，就骑车上青藏高原，走完进藏的四条公路，用自己的顽强拼搏的行动和精神，激发家乡人民夺取灾后重建胜利的信心和勇气。

2009年8月28日，罗维孝骑着自行车又一次出门了，他的目标依然是青藏高原。

罗维孝骑着自行车来到成都后，坐火车从成都出发，经宝成线等铁路转入青藏线。

罗维孝原计划先从雅安骑车到达成都，再乘火车到拉萨。没想到，旅途刚开始，麻烦就来了，自行车上不了火车。

自行车去不了，我去了能干什么？幸亏一位航空公司的朋友得知他的难题后，主动提出帮罗维孝把自行车和行李空运到拉萨。

结果，罗维孝人还没到，自行车已早早地在拉萨机场"待命"了。到了拉萨后，9月2日，罗维孝开始了独闯新藏公路的旅程。罗维孝从拉萨出发，沿着中尼公路（国道318线的其中一段）向西行驶。9月6日他到达了西藏自治区的日喀则，进入到一条碎石土路上。

骑行新藏

从这里，罗维孝正式进入到新藏公路上。

走在世界屋脊的脊梁上，罗维孝的感觉很好。

用身体去丈量，用视觉去扫描，用心灵去体会——大自然的纯净和博大让我震撼。

一路风景，一路激情。新藏公路和其他三条进藏路线比起来最为艰难，它是世界上最艰险的公路之一。它穿越举世闻名的昆仑山、喀喇昆仑山、冈底斯山、喜马拉雅山，翻越16个冰

气势磅礴的新藏公路

达坂，涉过44条冰河，全线经过的大部分地段为"无人区"，平均海拔在4500米以上，是一条世界上海拔最高、路况最险、环境最恶劣的公路，同时又是一条生态最原始、风光最美丽的高原公路。

罗维孝从不狂言挑战征服大自然。在他眼里，大自然所创造的一切不会因为谁的到来而改变一丝一毫，所以他将自己只身一人骑行旷野的行为定位于"挑战自我"。

我不知道为什么自己非要选择这样的生活，我喜欢孤独而缥缈的感觉。

那是一个诱惑，一个渴望，新藏线是全世界骑游爱好者心中的圣地。

新藏线的险恶，罗维孝不知如何形容。海拔4000米以上的地方被称为"生命禁区"。此行，罗维孝曾从海拔6700余米的界山达坂（"达坂"源于蒙古语，意为山口），陡降到海拔只有500米的平坦地段，几百公里的路段，没有一户人家。

骑行在新藏线上，正值新中国成立60周年国庆来临。

我骑行在新藏公路班公湖段，看日出，听湖水拍岸……班公湖清晨和傍晚的景色截然不同。令我兴奋的是，各种野生鸟类成群地在湖边飞翔嬉戏……

我在祖国美丽的山河中，祝福祖国永远繁荣昌盛。

罗维孝给亲人发回了激情澎湃的短信。

罗维孝在人迹罕至的旷野上看到巍峨的雪山，总会情不自禁地大呼一声："祖国万岁！"

罗维孝为祖国美好河山而感叹，为日益强大的祖国而自豪，没有祖国的繁荣昌盛，他不会有条件来享受如此绝妙的人生旅程。

在这激情澎湃的背后，骑行在青藏高原脊背上，罗维孝走得并不轻松。

路途险恶、气候恶劣，罗维孝独自骑着自行车穿越冰冻的雪山，时刻忍受着生理与心理的极端考验。

在一个叫普兰的地方，罗维孝出现严重的心律不齐、头昏脑涨、流鼻血等症状，为防止鼻血流得太多，他用卫生纸塞住鼻孔，张大嘴巴保持呼吸……在高原缺氧的环境里出现这些症状如果不及时治疗，就会引发高原脑水肿和肺水肿，被夺走性命。

这两天因大雪被困在阿里地区塔钦，不能动弹，吃住困难。中午天空放晴，积雪融化，沿着汽车轮碾过的痕迹骑行在219国道上。

在出发前，雅安日报社北纬网负责人找到罗维孝，请他每天通过短信向网民通报骑游的行踪和感受。2008年9月20日，行进在新藏线的罗维孝已经走了行程中最艰难的路段。高海拔、高寒气候让他难以负荷，虽然历尽艰辛，但他仍然顽强地向前挺进，并发回了短信。

到了阿里，罗维孝病情加重，他走进了阿里地区医院看病，医生警告他必须住院治疗。

罗维孝休息了一会儿，他带上止血、止咳的药后，给医生

摆摆手，又准备骑着自行车离开医院。

医生见他不听劝阻，请来了医院领导给他做工作，要听医嘱，马上中止骑行。

医院领导是位女同志，是从内地到阿里援藏的医生，再一次细心为他检查了身体，明确地告诉他，继续骑行，确实有生命危险，请他尊重自己的生命。

但罗维孝谢绝了医生的好意，执意要走，看着他远去的身影，医生摇了摇头，在心里默默地祝愿他一路平安。

罗维孝心中目标明确，新藏线才只走了一半，前面还有1000多公里等着他。

路还在，双脚就不能停。

从多玛到麻扎达坂，有七八百公里是寸草不生的盐碱滩涂、高原戈壁。进入10月份，那里的气温已是零下10摄氏度左右。每隔百八十公里地，才有一处类似驿站的"幺店子"。

"幺店子"里有面条和简易的木板房，供过往的司机吃住。

"一整天没吃任何东西，一碗面15元，我一口气吞下3碗。"

罗维孝为了赶路，第二天早上7点钟就得起床（时差关系，相当于雅安早上5点钟左右）。因为起得太早，罗维孝找不到吃饭的地方，那里水的沸点只有80多度，想烧开水泡碗方便面，都是一件奢侈的事。

通往麻扎达坂的山路奇险，路面起伏不平，就像搓衣板，这样的烂路消耗了罗维孝极大的体力。

罗维孝在冰雪覆盖的世界里前行，无助与绝望袭遍全身。

那一刻，他感觉死神就在身边。

"这条路最险，但也最具人情味。"

孤身一人穿越新藏线，有时候，几天难得见到一个行人和车辆。过往车辆或当地的好心人看到他，会将葡萄糖、水、罐头送给他。一些司机甚至想带着他一起上路，让他省些力气，但他坚持用骑行的方式赶路，一一谢绝他们的好意。

翻越结拉山时，罗维孝出现了高山反应，总感觉胸闷气紧，就在他感觉快不行时，从路边一施工帐篷内闪出一个汉子，招呼他进去休息一下。那汉子见他鼻孔塞有带血迹的纸团和严重干裂的嘴唇时，马上喊出老婆，叫她赶紧去拿红景天出来，红景天泡水喝能减少高山反应。汉子给他服下后，并拦住不让走，留他吃饭。

茄子烩的回锅肉，干萝卜煮的肉汤，这顿饭，罗维孝觉得香甜无比。此人叫刘保易，是四川乐山五通桥人，在这里修路。刘保易再三叮嘱罗维孝，在路上一定不要忘了用红景天泡水喝。告别刘保易夫妇，罗维孝依依不舍。

在路上，罗维孝看着一队军车经过，他下车避让。虽然退伍多年，但在罗维孝心里，退伍军人还是"军人"，他一直把部队视为"家"。

一辆军车停在罗维孝身边，一军官指着他严重干裂并不时渗出鲜血的嘴唇说："同志，你的高山反应比较严重的，你千万要注意。"随即，这位军官从车上拿出十几个苹果，月饼和矿泉水、罐头等食品，装了一口袋，递给罗维孝，并嘱他旅途小心。罗维孝手捧食品袋，连声道谢。

在一个叫松西村的地方，因过度饥饿和剧烈的高原反应，他不得不停下来休息。罗维孝只得一户一户地敲开房门求助，可是语言不通，无法交流，终于有一位自称画师的人能半生不熟地与他聊上几句。

在画师的帮助下，罗维孝终于喝到了酥油茶，还吃了几块糍粑，过后便在牛粪火塘边睡着了，主人家怕他冻僵了，取来羊皮褥子给他盖在身上……

饥寒交迫，加上过度疲惫，罗维孝在前往达西无人区时，精神变得恍惚起来，记忆力衰退。回到雅安，罗维孝在整理日记，始终有"空白"的时段和路段，他拼命地回忆：我是怎么走过来的？那个时候我在干什么……想了很久，他终于回忆起来最艰难的一天。

那天，是2009年9月28日。群山中，寒风刺骨，穿着羽绒服的罗维孝仍哆嗦成一团，手脚早就冻得没了知觉，口里呼出的热气在胡子上凝成了冰，他只能拼命地推着车子向山上走。

那一刻，他对生的渴望，对死的恐惧，这一辈子从来没有

艰难行走

如此强烈过。

"不走，你就得死在这里！我不能倒在这里！"他咬着牙对自己说。

天堂和地狱，一步之遥，挺过去就到天堂，挺不过去，就下地狱。

艰险地上了车，接着又是下山。此时，夜幕已经笼罩群山。恍惚中，他摔倒在地上，自行车的车灯摔坏了，伸手不见五指，随时都有摔下山崖的可能。他用一只手拿手电筒，另一只手却握不紧车把，最后，他只得把随身携带的小手电筒咬在嘴里，但也只能隐隐约约看到大致的路况。

流血的鼻子一直用卫生纸堵着，嘴巴还得用来呼吸和喘气，但嘴巴上含着小手电筒，呼吸更加困难，他恨不得在喉咙

上开个孔。

就在他绝望之际，正好一辆货车开了来，罗维孝将自行车横在公路上拦住去路，请求货车在后面给他照个亮，司机让他上车，他没有答应，"我要一寸不落地骑行青藏线！"

司机感动了，在他身后慢慢地行驶，一直在背后给他照着路。十几公里的下坡路，颠簸得让人难受，但心存感激的罗维孝此刻不顾一切地拼命骑行……

在汽车灯光的照射下，罗维孝到达松西已经晚上10点多钟了。他请驾驶员将单位和姓名留下，那人说："没这个必要，记住我是一个重庆人就行了。"

9月29日，罗维孝抵达西藏与新疆分界标志点——界山达坂，那里既是中国又是世界海拔最高的路段，山上有块木牌，上面刻着"海拔6700M"的字样。

"山高人为峰，路远我来过！"

站在界山达坂上，极度兴奋的罗维孝忘却了所有的疲惫与不适，在6700米的界碑前，他用相机留下了自己亢奋的情景，他用两根手指做了六个标准的俯卧撑，借以检验自己的身体情况。

过了界山达坂，就到了新疆地界。

下山的"搓衣板"路很不好走，途中最难受的是雪水融化后，在公路流淌，从而形成河沟，他只能蹚水过河。冰冷的雪水，给骑行带来很多的困难。

让罗维孝高兴的是，看到很多黄羊和藏羚羊在公路两旁游荡，他一次又一次地举起了相机。

10月8日12时28分，一次次游离在生死之间的罗维孝到达新藏公路的起点，新藏公路（国道219线）零公里处——新疆叶城，完成了新藏公路的艰难之旅，在伴随着他《问道天路——骑游青藏高原六十二天》"孤本"中，又加盖了新藏线上沿途的邮戳。

在当天的日记中，罗维孝写道："作为共和国的同龄人，我总算完成了我60岁前从四条不同的进藏路线走进西藏的梦想和愿望。如我在《问道天路——骑游青藏高原六十二天》一书的自序中所写得那样——'我做了一件我最想做的事，走了一段我最想走的路，看了一路我最想看的景，圆了一个我最想圆的梦！'从四条不同的进藏路线走进并穿越西藏，对任何人来说都不是一件容易的事情。我用自身的努力证明了我是一个意志品质坚强的人，是一个永不言败的人，是一个不轻易放弃自己梦想的人。不是每个人都像我一样如此的幸运，而又有如此的经历，我从心里感谢上天对我的眷顾，让我有机会用身体去丈量，用视觉去扫描，用心去体味和感受大自然的纯净与博大！"

一路的惊艳陪伴着罗维孝。

与野藏驴、藏羚羊的邂逅，让他欣喜若狂。

罗维孝最难忘的是那水天一色的班公湖，在那一天罗维孝什么都忘了，不知今夕何夕，不知身在何处。

他久久不舍离去。

落霞与孤鹜齐飞，秋水共长天一色。

罗维孝骑行到过南昌，曾登上滕王阁，他也读过唐代王勃的传世名篇《滕王阁序》。

落霞、孤鹜、秋水、长天的意境，已经很美了。但走到班公湖畔，那幅宁静致远的画面，更是得到了淋漓尽致的体现。

罗维孝这才知道，以前的想象是多么的苍白和空洞。他甚至怀疑起来，王勃当年是否来过班公湖，就算他没来过，他也许梦游过班公湖，不然，他不会写下这惊人的诗句。

班公湖位于海拔4242米的昆仑山腹地，四季冰峰环抱。

班公湖的湖光倒影，仿佛环绕湖面站立着一排手拉手的圣诞老人。

远眺湖面，片片白云低垂，好似湖面上盛开的朵朵莲花。再远处，碧水蓝天融为一体，伸向天外。东面三分之二的面积属中国领土范围，余下西面三分之一则属于印度。

班公湖的独特处在于：湖在中国境内的部分是淡水，物产丰美，水质洁净，水色碧绿；而在印控克什米尔地区就成了咸水，水色碧蓝。

一汪高山湖水，从淡水到咸水，从碧绿到碧蓝，水天一色，美不胜收。而成因成谜，至今未解。

班公湖最好的季节是夏季，不仅可以感受这里一日四季的风光：早晨春雨绵绵，水上轻雾缥缈；中午风雨雷电，湖中波浪汹涌；下午雪花飘飘，湖周一片银白……而且这里是鸟的天堂。

班公湖山高路远、交通不便和信息相对闭塞，游客很少到访，自然环境保护完好，几乎处于原始状态，成了鸟儿们的天堂和乐园。岛上约有各种鸟20多种，数量最多时可达数万只，主要的鸟有：斑头雁、棕头鸥、鱼鸥、凤头鸭、赤麻鸭等，其中斑头雁和棕头鸥数量最多。这些鸟绝大多数为迁徙的候鸟，冬季从班公湖鸟岛飞往南亚大陆避寒，第二年的5月至9月飞临班公湖鸟岛栖息，在岛上产卵育幼繁衍后代。这个季节，岛上草丛中大大小小的鸟蛋，像盖满草皮的鹅卵石，让人难以下脚。赶在9月湖面结冰前，完成一年一度生命延续的鸟儿们，纷纷带上孩子，成群结队，飞向远方，最多时达10万多只，群鸟纷飞，十分壮观。

新藏公路有一段约30公里长的路段，就修建在班公湖畔，罗维孝骑行在路上，眼看着朝霞缓缓从山边升起，耳听着湖水

轻轻地拍打湖岸，湖中鸟岛上空还有一些没有远去的候鸟在飞翔……景随步移，美不胜收。

不知有多少次，罗维孝不由自主地停了下来。

一人一车，一湖一山。思绪绵绵，湖水幽幽。

罗维孝干脆躺在湖边的草丛中，眼望着湖光山色，内心一片空灵。

那一刻，罗维孝物我两忘，什么也不存在了。

他很想停下来不走了，一头扎进班公湖的怀抱中。那一刻，徐志摩的《再别康桥》的诗句涌上了心头——

在"班公湖"的柔波里，我甘愿做一缕水草……

但罗维孝知道，自己只是这里的过客，而不是这里的主人。

自己能到这里看一眼，已不知比多少人幸运了。

不忍离去。

不忍离去。

班公湖的美景诱惑着罗维孝，是走还是留？天人交战，几经挣扎，班公湖挡不住的诱惑，让罗维孝只得在班公湖的鱼庄住了一晚。

在这里，罗维孝又有了意外的收获。他品尝了班公湖的特产"裂腹鱼"，觉得口感跟雅安的"雅鱼"（也是"裂腹鱼"）差不多，肉质细嫩可口。人在他乡，吃到了"家乡味"，让他大饱口福。

偌大的饭店里，只有罗维孝一个客人。罗维孝便与老板闲聊起来。

从老板口中知道，这里还有让罗维孝感到惊奇的事。原来驻守班公湖的，是我军唯一的一支高原水兵部队——被人们称誉为"西海舰队"的某边防团班公湖水上中队。20世纪60年代，为巩固祖国西部边疆，国防部一道命令，将位于东海之滨的海军东海舰队舟山交通艇中队成建制调到了海拔4242米的班公湖上。

从此，在祖国"高原明珠"班公湖上，有了自己的忠诚卫士，水上中队也成了执勤在我国海拔最高地方的"高原水兵"。

第二天凌晨，天还没有亮，罗维孝就起了床。

能看到如此壮丽的美景，对于大多数人来说，只能是一个遥不可及的梦想。也许更多的人并不知道班公湖，就是知道，他也无法想象摄人心魄的美。

罗维孝支起脚架，面向东方，等候着第一缕晨曦打在脸上的瞬间。

他以雪山和湖泊为背景，拍下了"罗维孝到此一游"的瞬

班公湖

间，一步三回头地离开了班公湖。

从拉萨到喀什，沿途原始壮美的景色，让罗维孝拍下了2000多张绝美的照片。

在新疆喀什，罗维孝又看到了惊人的一幕：一群当地人正捧着《问道天路——骑游青藏高原六十二天》书在看。

原来他们是一群"锣丝"，从网上看到罗维孝正在骑行新藏线，于是，他们按照罗维孝的行程计算后，这几天，这群"锣丝"在此安营扎寨，守候偶像的到来。

突然见到罗维孝向他们走来，他们简直不敢相信自己的眼睛，高兴得大声叫喊了起来："罗老师罗老师我爱你，就像老鼠爱大米！"

罗维孝拿出了自己随身携带、几乎盖满了新邮戳的"孤本"给他们看，他们自然视若珍宝：

"罗老师，你开个价吧，这本书，我们要了！"

"孤本"是罗维孝心中的最爱，转让"孤本"，开什么玩笑？

他们的要求，自然被罗维孝谢绝了："这是'孤本'，全天下就只有这一本。给了你们，我哭着找谁要？"

好在罗维孝答应和他们一起合影留念，这才躲过了"锣丝"的"纠缠"。

"彰显自己的同时，我也是在宣传自己美丽的家乡雅安！"2009年8月28日从雅安出发，罗维孝骑自行车成功穿越新藏线，10月17日回到雅安，整个行程3000多公里，他用了50天。

至此，罗维孝已成功完成4条进藏公路的骑游，年近六旬的他，成为完成这项挑战的"中国第一人"。

行车新藏线，不亚蜀道难。

库地达坂险，犹似鬼门关；

麻扎达坂尖，陡升五千三；

黑卡达坂旋，九十九道弯；

界山达坂弯，伸手可摸天……

　　这段顺口溜是新藏线艰险的真实写照。九死一生，这位年近六旬的老者，用一种常人无法理解的方式，为自己的人生再添精彩一笔。

　　像一场梦一样，梦圆了，一切就结束了。

　　那是一个诱惑，一个渴望，新藏线是全世界骑游爱好者心中的圣地。

　　骑行新藏线归来，罗维孝又一次闭门写作，整理了10多万字的骑游日记。

登顶世界最高、海拔6700米的公路之巅

附：滇藏公路、新藏公路、中印公路简介

滇藏公路（国道214公路）：起点云南景洪，经云南大理、丽江、香格里拉、西藏芒康、左贡、昌都，它穿过横断山区原始森林，横跨金沙江，翻越海拔4300余米的白芒雪山和洪拉山，在芒康县与川藏公路汇合。滇藏公路是一条集险、奇、美于一身的入藏通道，有"最美天路"之称，全长1930公里。

新藏公路（国道219公路）：由新疆叶城至西藏拉孜，全程2342公里，是我国西部边境最重要的战略国防公路。北起新疆西南部的叶城县，经西藏阿里地区的日土县，进入噶尔县首府狮泉河镇，由此向南经札达县，延伸到西藏西南部中国、印度、尼泊尔三国接壤的普兰县，再由普兰县向东经仲巴县、萨嘎县、昂仁县，在拉孜县与国道318中尼公路段相连。新藏公路全线多为一望无垠的戈壁和常年积雪的崇山峻岭，有的路段数百公里见不到人烟。

中尼公路（国道318公路）：中尼公路是西藏目前唯一的一条国际直通公路。起点拉萨，经中国境内的日喀则、定日、聂拉木、樟木、友谊桥后，进入尼泊尔境内，至尼泊尔首都加德满都。中尼公路全长943公里，西藏境内829公里，1965年建成通车，是西藏目前通往东南亚唯一开放的国际公路。

第三章

骑游青藏　精彩瞬间

有人经过测算，一个成年人生活在海拔4500米左右的高原上，什么也不做，就是静静地坐着，心脏负荷量相当于在低海拔处负重50公斤行走。

罗维孝挑战极限，创造了人生的奇迹。从2005年5月至2008年10月，在三年多的时间里，罗维孝三进西藏，骑行国内通往西藏的4条公路（通往西藏的还有一条公路——中尼公路，中国境内的路段，编入到了国道318公路中），留下了许多难忘的精彩瞬间——

或惊险，或惊奇，或惊艳。

惊险　涉水过沟　劫后余生

2005年6月14日，罗维孝一行从然乌湖骑行至中坝途中，罗维孝遭遇到了生与死的考验。

这段路并不长，只有50多公里，然而由于经常发生泥石流和坍塌，成为川藏公路上的有名的"拦路虎"。川藏线上流传着"天不怕，地不怕，就怕然乌到中坝"的俗语。

他们在离开然乌兵站时，有人告诉他们："路上小心飞石。"然乌湖四周都是雪山，风光异常美丽，湖水飞流直下，形成壮观的瀑布，平静的湖水顷刻间变成了一条奔腾不息的河流，帕隆藏布江由此发源。

由于正值夏季，雪山上的雪水融化，咆哮的雪水在公路上冲出了一条100多米的槽沟，拦住了他们的去路。尽管水深只到膝盖部位，但水流湍急，还挟带着石块奔涌而来。

罗维孝试探着下了水，但水流流速很快，被迫返回。这时一辆小车冲过来，司机下车观察了一会儿后，大致选好路线后，上车一头就冲进了水中前进，小车开到槽沟中间，因水流太快，小车的车头被湍急的河水改变了方向，向路边的帕隆藏布江滑了过去。

"危险！赶快冲！"罗维孝站在路边上急得大喊了起来。

好在司机临危不乱，及时打正了方向，加大油门冲了过去。小车总算有惊无险地冲上了公路。司机又停下了车，高声喊："你们要小心，水流太急！"

罗维孝脱去衣裤，只穿了一条短裤，尝试着涉水过沟。几

次险些被水冲倒后，终于走过了槽沟。随后又走了回来。他们决定，两人一辆车，齐心协力向前走。

罗维孝和梁辉率先下水，由于自行车的车身和行李包加大了阻力，自行车被冲得七倒八歪，实在稳不住时，罗维孝就用肩膀死死地扛住自行车，尽量让车身不再晃动。好不容易走到水流中间，一块随着水流翻滚的大石块击中了罗维孝的右脚踝，一股钻心的疼痛让罗维孝差点倒下，自行车也顺势压了过来。眼看着罗维孝就要倒下时，说时迟那时快，只见他猛然间蹲了下去，从水中一下就把自行车顶了起来，梁辉也死死地稳住了在水中东倒西歪的自行车，他们都拼命地站了起来。

如果稍有迟疑，他们一旦倒下，就会连人带车冲进江中……

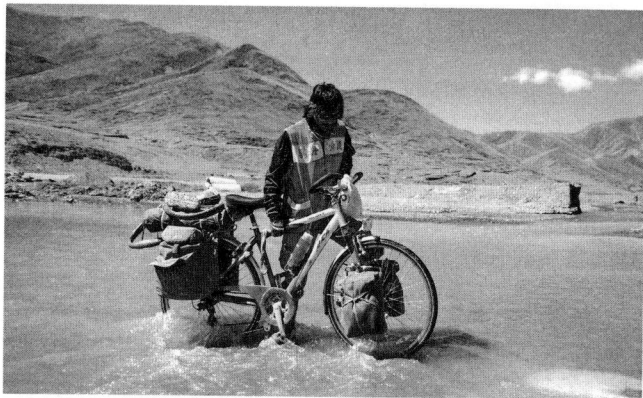

涉水过河

过沟后，罗维孝和梁辉早已筋疲力尽，他们瘫倒在公路上，仰望着蓝天白云，恍若隔世。

回想着刚才惊险的一幕，他们有种劫后余生的感觉。

惊奇 屋脊飞翔 灵动永恒

2005年7月2日，罗维孝和梁辉顶着一阵雨、一阵冰雹、一阵雪，从那曲骑行到了安多，住进了安多兵站。

这里六月飞雪，次日起床一看，天空中飞舞着漫天的雪花。他们依然上路。在雨雪中行进，漫山遍野的积雪，一片银色的世界。真不敢相信此时还是盛夏季节。

下午4时，他们登上了在梦中出现过千百回的唐古拉山口。这里海拔5231米。曾经的神秘莫测、遥不可及，在这一瞬间都成了过去。罗维孝分别用一指、两指、三指做了几个俯卧撑，留下了"到此一游"的印记。

在骑行青藏高原前，刘正良曾告诉他们："如果能够成功地翻越唐古拉山口，从某种意义上来说，那就意味着你们骑行青藏高原成功了。"

从唐古拉山口下山，完全是下坡路段，尽管弯道较多，但路况不错。由于心情放松了，他们有了"过一把飞翔瘾"的愿望。于是，他们松开了刹车，在公路上尽情地"飞翔"。

冰雪行进

　　这段路坡度适当，没有急弯，也没有陡坡，线型很好。在骑行过程中，偶尔会产生瞬间失控而造成离心力偏离的"失重"感觉，"老夫聊发少年狂"，罗维孝在旷野大声地叫了起来。这种感觉，可遇不可求。

　　飞翔在天地之间，梦想在追逐之中。

惊艳　迷失方向　邂逅藏驴

　　2008年9月16日，罗维孝骑行在新藏线上。

　　一大早他从香筑出发(香筑，在地图上是没有的。只不过是行人的一个落脚点，仅有一间藏民房屋)，目的地是46公里以外的马攸木拉边防检查站。

一出门罗维孝就感觉有点不对，鹅毛大雪伴随着冰雹一直不停，气温骤然降了不少，手脚冰冷得难受。

这段路的路况也十分糟糕，颠簸得手脚都感到麻木，骑行约20公里后，罗维孝看到路边有一便道，他以为是一条可以骑行的近道，本想轻松一下，谁知道便道和大路的方向南辕北辙！

罗维孝由此走入了一条和大路不同方向的死路！等到他察觉不对时，已走了很远一段路。想退回去，又有些不甘。于是，他将大路的方向大致辨别清楚后，推着车在沼泽地里艰难地行走。本来新藏公路的很多路段没有固定的路线，因为这里的很多河流是季节性的，而且河流经常改道，河床上几乎没有什么桥梁，哪儿好走就从哪儿过河。

过完沼泽地，又是连续的几个小山包。

站在山包上，罗维孝远远地看见公路的影子，走了3个多小时的冤枉路，终于又回了大道上，罗维孝松了一口气。

福兮祸兮，这是人世间很难说清的事。就在罗维孝快要靠近大路时，突然听见马蹄声，他抬头一看，天哪！在他不远处，一大群藏羚羊疾速地向他奔跑了过来。

罗维孝兴奋不已，这群藏羚羊看到他后，马上一个急停，转身就跑，等他将自行车停稳并拿出相机时，藏羚羊早已跑得无影无踪了。

　　罗维孝懊悔不已，早晓得有如此"艳遇"，就该把相机拿出来了。

　　罗维孝心存侥幸心理，希望这群藏羚羊又跑回来。于是，他把相机挂在了脖子上，守株待"羊"。

　　就在罗维孝艰难地再次翻越过一个小山包时，刚一露头，就隐约看见一群人影摇摇晃晃地向他走来。在这荒无人烟的地方怎么会有那么多人呢？他定睛一看，天哪！是野藏驴。

　　青藏高原独有的野藏驴。

　　跑了藏羚羊，来了野藏驴，真是天不负我！与野藏驴不期而遇，近距离观看野藏驴在原野里游荡，罗维孝的心狂跳了起来。

　　看来上苍是公平的，虽然走了冤枉路，但碰到了难得一见的藏羚羊和野藏驴。

　　罗维孝轻轻地把自行车放倒在地上，自己也小心地趴在了地上，端着相机就是一阵抓拍。

　　"咔嚓……"

　　在寂静的旷野上，相机的快门声显得异常的"响亮"，天性警觉的野藏驴一下仰起了脖子，朝着快门声响的地方看了一眼，然后一声长嘶，转身就跑。好在罗维孝已拍了几张自认为满意的画面。

　　看着野藏驴消失在茫茫荒原，罗维孝长舒了一口气，感叹起来：

与野藏驴不期而遇

藏羚羊

"没有走错的道路，只有错过的风景。"

当罗维孝进入新疆境内的"死人沟"时，惊艳的一幕再次发生，他与藏羚羊又有了一次美丽的邂逅。瞬间的惊艳，被他定格在了镜头中。

惊叹　骑游登顶　巅峰悟道

罗维孝一次又一次在骑在世界屋脊之巅，他曾写下了这段文字：

追逐梦想，走进高原。

用双脚行进，用生命丈量。让我在60岁之前，骑行完了进藏的4条公路。

不是什么人都能够骑着单车闯进青藏高原，不是什么人都有机会拥抱世界公路之巅的界山达坂，这是我渴望已久的胜利登顶，这是上苍和命运给我的最好回报。

骑游已成了我生命的一部分。从说走就走的盲目无序的骑行，到有目的和目标的骑行，渐渐地我明白了一个道理，当前进的脚步与时代的足音共鸣时，将会产生更强烈的"共振"。

应该说，每一个人对人生、对生命存在的价值和意义都有不尽相同的解释。这些年来，孤独狂放的我奔走在华夏大地，纵情于山川旷野，融入自然，绽放出生命的精彩，这既是艰难的跋涉，更是心灵的游历。

站在界山达坂，极目远眺，巍峨的群山伸向蓝天，白云和雪山缠绵交织，天地浑然一体，蜿蜒盘旋的公路缠绕在山间。

山高人为峰，路远我来过！在苍茫的天地之间，只有我——一人一车的身影。

那一刻，我明白人生的精彩，不在于生命的长度，而在于生命的高度、生命的宽度！

骑游祖国山河

"东西南北中，中国在心中"。

从 2009 年到 2013 年——

轮迹天涯，他用自行车丈量祖国大好

河山。

他南下感恩，为援建雅安的人民奉送一

杯感恩茶；

他北上探秘，为献身国防而自豪；

他东征西进，足迹遍及神州……

引子

感恩万里行"独行大侠"单骑南下

一名四川地震灾区年近六旬的老人，一辆自行车，从雅安出发，单骑东进南下，途经四川、重庆、湖北、湖南、广东，计划在 2009 年 5 月 12 日抵达海南省海口市，往返行程 7000 余公里，为援建雅安的广安、湖北、海南市民奉送一杯清茶。

怀感恩悄然上路

一辆自行车载着几个军绿色的包裹，一件黄背心上"轮迹天涯"几个大字特别醒目。2009 年 4 月 10 日清晨 7 时 30 分，有着"独行大侠"之称的罗维孝又一次悄然上路。

"抗震救灾一周年纪念日快到了，我以自己的方式，到援建雅安的省市表达感恩之心。"罗维孝摊开了一面红色大旗，"大爱无疆·雅安在废墟中崛起新家园——'5·12'汶川特大地震雅安灾区市民罗维孝万里感恩行"赫然醒目。罗维孝告诉记者，他将骑游广安市、湖北省、海南省，来回行程 7000 余公里，

他还向援建省市的老乡带去了雅安的茶叶和他自己的书《问道天路——骑游青藏高原六十二天》。

"我用自行车丈量祖国的大好河山。"但这次骑自行车远行的意义跟以往任何一次都不一样。"去年'5·12'汶川特大地震发生时，我正骑行在滇藏公路上。地震发生后，湖北省、海南省、广安市给我们大量无私援助，在大家的共同努力下，坚强的雅安人民从伤痛中振奋起来，在废墟中建起了新的家园。'5·12'一周年即将到来，我骑着自行车，到广安、湖北、海南，向援助我们的父老兄弟报喜，同时向他们奉送一杯来自雅安的感恩茶。"

备礼物独自前行

在罗维孝的自行车上，他还带了几样特殊物品，旗帜、茶叶、图书。"这两面旗帜是广告公司特意为我做的。"罗维孝介绍，听说他要骑车感恩，雅安市新视界广告公司主动为他做了旗帜。罗维孝表示，他将在沿途的邮政局（所）加盖当日邮戳，用这种独特的方式完整记录他的感恩之旅。感恩万里行结束后，一面旗帜他将留着珍藏，另一面将转赠雅安日报社。报社领导表示，将把这面旗帜再转赠给雅安市博物馆。雅安两家茶叶企业四川蒙顶山皇茗源茶业集团有限公司、雅安市友谊茶叶有限公司免费提供感恩茶叶，让罗维孝帮忙带上家乡的茶叶，赠送给援建雅安的湖北、海南的市民。"这感恩茶有万千含义，既是我们感恩的表达，也是我们坚强奋起的证明。"他还带上了他写的《问道天路——骑游青藏高原六十二天》一书，表示将赠送给当地的图书馆。

"老罗用最直接的行动表达他的感恩之心，我支持他。"除了罗维孝的妻子李兆先外，市民刘南康是到现场送罗维孝出行的唯一友人。他们一直把罗维孝送到了金鸡关隧道口。

"老罗，早日凯旋！"在亲友的祝福声中，罗维孝的身影渐行渐远。

4月12日下午7时许，罗维孝从遂宁市蓬溪县蓬南镇打回电话。在过去的3天时间里，他一路风雨兼程，已沿途加盖了10多枚邮戳，平均每天骑行100多公里，距离广安市只有85公里。

（记者　高尧）

——摘自《华西都市报》2009年4月13日要闻版

回到雅安，罗维孝不忘盖最后一个邮戳（高富华　摄）

第一章

南下感恩　海角天涯

2009年5月15日下午6时许，下班时间已过半小时，雅安市中大街邮政支局的工作人员终于等来了一位从海南回来的"客人"，她为"客人"的感恩旗帜、《问道天路——骑游青藏高原六十二天》书上加盖了当日的邮戳。

为了加盖上这枚标志着他南下感恩成功归来的邮戳，骑行在从成都回雅安路上的罗维孝，提前就打回电话，请求邮政部门给予支持。

在旗帜上面，早已盖满了四川、西藏、新疆、青海、甘肃、云南、贵州、陕西、山西、河北、北京、重庆、湖北、湖南、广西、广东、海南等地的邮戳，密密麻麻的邮戳背后，讲述了一个个鲜为人知的故事。

"背起行囊，城市已在远方，对你挥挥手，不用说再见。"

2009年4月10日，雨后的雅安市空气格外清新。清晨7时30

分，推着自行车的罗维孝的身影出现在青衣江边，他向妻子李兆先挥挥手，骑上了自行车。虽然低调出行，但是仍然引得早起市民的围观。

一辆自行车载着几个军绿色的包裹，一件黄背心上"轮迹天涯"几个大字特别醒目。

还是那辆车，还是那个人，"独行大侠"罗维孝又一次悄然上路。

"这不是罗维孝吗？这次是到哪里呢？"一些早起的市民好奇地问道。

"地震一周年纪念日快到了，我以我自己的方式，到援建雅安的省市表达感恩之心。"罗维孝摊开了一面红色大旗，"大爱无疆·雅安在废墟中崛起新家园——'5·12'汶川特大地震雅安灾区市民罗维孝万里感恩行"赫然醒目。罗维孝告诉记者，他将"万里走单骑"，骑游广安市、湖北省、海南省，来回行程7000余公里，他还向援建省市的老乡带去了雅安的茶叶和他自己的书《问道天路——骑游青藏高原六十二天》。

"我要用自行车丈量祖国的大好河山。"罗维孝的车轮上已沾有我国14个省市地区的泥土，但是这次骑着自行车远行的意义跟以往任何一次都不一样。

"去年'5·12'汶川特大地震发生时，我正骑行在滇藏公路上。地震发生后，湖北省、海南省、广安市一直在给我们

大量无私的援助，在大家的共同努力下，坚强的雅安人民从伤痛中振奋起来，在废墟中建起了新的家园。在'5·12'一周年即将到来之际，我骑着自行车，到广安、到湖北、到海南，向援助我们的父老兄弟报喜，在废墟中雅安已建起新家园，同时向他们奉送一杯来自雅安的感恩茶，表达一个来自灾区市民的感恩之心。"

"这两面旗帜是广告公司特意为我做的。"据罗维孝介绍，在听说他要骑自行车南下感恩的事情后，雅安新视界广告公司主动为他制作了旗帜。罗维孝表示，他将在沿途的邮政局（所）加盖当日邮戳，用这种独特的方式完整记录他的感恩之旅。

"我还要代表雅安市民送上一杯真诚的感恩茶。"获知罗维孝将感恩万里行，四川蒙顶山皇茗源茶业集团有限公司、雅安市友谊茶叶有限公司让罗维孝捎上家乡的茶叶赠送给援建省市的市民。让他们品尝震后雅安的春茶。"这茶有万千含义，既是我们感恩的表达，也是我们坚强奋起的证明。"

同时，罗维孝还带上了他写的《问道天路——骑游青藏高原六十二天》一书，表示将赠送给广安、湖北、海南三地的图书馆。

"老罗用最直接的行动表达他的感恩之心，我支持他。"除了罗维孝的妻子李兆先外，市民刘南康是到现场送罗维孝出行的唯一友人。他们一直把罗维孝送到了金鸡关隧道口。

"别送了，你们回去吧！"罗维孝挥挥手，一路向前。

"老罗，早日凯旋！"在亲友的祝福声中，罗维孝的身影渐行渐远。

离开家乡后，罗维孝一路风雨兼程，途经成都、遂宁，13日下午安全到达感恩首站广安。在思源广场举行了首场感恩活动。他说，广安是他这次感恩行动的第一站。去年"5·12"汶川特大地震后，广安市按中央、省上安排，对口支援受重灾的雅安市宝兴县硗碛乡。一共援建了29个项目，总投资达114.8万元。近一年时间里，广安市委、市政府及广大市民给予了雅安灾区无私的大爱，在成千上万援建者的帮助下，重建工作正积极向前推进。在"5·12"汶川特大地震一周年即将到来之际，他作为受援方雅安灾区的一个市民，以这种独特的方式对支援方表达感恩之心。

13日下午，罗维孝又走在了路上，他取道重庆，直奔三峡。21日上午10时许，湖北省图书馆门前出现了罗维孝的身影。他拿出感恩旗帜，请武汉市民签名，并把随身携带的雅安茶叶（小袋包装）赠送给过往市民，向湖北省图书馆签名赠书。

"去年'5·12'汶川特大地震，我们雅安受到严重波及，被列入四川省六大重灾市州之一，湖北人民无偿投入20多

个亿，帮助雅安市汉源县恢复重建……"罗维孝向武汉市民介绍了雅安市在大地震中的受灾情况和湖北人民的援建情况。

"感恩的心，感谢你们。大地震已经过去一年了，我们在湖北人民的无私援助和我们自力更生坚强奋斗下，灾区人民站起来了，搬进了新家，过起了新生活。截至目前，还有3000多位湖北援建者迎着烈日，在我市汉源县的建设工地上挥洒着辛勤的汗水。湖北援建汉源的项目也在紧锣密鼓地进行中。"罗维孝深情地说。

在武汉市民的一片掌声中，罗维孝向他们鞠了一个躬，"我此行一是向湖北人民报喜，二是向你们真诚地道一声谢谢。"活动结束后，罗维孝谢绝了当地媒体宴请的好意，顶着骄阳南下，当天晚上，他就到了90公里外的咸宁市。

越往南方走，气温越来越高，他的皮肤早已被灼伤，又痒又痛，屁股也磨出了血，他依然坚持。骑行到湖南衡阳后，自行车的后刹出了问题，而从衡阳到广东韶关的路上车流大，而且坡多，刹车失灵，他只得改道走车流量少的广西，取道桂林进入广东。

感恩路上，罗维孝的英雄般壮举也在感动着沿线的群众。在四川乐至、重庆梁平等地，旅馆老板怎么也不收他的住宿费；在长江三峡，破例让他骑车通过西陵峡大坝；途经湖南岳阳楼，管理人员把他请上岳阳楼合影留念；到了广西，一家小学请他到学校与师生联欢……

还有一些爱心人士，看着跟随了罗维孝多年的自行车已经破旧不堪，准备筹钱为他换一辆新的自行车，但他执意不肯……

5月2日晚上10时，罗维孝终于抵达海南省海口市。

海南省自行车协会的数十位会员在得知这一消息后，特意赶来与这位"万里走单骑"的骑友会面，向他的这种精神和毅力表示敬意。

第二天，罗维孝骑车到了海口市明珠广场，当在场的市民听说老人已经59岁，还骑单车千里迢迢赶来海南送茶叶，不禁纷纷向他竖起了大拇指。罗维孝把最后的一点茶叶全部送给了海口市民，"君子之交淡如水，我把雅安的茶送给海南人民，虽然微不足道，但礼轻情意重，是我们雅安人民的一份心意。"

罗维孝深情地说："在中央没有分配给海南对口援建任务的情况下，你们主动向中央请求重点支援宝兴县的灾后重建，投入1.5亿元的援建资金，重点援建宝兴县中学的重建、宝兴县人民医院的重建、灵关小学的重建、中坝小学的重建、219户受灾农民住房建设等项目。此外，还向宝兴县捐赠价值1100万元的汽车、衣被等物资。"

面对众多的市民，满脸黝黑的罗维孝用已经晒得脱

罗维孝骑行南下感恩，在海口市向市民赠送雅安藏茶

罗维孝骑行南下感恩

皮的双臂举起了"大爱无疆·雅安在废墟中崛起新家园——'5·12'汶川特大地震雅安灾区市民罗维孝万里感恩行"的红色大旗。

"一个，两个……"好奇的市民数着旗帜上盖着的邮戳，最后的结果，总共78枚邮戳。这78枚邮戳，清晰而完整地记录着罗维孝从四川到重庆、湖北、湖南、广西、广东、海南一路骑行7个省、市、自治区的感恩之旅。

2009年5月4日，罗维孝离开海口，又独自上路，他绕海南岛一周，然后骑行回家。骑至广州，那辆陪伴罗维孝四上青藏高原、足迹遍及全国20多个省、市、自治区的"坐骑"已不堪重负，轰然倒下，罗维孝推车的时间比骑车的时间还要多。

在友人的劝说下，罗维孝很不情愿地把自行车托运到成都，他乘火车于5月14日回到了成都，结束了他的感恩万里行活动。

"再难，我也要把这辆自行车骑回家！"15日一大早，在晨曦中罗维孝已经上路了，直到傍晚，骑行150公里的他回到了雅安。"如果车子没有困难，以前雅安到成都，我可以一天打来回！"罗维孝说。

回家后，他把盖满了"感恩"邮戳的旗帜赠送给了雅安日报社，报社社长、总编辑杨建光表示，在适当的时候，报社会将这面记录着感恩万里行的旗帜转赠给博物馆收藏。

后来，雅安建立"5·12"灾后重建陈列馆，杨建光代罗维孝将这面感恩旗帜转赠陈列馆陈列。

那辆陪伴着罗维孝骑行了大半个中国的自行车，越骑越贵，国内不少收藏家提出高价收藏的要求，有的竟然开价到了10万人民币，但都被罗维孝谢绝了。最终，他把这辆自行车也捐赠给了陈列馆。

在南下感恩路上，罗维孝先后接受了《广安日报》《四川日报》《湖北日报》《海南日报》的采访。

得知罗维孝在"5·12"汶川特大地震一周年的时间中，独自一人两上青藏高原、单骑万里感恩中国行后，多家出版社向他约稿："老罗，再出一本书吧！"

然而，罗维孝的回答却让他们大跌眼镜："得之不求，求之不得。四次骑游青藏高原，是为了梦想；'轮迹'天涯万里行，是为了感恩。"

第二章

北上探秘　直抵北极

进藏的路走完了，感恩的路也走了，罗维孝的下一个目标在哪里？

2010年6月15日上午10时许，罗维孝站在中国边境线上最北端的边陲小镇——黑龙江省漠河县北极村，在中国传统端午

罗维孝骑行中国北极村

节来临之际，电话传情，遥祝家乡父老和亲朋幸福安康、雅安
发展越来越好！

2010年4月18日，年过花甲的罗维孝又开始了新征程——
向祖国最北端的黑龙江省漠河县进发。

> 从四川进入陕西，再经黄帝陵到延安后，进入山
> 西，经宁夏到内蒙古，再到北京、天津后，经河北山海关
> 进入辽宁，从吉林进入黑龙江绥芬河口岸后，再向北骑
> 行，最后到达北极村。

按正常路线北上，路程只有4000多公里，为体验祖国北方
和东北的大好河山和人文历史，他骑行的是迂回路线。进入黑
龙江后，他经牡丹江、齐齐哈尔，进入满洲里，然后再到黑龙
江省漠河县北极村，历时两月，途经10个省市自治区110多个
市县，总计行程8600多公里，完成了他的北上旅程。

这次行程，是罗维孝骑游以来，单边里程最长的一次。虽
然没有青藏高原的道路艰险，但大量时间穿梭于偏远之地，很
多路段正在修路，行程依然非常艰辛。

我是谁？我从哪里来？我要到哪里去？

罗维孝辗转在黄土高坡、燕赵大地、东北黑土地上。在这
条寻根之旅上，他拜谒了中华人文始祖轩辕黄帝，瞻仰了毛泽

东延安故居、西柏坡会议旧址，在山西洪洞县大槐树、当兵期间的旧营房留下了身影。他在黄土高原、内蒙古大草原、大小兴安岭上穿行，无论体力是否跟得上，无论事前是否准备了充足的干粮和水，罗维孝只有一个念头：往前冲。

有一天，在小兴安岭高山陡坡处，罗维孝明显感到体力不支，正打算找一个背阴的地方休息时，不慎连人带车摔翻在地。他索性躺在地上，过了好一会儿，才缓过劲来，接着爬起来又继续向前。

罗维孝骑行路程最长的一天，达到260多公里。

回顾此次骑游的经历，罗维孝用风餐露宿，忍饥挨饿，千辛万苦来形容，"身上已经被太阳晒掉几层皮了！"

让罗维孝感到自豪的是，一路上都有许多"锣丝"，他们不仅认识他，还知道他是雅安人，因此，他说"达到了我宣传雅安，让雅安走向全国的目的！"

之所以选择这条"拐拐弯弯"的路线，除了寻根外，罗维孝还有一个更主要的原因，那就是为了盖邮戳。他的目标很简单，在中国大陆上的31个省、市、自治区，每个地方都应有他的足迹；在他的骑行旗帜上，在他写的《问道天路——骑游青藏高原六十二天》书上，要盖满31个省、市、自治区的邮戳。

还有一个隐藏在罗维孝内心深处的一个秘密，这个秘密既是他的自豪，也是他的隐忧。

当罗维孝骑着自行车来到辽宁省兴城县，那是自己当兵的地方。在昔日的营房所在地上，他惊讶地发现，曾经戒备森严的营房早已人去楼空，荒草和灌木丛在操场上疯长。

当年罗维孝所在的部队主要任务就是开采铀矿。

罗维孝围着营房转了好几圈，营房、操场、大礼堂……他拍下了无数的照片，怅然若失。

"我为献身国防而自豪。"最终他轻轻地来，轻轻地去。

当兵前，罗维孝已参加了工作，在雅安电力公司当工人。1972年部队征兵，在献身国防的号召下，他穿上了绿军装，来到东北辽宁省兴城县当了一个基建工程兵。在部队一待就是6年。

罗维孝至今还记得，有一次他和战友们正在坑道中作业，矿井突然坍塌，石块砸在他的头上，把他打倒在坑道里，埋在了石堆中。战友们冒着再次坍塌的危险，硬是用双手把他从石堆中刨了出来，让他死里逃生。

战友情深，生死相依。

一想起这一幕，罗维孝就忍不住要流泪。

军营还是罗维孝成长的摇篮。

在部队服役期间，罗维孝意识到了文化的重要性，在部队领导的引导下，他养成了读书学习的好习惯。他买了一本《新华字典》，随时带在身上，一有空闲，他一个人跑到海边的沙滩上，拿着木棍练习写字，尝试着给母亲写了第一封信。从此，罗维孝开始与书结缘，不仅养成了读书学习的好习惯，他还摘抄了大量的名言警句，丰富了自己的精神文化生活。后来，他还成为沈阳军区学习毛泽东思想先进个人。

对于自己6年的军旅生涯，罗维孝一直很自豪。

虽然自己白细胞低的原因，也许跟自己从事铀矿开采的工作有关，但罗维孝依然无怨无悔。

失之东隅，收之桑榆。如果自己身体好，也许会迷上其他事，正因为身体不好坚持锻炼，才有了今天骑着自行车满世界跑的结果。

战友们，我回来了！

漠河北极村因其地处高纬度线上，每年的夏至前后便产生白夜的现象，白夜的出现为看极光提供了容易看到的有利条件。由于极光出现的时间一般是在夏至，加之其形态变化多端、色彩神奇诡异，又极少能见其真容，所以人们为能一睹极光风采而趋之若鹜，一旦看到，便是一种幸运与吉祥的降临。

漠河县为了推进当地旅游业的发展，将每年的"夏至"这一天定为"北极光"节。一到"北极光"节，游人便从四面八方汇聚在了北极村。这里十分热闹，游人们在江堤上放起江灯、孔明灯，点起一堆堆篝火，轻歌曼舞观看神奇的白夜景观；如果有幸看到北极光，那便是最完美的节日了。

罗维孝到了漠河，再过几天就是夏至了，但他并没有停留，刻意地等候"北极光"节的到来。

罗维孝挥挥手，骑上自行车，又踏上了回家的路。

第三章

意外受伤　扑朔迷离

意外受伤

"喂！你是李兆先女士吗？"

2011年4月28日下午，正在雅安家中的李兆先接到一个说普通话的电话，是从福建省宁德市古田县打过来的。

那人的普通话说得很不标准，听了半天，李兆先终于听明白了，那人说是他是古田县医院的医生，罗维孝在宁德市古田县发生了交通事故，受了重伤住院，现在生命垂危，昏迷不醒，请家属尽快赶过去照顾病人……

李兆先不等对方把话说完，就把电话放下了。

"骗子！肯定是骗子！"

然而她刚放下电话，电话铃声又顽强地又响了起来。

"罗维孝真的是受伤了，他摔倒在隧道中，头部受了重

伤，经过抢救治疗，现在还是没有醒过来。有可能成为植物人。是交警把他送到医院抢救治疗的。"对方生怕李兆先又挂电话，一口气说了很多。

李兆先一听，急了。

她马上拨打罗维孝的手机，但得到的回应是："你拨打的电话已关机，请稍候再拨。"

再拨，还是这样的回应。

"这究竟是怎么一回事？莫非老罗真的出了事？"李兆先急得直跺脚。

以前，李兆先也曾接到过很多类似的电话，最终证实都是骗人的。

这一次，罗维孝真的出事了，就在李兆先接到电话的同时，他们的儿子、在成都工作的罗里也接到同样的电话。

此时，头部缠着纱布，昏迷不醒的罗维孝正躺在古田县人民医院的病床上，一动也不动。

最后，李兆先、罗里分别打电话到了古田县交警大队，从交警那里得到证实，罗维孝受伤住院的事是真的。

李兆先和儿子罗里、儿媳刘夏伊坐飞机赶到了福州，再乘坐朋友的小车直奔古田县人民医院。

罗维孝是2011年4月2日出的门。他这次的骑行路线是：从四川到贵州、广西、广东，再到江西、安徽、福建等地。这次

从雅安出发南下（高富华　摄）

骑行，纯粹是为了"打补丁"，他要把自己没有去的省、市一次性走完。

随着没有自己足迹的省、市、自治区的空白点越来越少，罗维孝又有了新的打算，把自行车骑到国外去，展示一个中国老头的风采。

而随着年龄的增大，一天比一天老了，罗维孝有些紧迫感了，他想尽快完成国内的骑行，只待时机一成熟，就骑着自行车冲出国门！再不出门就老了！

在哪里出国门？

到哪个国家去？

骑行的主题是什么……

对这几个问题，罗维孝已思考了很久，但一直没有一个明确的答案。

从最初单纯地为了锻炼身体而进行骑游，后来，骑游的目的更加明确了。在锻炼身体的同时，增加了一些主题活动，自己早已不是单纯的骑游了。准确地说，应该算是公益性的主题骑游，每次骑游，都应该有一个明确的主题。主题定了，再确定骑行路线。

罗维孝最先打算骑游的线路是玄奘之旅。一部《西游记》，迷了多少代人？他要演绎一个"西天取经"现代版的故事。

后来，这一方案被他自己否决了。自己又不是佛教徒，取什么经?

罗维孝又想到了骑游中国边境、骑游东南亚……

甚至还想到了骑游宝岛台湾,到台湾木栅动物园去看中央政府赠送过去的大熊猫。那两只大熊猫就是从雅安飞过去的,名字叫"团团""圆圆","娘家人"去看大熊猫……

这一条又一条的线路,这一个又一个的主题,最终都被罗维孝否决了。

名不正则言不顺,主题不响亮线路不好定。一条骑游线路让罗维孝寝食不安。

后来,罗维孝想到了一个人——张骞。

张骞双脚改变世界,走出了一条丝绸之路。罗维孝决定骑游丝绸之路。

对于丝绸之路,罗维孝并不陌生,因为南方丝绸之路就在雅安家门口。

据史料记载,公元前138年,张骞从长安出发出使西域。当时大汉帝国的疆域并不大,西部边界就在陇西,即今天的甘肃临洮。在张骞出使西域前,中原文明对于西方的地理概念是模糊混乱的,张骞返回长安后,带回了许多西方的地理和民族信息,成为中国人认识外部世界的第一份原始材料,让中原文明看到了一个完全不同的世界,并产生了与之交流、通商的强烈愿望。

然而让张骞不解的是，他围着西域绕了一个大圈，居然在大夏国（今阿富汗东北部）看到了"自家"的东西——四川的邛竹杖和蜀锦（布匹）。

张骞推断，除了他走的路线外，还应有一条从四川通往印度而到达大夏的道路，从而可以不经过匈奴在西北的控制而联络上西域诸国。

张骞出使西域，开辟了一条中国通往世界的绿色丝绸之路，即后来所说的"北方丝绸之路"。

而张骞所说的"另一条"道路，就是早于北方丝绸之路就存在的"南方丝绸之路"（即"蜀身毒道"）。南方丝绸之路和川藏茶马古道，在雅安境内（从青衣江到大渡河段）是重合并行的，到了大渡河畔，一路向西进入康藏，一路南下进入滇缅。而在南方丝绸之路和北方丝绸之路之间，是一条被大诗人李白感叹"难于上青天"的"蜀道"（栈道千里，无所不通）相连。

为此，罗维孝专门买了一张世界地图挂在书房的墙壁上，只要没事，他就站在地图前仔细端详，他想在上面确定一条适合他骑行的国际骑游线路。

这一天，罗维孝又站在地图前看了起来。

看着地图上的一个又一个的国家，时而清晰时而模糊，突然间一条线路蹦了出来，而在这条线的国家顿时鲜活了起来。

罗维孝提起笔，一刻也没有停顿，他在中国——东南亚——南亚——中亚——东欧——西欧——中国画了一个圈！

罗维孝终于规划出了一条骑游世界的线路。

从雅安出发，骑行南方丝绸之路到云南，从云南腾冲出境后，再沿缅甸、印度、巴基斯坦、土耳其、意大利、法国、德国、波兰、俄罗斯、吉尔吉斯斯坦、哈萨克斯坦绕一圈后，再从新疆入境回到中国，沿北方丝绸之路，从新疆到陕西，经蜀道进入四川，经成都到雅安的南方丝绸之路回到出发地。

这条骑游路线穿越了东西方，连接起了南北丝绸之路，在地球上画一个大大的圆圈，还把张骞之旅、马可·波罗之旅、玄奘之旅等线路囊括了进来。

"大气！霸气！"罗维孝叫好起来。

望着地图上那条鲜艳夺目的红线圈，罗维孝有些吃惊了，他甚至不敢相信这条"大气、霸气"的线，是自己刚刚画上去的。

罗维孝静下心来，他细细地思考自己骑游这条线路的可行性。

最后，罗维孝还是摇了摇头。

这条文化骑游线路太庞大了，且不说自己能否骑下来，单是自己的知识储备就远远不够。而且张骞出使西域的事太过久远，丝绸之路上的很多史料现已无从考证，自己怎么走？怎么

与外国人交流？

因为除了汉语外，罗维孝不懂任何一门语言。

然而罗维孝又不忍放弃。

那几天，罗维孝就像丢了魂似的，站在地图前发呆，一站就是好几个小时。

在罗维孝的内心深处，他并不认为"大气、霸气"就好，他希望自己骑游的目的简单一点，路线明确一点，骑游口号自然也要响亮一点。最终，罗维孝的目光锁定在东西方之间，即从欧洲到中国，有没有一条很响亮的文化主题骑游线路，而且这条骑游线路最好跟自己的家乡雅安有关。

罗维孝最先想到了茶。

雅安蒙顶山是世界上有文字可考人工植茶最早的地方，茶也是从中国传到西方的，饮水思源，品茗寻根，骑游中华茶文化东西方传播之旅。

雅安是一个两片绿叶摇曳的城市，除了茶叶之外还有什么？罗维孝又想了另外一片绿叶——竹叶，从竹叶，他又想到了大熊猫。

古代，茶叶、瓷器、丝绸是中国的代名词，今天，熊猫、长城、兵马俑代表着中国。

说到大熊猫，罗维孝眼前亮了起来，到大熊猫发现者阿尔芒·戴维的故乡去，到法国去——骑着自行车到法兰西，重走

114

大熊猫发现之旅。

在茶和大熊猫之间选择，罗维孝的天平倾斜在了大熊猫身上。

起初，罗维孝自己也被这个大胆出国骑行念头吓住了，是不是过于疯狂了？

然而这一念头一出现，不仅在罗维孝的脑海里牢牢地扎了根，而且还像三月的野草一样疯狂生长，很快就长满了他的脑海，他整天想的就是如何骑行到法国——

怎么走？

何时走？

2010年，雅安成立了四川省大熊猫生态与文化研究会，罗维孝也加入了研究会。原雅安市人大常委会主任杨水源任会长，原雅安市副市长（后任四川省旅游局巡视员）孙前是该会的名誉会长。

2005年5月，在罗维孝首次骑行青藏高原出征时，时任雅安市副市长的孙前给予了充分的肯定和支持，罗维孝的《问道天路——骑游青藏高原六十二天》一书问世后，罗维孝专门赠送给了孙前，对他当年的支持表示感谢。

惺惺相惜。后来孙前创作的《大熊猫文化笔记》一书出版后，孙前也赠送了一本书给罗维孝。

　　大熊猫不仅是中国人民的国宝，也是一项与全世界人类息息相关的珍贵自然遗产。它具有无与伦比的科学、经济和文化价值。回顾走过的历程，我们重视大熊猫的科学价值，忽视大熊猫的经济价值，无视大熊猫的文化价值。在对无与伦比的文化价值的评估判断面前，我们应为我们的无知和迟钝汗颜。

　　罗维孝沉思了起来，"我们再也不能无知和迟钝下去了！"读罢《大熊猫文化笔记》，更是进一步坚定了罗维孝的信心和勇气。

　　当年，阿尔芒·戴维先后两次从法国到中国，走的都是水路，他坐轮船从大西洋到印度洋、太平洋，漂洋过海大半年，绕行了大半个地球才到了中国。后来又辗转到了成都，仅从成都到宝兴邓池沟天主教堂，就走了整整8天的时间。

　　罗维孝想的是，过去阿尔芒·戴维坐船来，把大熊猫模式标本带到了法国，今天我骑车去，沿着丝绸之路横跨亚欧大陆，到法国回访大熊猫发现者阿尔芒·戴维故里去，把大熊猫文化传递到法国，为无与伦比的大熊猫文化价值再添一把火。

　　罗维孝有意地查了一下，大熊猫是1869年首次发现的，中国和法国是1964年正式建立外交关系的，中国首次向法国赠送大熊猫是1973年，如果能在2013年或2014年成行，是中国首次赠送法国大熊猫40周年，或是发现大熊猫145周年和中法建交50周年，都是值得纪念的日子。

"国之交在于民相亲，民相亲在于心相交。"自己作为一个大熊猫文化使者，沿着丝绸之路骑行到法兰西，自然会为中法之间的民间文化交往增添新的元素。

在时间的选择上顺其自然，罗维孝尊重护照的签发时间，也没有必要刻意地选择在某一个时间段。

说干就干。

办理护照的事，罗维孝交给儿子罗里。在他看来，办理签证是件简单的事。

罗里在网上查到了法国驻成都总领事馆的电话号码，电话打过去询问，对方告诉他申请办理到法国的签证是很简单的，只需要在网上找到中智签证（成都）法国受理中心网站，按要求登记申报，再提供相关材料。

这是法国驻成都总领事馆为了更好地接待签证申请者，建立的新的签证申请流程，帮助办理申请材料，处理签证申请。

对方还热情地告诉罗里，在网上申报后，然后等待通知，接到通知后，再按要求提供相应材料后就可办理签证了。

然而简单的事不简单，不知是什么原因，罗里一直没有收到回音。

罗维孝并没有放弃这一计划，他是一个不达目标不罢休的

人。在等待签证办理的期间，罗维孝决定再出门一趟，争取一次性走完没有到过的省后，就全身心地投入到圆自己"问道西方"梦想的筹备中。

扑朔迷离

罗维孝打开自己的骑行旗帜一看，江西、安徽、福建等地还没有自己的足迹，那就走一趟吧。这真是一次说走就走的旅行。

由于没有赶时间的压力，罗维孝这一趟骑游得很轻松。

到达福建后，罗维孝还绕了一个弯，专门跑到厦门市去看土楼。

2011年4月28日上午，罗维孝骑着自行车向古田县城进发。也许有着军人的情结，罗维孝每到一处，都要到与军事相关的旧址看一看。

罗维孝骑行的是国道316公路。罗维孝有一个习惯，他的骑行路线在出门前就要确定，并根据骑行路线做好"骑行路书"，如没有特殊情况，就严格按"骑行路书"进行，家人也知道他的行踪。

在进入古田县城前，有一个古田羊角岭隧道。罗维孝远远地看到了隧道标识，眼看着就要进入隧道时，只觉得突然间身后有股劲风向他刮来，一个黑乎乎的大东西向他扑了过来，他顿觉情况不妙，然而他既来不及避让，也无法回头看一眼，就一头栽倒在公路上，什么也不知道了。

罗维孝醒来时，已是第二天下午，他整整昏迷了20多个小时。妻子李兆先、儿子罗里、儿媳刘夏伊早已赶到了医院，正泪流满面地守候在他的病床前。

后来，交警告诉罗维孝和他的家人，事故的原因，他们已经调查清楚了，那天罗维孝骑着自行车进入隧道后，自行车突然失控，罗维孝连人带车摔倒在隧道内，头部受伤，因而陷入昏迷。

所幸的是，当地水口派出所民警正好经过这里，发现了他摔倒在隧道里，因无法判断他的伤情不敢轻易移动，民警立即通知了水口卫生院和水口交警中队。由于隧道里光线较暗，过往车辆的车速也较快，交警赶到现场后，在隧道内设置了安全隔离带，亮起了交通警示灯。

水口卫生院医生随后赶到对罗维孝进行了简单救助并将其送往古田县医院进一步救治。县医院迅速开辟绿色通道，对罗维孝进行抢救。

医生诊断为：

1. 右侧颞叶挫裂伤；

2. 侧颧弓及左侧颞骨骨折；

3．全身多处软组织挫擦伤；

4．左眼结膜挫伤；

5．中颅窝颅底骨折。

由于罗维孝头部多处受伤，可能伤及头部神经，处于深度昏迷状态。医生当时告诉交警，如果伤者醒不来，有可能成为"植物人"。

处理事故的交警检查了罗维孝随身携带的行李包，找到了他的身份证和家人的联系方式后，便立即通知家属马上赶过来处理事故并照顾病人。

罗维孝住进医院抢救，在家属没有到来之前，交警中队派人轮流守候，代替家属照顾罗维孝。

伤者的妻子、儿子、儿媳到了，照顾罗维孝的交警就走了。对他们的照顾，李兆先千恩万谢。

头部受伤，罗维孝整天昏昏沉沉的，他唯一的感觉就是脑袋很大很重，脖子没有劲，撑不住。不敢想问题，一想问题就头痛欲裂。

对于这起事故，由于伤情的原因，罗维孝根本没有思考过。他对这起事故认定自然无话可说，家属也不清楚具体情况，交警怎么说，他们就相信什么。

这起被认定为"意外事故"的交通事故，事故责任由罗维孝本人承担。随着罗维孝本人和家属的签字，很快就结了案。

几天后，罗维孝的伤情得到了缓解，他终于回想起了自己倒下的那一瞬间。

当时罗维孝骑着自行车正在赶路，他清楚地记得来往的车辆并不多，而且自己还没有骑行进隧道，离隧道口还有一段距离，至少有二三十米远，怎么一下就摔倒在隧道里？

这一跌，摔得实在太离奇了。

罗维孝清醒后，交警归还了他的行李。罗维孝一检查，钱物证件倒是一件不少，但行李包有明显碾压过的痕迹，放在行李包的相机镜头也被压成了碎片。

罗维孝的伤情是明确的，但事故原因的认定也许并不准确，交警认定的事故原因，不是真正的事故原因，而是另有"隐情"。

罗维孝断定，这是一起扑朔迷离的交通事故，也许还是一起交通肇事逃逸案。

罗维孝越想越觉得事故认定是有问题的，一旦解开这个谜团，也许会让人匪夷所思。

罗维孝的直觉告诉自己，自己被救的地方也许不是事故的第一现场，事故的元凶十有八九是行驶在他身后的汽车，在把他撞倒后，驾驶员为逃避责任，很快把他转移到了隧道，制造了一个事故假现场后，就迅速地逃逸了事故现场。

当然，这一切，也只是罗维孝的推断，没有相应的人证和

物证。但罗维孝相信，从把他撞倒到把他转移到隧道中，至少要花上好几分钟的时间，肯定有人看见事故过程，如果认真调查，是能够找到目击者的。

就在罗维孝住院治疗期间，当地交警通过在网上检索，得知罗维孝是国内骑行界的名人后，来看望罗维孝的人不少，那几天，前来慰问的人络绎不绝，病房里鲜花不断。

本来罗维孝还打算"计较"一番，把自己受伤的事情弄个水落石出。罗维孝向来一是一，二是二，眼睛揉不进沙子。在他看来，自己并不是有意要为难谁，而是是谁的责任，就该追究责任人来承担，如果轻易放过肇事逃逸者，此人就会产生侥幸心理，也许将来会铸成大错。

那几天，罗维孝一面忍受着伤痛，一面还面临是否"计较"的煎熬。看着交警一次又一次的上门慰问，当地报社的记者还到病房来采访，根据交警的介绍，记者已"先入为主"地当了"新闻法官"，并下了事故结论——是罗维孝自己意外摔倒在隧道中受伤的。

罗维孝把自己的疑虑告诉了李兆先。

李兆先一听，立即跳了起来，先是把"肇事者"大骂了一顿，随后她冷静一想，要找到肇事者是要花时间和功夫的，自己离家千里之外，自己等不得也耗不起，她劝罗维孝放人家一马，息事宁人，不要再节外生枝了。

最终，罗维孝叹了一口气，决定此事就此了结。毕竟自己死里逃生了，已是不幸中的万幸，他不愿意再给自己和他人添堵了。

不久，罗维孝的伤情有了好转，也基本稳定了下来，医生同意他回家疗养。他们支付了所有的医疗费用，告别热心的交警和医护人员，罗维孝回到雅安家中继续治疗。

不过，在离开古田时，罗维孝还是把他对这起事故的推断告诉了对方。至于人家查还是不查，罗维孝已经顾不上了，他也不会追究，之所以要说出来，是图一个心安罢了。

回到雅安，看着头部水肿，脑袋比平常大了好几圈的罗维孝，李兆先又是恨又是笑。她恨的是那个肇事驾驶员，笑的是老罗可以停下来，不用再担心他折腾了。

世界梦想

守着躺在床上的罗维孝，李兆先倒很踏实，内心也比较充实，虽然每天忙进忙出地照顾他，但李兆先毫无怨言。

回到雅安休养的罗维孝，依然行动不便。但并不妨碍他思考。这次自己走着出门，躺着回家，虽然曾命悬一线，总算脱险了，但给家人蒙上了一层阴影，他们还会不会让自己出门骑游？

躺在床上，罗维孝想了很多很多。他反复问自己，自己是不是太自私了，自从自己第一次骑着自行车去西藏，就沉迷于自行车户外骑游，"轮迹天涯"似乎已成为自己生活的常态，置身旷野中，纵横天地间，只图自己快意人生，而忘了妻子对他的担忧和期盼。

罗维孝每次要出门，李兆先无一例外都要大声反对。

最终"反对无效"的李兆先开始为罗维孝收拾行李。

银行卡要带上，现金也要带上；衣服要多带几件，药品、食品多少也要准备一点；相机是必备的，电池、手电筒、雨具、水杯、洗漱用品也不能少……只见她放进去又拿出来，拿出来又进去，少了担心不够用，多了又怕重。

在疲惫不堪的时候，纵然是一张毛巾、一张纸片，也许都会成为压倒罗维孝的"最后一根稻草"。

每次为罗维孝收拾行李，李兆先不知要折腾好几回，这才算收拾好行李包。然而等到罗维孝出了门，李兆先还在念叨："还应该让老罗多带几件换洗的衣服。"

罗维孝和李兆先都是雅安电力集团的退休工人，以前工资低，加上罗维孝身体不好，49岁那年就处于离岗待退状态，只领基本工资，而且还要供养儿子上大学，自然没有多少积蓄。直到儿子工作自食其力，他们这才轻松了下来，没有什么经济负担，"吃饭挣钱"，吃光用光，除了基本的生活开支外，两人的退休金，几乎都花在了罗维孝骑游路上。

罗维孝长时间骑车，屁股和大腿根被磨得鲜血淋漓。在路上，罗维孝想了很多办法都无济于事，只得硬撑着。李兆先看在眼里，痛在心上。后来，还是李兆解决了这一难题，她找来几条牛仔裤，剪短后缝成特制的"铁裤裆"，罗维孝穿上后虽然感到不舒服，但总比皮肉耐磨，这才让他彻底摆脱了"难言之隐"。

其实，李兆先反对罗维孝出门，是担心他出得了门，回不了家。

在罗维孝出门之前，她都要反复告诫罗维孝："路上一定要小心，安全第一。你一定要活着回来，这个家不能没有你！"

想着想着，罗维孝总觉得对不起李兆先。俗话说得好，少年夫妻老来伴，自己常年漂泊在外，让她在家守候担心，如今自己倒在了路上，照顾自己的，还是李兆先。

看着李兆先忙碌的身影，罗维孝一股暖流刹那间涌上了心头，禁不住流下了眼泪。

"老罗，我给你搓搓澡。"正在这时，李兆先端着一盆热水走进了寝室，她准备为罗维孝擦热水澡。

蓦然间，李兆先回头一看，只见罗维孝泪流满面，她赶紧把热水盆放在地板上，就一头扑了过来，一边给罗维孝擦眼

泪，一边急急地问：

"罗老头，罗老头，你怎么啦……你哪里不舒服……快告诉我，我马上喊救护车，我送你到医院……"

罗维孝什么也没有说，只是缓缓地伸出手，把李兆先揽在怀里。

良久，罗维孝开了口："兆先，这辈子我对不起你。从现在起，我再也不出门了。整天守着你，看着我们一天一天地变老。"

"真的？不让你出门，不是要你的命吗？"

李兆先大吃一惊。

"蒸的，不是煮的。"罗维孝自嘲道。

其实，刚才话一出口，罗维孝就后悔了。

是的，骑游已经成为罗维孝生命中的一部分，只要能站着出门，自己就会骑着自行车疯跑。

"出门骑游的事，我们先不说，我给你讲一个故事吧。"

罗维孝拉着李兆先的手，轻声地讲起了故事。

从前，一位学人听说世上有一种"移山大法"，于是他就决定要学这种大法。但他拜访了许多名师，都未能如愿，感到十分失望。

一天，他去拜访一位大禅师，把自己的苦恼向禅师说了。禅师听完他的诉苦，十分轻松地告诉他："你不用到处跑了，在这里暂住一段时期，我可以教你'移山大法'。"

这位学人很高兴，于是就住了下来。但好多天过去了，禅师只是询问他的生活情况，并没有教他"移山大法"。

于是，他找机会问禅师："师父，你什么时候教我'移山大法'？"

禅师回答："世界上根本就没有'移山大法'，但有一种方法也能达到你所希望的目的。"

学人激动地问："是什么法子，请师父快告诉我。"

禅师平静地说："山不过来，我就过去。"

故事讲完了，俩人都没有说话。

过了一会儿，还是李兆先开了口：

"讲完了？"

"讲完了。"

罗维孝本来还想说，路不过来，我就过去。当我不能改变世界时，唯一能改变的就是我自己。

"那……"李兆先欲言又止。其实，罗维孝想说什么，李兆先心里明白。

李兆先白了罗维孝一眼，什么也没有说。她伸手试了试水温，加了些开水，这又拧干毛巾，仔细地给罗维孝搓起温水澡来。

随着骑游路线的不断延伸，罗维孝的视野也宽广了起来。他又想起了一个人和这个人说过的一句话。

这人是英国海军上校罗伯特·斯科特，是世界上最伟大的一个南极探险家。

斯科特在丧生南极前，他给妻子留下了最后一封信：

　　关于这次远征的一切，我能告诉你什么呢？它比舒舒服服地坐在家里不知要好多少！

这句话，也让罗维孝思考了很久。

从1901年起，斯科特多次带领探险队向南极点发起挑战，他发现并命名了爱德华七世半岛。1904年他回到英国，创作了游记《发现之旅》，曾是英国最畅销的书。

2011年，正好是人类抵达南极点100周年。

1911年12月14日，挪威人罗尔德·阿蒙森和他的探险队成功到达南极点。35天后，英国极地探险家罗伯特·斯科特一行也到达了南极点。虽然斯科特不是登陆南极的第一人，但他在科考方面的成就更大，因此在探索南极方面与阿蒙森齐名。

在返航途中，他们遭遇到风暴，最终，饥饿和寒冷最后战胜了这些勇敢的南极探险家，斯科特一行人魂归南极。

1912年3月29日，斯科特写下最后一篇令人伤感的日记：

我现在已没有什么更好的办法。我们将坚持到底，但我们越来越虚弱，结局已不远了。说来很可惜，但恐怕我已不能再记日记了……

斯科特用僵硬不听使唤的手签了名，想了想，他挣扎着又做了最后一句补充：

看在上帝的面上，务请照顾我们的家人。

每每想到这里，罗维孝都会潸然泪下。斯科特和他同伴的尸体，连同日记在6个月后才被发现，虽然他们历经艰辛，却没有将所采集的17千克重的植物化石和矿物标本丢弃，为后来的南极地质学做出了重大贡献。他们探险的日记、照片，也都是南极科学研究的宝贵史料。斯科特被英国国王追封为骑士。

不难想象，以100多年前的科技水平，深入南极腹地是多么困难的一件事。为了纪念他们百年前的壮举，人们牢牢记住了这些南极探险先驱的名字，并对这些敢于挑战自然的真正勇士给予了永远的敬意。

默想了一下，罗维孝把斯科特写给妻子的最后一句话稍微改了一下后，他喃喃自语：

是啊，关于骑游的一切，我能告诉你什么呢？我只得说，它比舒舒服服地坐在家里不知要好多少！

"你在说什么？"正在给他擦澡的李兆先问道。

罗维孝没有回答。

是的，我为什么选择骑游？

最初的选择因为要锻炼身体，弥补白细胞不足的毛病，让身体强壮起来，如果说是无奈的话，那么后来选择上路，就成了自觉的行动，一次一次地挑战自己，完成了很多常人不敢想，也不敢做的事。

古往今来，有多少人行走在探险与冒险的道路上？

张骞去了，马可·波罗来了；

阿尔芒·戴维来了，我罗维孝又要过去了。

世界是圆的，后来走的人多了，圆圆的世界就被这来来往往的人踩来踏去，最终成了"平"的。

人类的历史，实际上就是一部伟大的探险史。中国有神农尝遍百草、张骞西域行、郑和下西洋，外国有哥伦布横渡大西洋、麦哲伦航游大洋、达尔文周游世界等数不清的探险家，他们的脚步，从古至今、由远及近，从东到西、由南至北，坚定有力，永不停息。可以说没有探险就没有人类今天的文明，一个民族没有探险精神，如何立于世界之林？一代青年没有探险精神，如何推动社会发展？

探险，就是一种超越自我的考验，更是一种生命价值的体现。

罗维孝又想起了比他晚一年出生的余纯顺，那位被称为"20世纪中国最末一个争议探险家"。

1988年，时年37岁的余纯顺在上海宣布，他将开启"孤身徒步壮行全中国"计划。从此，余纯顺义无反顾地踏上了徒步走神州的旅程。

那年，正是罗维孝骑车翻过二郎山，到泸定县海螺沟看冰川的第二年。

"孤身徒步走天涯"的探险家余纯顺，一直是罗维孝敬佩的对象。

最终余纯顺倒在了罗布泊，正如他预言得那样，倒下时面对着东方，面对着故乡上海。

余纯顺的理想是走访遍960万平方公里的国土和56个民族主要的聚居地，成为世界上走得最远的探险家。1991年春，是余纯顺"孤身徒步壮行全中国"的第四个年头，他从陕西翻越秦岭进入到了四川。那时，余纯顺感觉到一个"伟大的时刻"即将来临了——

"青藏高原，我来了！"

从成都出发，余纯顺推着他的"中华奋进号"开始向青藏

高原挺进……

当余纯顺走到二郎山下的长河坝（今雅安市天全县两路口乡境内）时，突遇大雨和泥石流，公路被阻断，一堵就是好几天。在当地老乡、17岁少年王洪和他的母亲王孝玉帮助下，余纯顺不得不在长河坝住下来，等候公路修通。

通车后，王洪还跟着余纯顺在雨夜中翻越二郎山，一个前拉，一个后推，他们合力将"中华奋进号"手推车推上了二郎山巅，又推到了大渡河边。

由于道路崎岖，他们走到了大渡河畔的泸定县时，"中华奋进号"突然散了架，虽然车轮和底盘还是好好的，但当地无法修复。

无奈之下，余纯顺只得收拾行囊，一边将携带不了的帐篷、睡袋、望远镜等装备寄回上海家中，一边又托王洪找便车，将散了架的"中华奋进号"运回天全，暂时寄放在王洪的家中。

余纯顺告诉王洪："如果我能活着走完中国，若干年后，我会在得便时，专程前往天全看望你们母子，并接回我的这位负了伤的'伙伴'。倘若没有这个可能了，从此就不复再见。"

余纯顺向泪眼蒙眬的王洪挥挥手，又背起了背囊，向藏区的腹地挺进……

1988年7月1日，余纯顺开始了"孤身徒步全中国"的旅行、探险之举。

在随后8年的时间里，余纯顺的足迹踏遍23个省市自治区，已访问过33个少数民族，在各类报刊发表游记40余万字。

余纯顺沿途共拍摄照片8000余张，完成了59个探险项目，总行程已达8.4万华里（接近了阿根廷人托马斯的9万余华里世界纪录），为沿途的人们做了150余场题为"壮心献给父母之邦"的演讲。

其中，余纯顺前后用了一年半的时间，冒着泥石流、雪崩、高原反应的危险，在不断穿越海拔5000米左右的"生命禁区"中，完成了人类首次孤身徒步穿过川藏（含中尼公路中国境内路段）、青藏、新藏、滇藏4条公路全程的壮举，征服了"世界第三极"青藏高原。

就在余纯顺第五十九次探险中，出师未捷身先死，最终没能走出中国探险家的宿命。

1996年6月，余纯顺走到了自己生命的最后一站——新疆罗布泊沙漠。对于徒步探险的人来说，这是个死亡地带，几乎没有人曾经走过去，余纯顺不信邪，他要徒步穿越。

余纯顺孤身一人走进了罗布泊，不久，就发生了一场沙尘暴，在即将完成徒步穿越新疆罗布泊全境时，6月13日，余纯顺不幸在罗布泊中遇难。

　　也许自己的最后归属，余纯顺早已有了准备。只是这一天，他不知什么时候降临到他的头上。他在生前曾说过：

　　　　自己走在路上，每当夜空布满繁星的时候，躺在天幕之下，也会禁不住想念家乡，想念亲人朋友。可是早上起来，面对新的太阳，回望一下故乡的方向，也就那么走下去了。他认为自己生命最好的终结是在路上。

　　谁也没有想到，余纯顺一语成谶。

　　45岁的余纯顺倒下了，在离他超过阿根廷人托马斯徒步行走9万华里的目标，还差6000华里时，他倒在了行走的路上，壮志未酬。

　　"风萧萧兮易水寒，壮士一去兮不复还。"

　　"中华奋进号"再也等不到他的主人了。

　　"中华奋进号"便永远停留在了二郎山脚下，一个叫长河坝的地方。

　　当年那个帮他推车过二郎山的少年王洪，如今已是中年汉子。

　　余纯顺以徒步的方式征服了所有的进藏公路。昨天余纯顺走过的路，今天，罗维孝又用骑行的方式，不仅将全部进藏公路一一踩在了脚下，而且他的足迹遍及中国大陆的31个省、市、自治区。总行程已近4万公里。

让罗维孝更加骄傲的是，余纯顺从37岁开始行走，而自己是55岁才开始骑游。罗维孝的第一站，就是远足青藏高原。

虽然余纯顺没能实现自己最初的理想，但他在8年的风风雨雨里，他走过的每条道路上，都深深地烙下了他的足迹，他一生的传奇和理想，都留在了路上。

我不去想是否能够成功，

既然选择了远方，

便只顾风雨兼程……

自古以来，传奇人物虽然有着不同的传奇经历，但他们大都有着同样的命运，那就是褒贬不一，评论却从来没有统一过，有传奇必有争议。余纯顺也不例外，罗维孝更不例外。

走过了跟余纯顺相同道路、相同风雨的罗维孝，对余纯顺有了更多的认识和理解。

有人说过，每个人心中都有一个梦想，自己不去实现，没有人替你绽放，时间久了，心中就没有了寄托，也许最终留给自己的就是"老大徒伤悲"。

是的，在时间的长河里，人的生命是很短暂的。生命的流逝，本身是一件很可怕的事。如果到了生命的倒计时，才发现

自己还有很多梦想没有实现，那更是可怕的事。

此刻，心潮澎湃的罗维孝审视自己的人生，他突然感到时间已经很急迫了，时不我待，莫等闲，已经白了的老年头。

在很多人看来，三上青藏高原的罗维孝不仅浑身是胆，而且身体还很强壮。

是的，罗维孝的身体看上去是很强壮的，下河冬泳，他一口气可以做200个蝶泳动作；做俯卧撑，他用的是"二指禅"，可以连续做上几十个；骑自行车上坡，只要汽车能上的，他也能上，他有"爬坡王"之称……

面对别人的赞誉，罗维孝在心里苦笑，肚皮痛不痛，只有自己知道。

罗维孝对自己的身体状况十分清楚，他曾给了8个字的"结论"：千疮百孔，外强中干。

白细胞低，免疫能力差，晚上睡着了，只要把胳膊伸出被窝一晚，第二天多半要感冒；右眼几乎失明，仅有微弱的光感，看书写字时间长了，就会眼睛干涩、流泪；满口的假牙，很多时候，只能囫囵吞枣，食而不知其味；腰肌严重劳损，有时僵硬得毫无知觉，躺下去，就怎么也爬不起来，仿佛腰身已不属于他了……

好在他有坚强的意志，好在他有顽强的毅力。

在罗维孝的心底里，追求不了生命的长度，就追求生命的宽度，让人生更加精彩。昙花虽然一现，但绽放的是最美的瞬间；闪电虽然短暂，但闪耀的是辉煌的时刻。

此时，在罗维孝心中，只有一个念头，生命尚存，努力尚须——

是雄鹰，就要展翅飞翔！

是骑士，就要骑游不息！

下篇

骑游丝绸之路

对于遥远的巴黎，罗维孝并不陌生；

64 岁的他重新出发，骑游丝绸之路；

他将大熊猫文化的旗帜送到了阿尔芒·

戴维的故乡。

他创下了连续骑行超过 100 天，

总里程超过 15000 公里的新纪录。

引子

"大熊猫文化骑士"罗维孝：万里走单骑

为纪念法国传教士戴维科学发现大熊猫 145 周年，四川雅安花甲老人罗维孝在亚欧大陆上独自骑行 115 天，穿越 8 个国家，行程 15000 余公里，远赴法兰西戴维故乡。"我希望通过骑游法国的方式，表达对戴维的敬意。"罗维孝 23 日骑行归来表示。

"追梦法兰西"终于圆梦了。

1869 年，法国传教士阿尔芒·戴维从四川雅安宝兴县邓池沟出发，将世界第一只大熊猫模式标本带回了法国，第一次将大熊猫这一物种介绍给西方世界。从此，雅安作为"熊猫故乡"，聚焦了全世界的目光。

今年是大熊猫发现 145 周年，也是中法建交 50 周年。3 月 18 日，刚过完 64 岁生日的罗维孝重走"熊猫路"，从宝兴县邓池沟天主教堂出发。

出发那天，罗维孝换了一辆全新的自行车，车头上挂着一

幅可爱的熊猫图片。

在罗维孝眼里，此行的目的很简单："大熊猫把两地联系在了一起，追寻先贤足迹，回访戴维故里。当年阿尔芒·戴维从法国来到中国，把大熊猫介绍给了世界，今天我从中国到法国，把大熊猫文化传播给世界。"

23日，罗维孝骑行归来，四川省大熊猫生态与文化研究会与雅安宝兴县人民政府在出发地为罗维孝举行了庆祝仪式。罗维孝风趣地说，现在用半机械化的东西，带着"大熊猫"横跨亚欧，比起阿尔芒·戴维时代，简直是方便多了。

为配合此次法国之行，罗维孝特意设计制作了由大熊猫图案和宣传标题组成的醒目外套，自行车上所带行包和物件也都喷绘上了大熊猫图案与宣传标题。"我就是一道流动着的风景线和宣传车。"罗维孝说。

罗维孝还告诉记者，他随身带着4面自制的旗子，沿途加盖邮戳，他用这种独特的方式，记录下他骑行的线路和时间。整个行程中，罗维孝为自行车更换了5条外胎、3条内胎。与体力相比，更大的困难来自语言障碍，"如果没有沿途海外华人和中国使馆帮助，没有喜爱大熊猫的各国民众支持，简直难以想象。"

7月10日，罗维孝经过约1.5万公里的艰难跋涉，终于胜利抵达"大熊猫科学发现第一人"戴维神父的故乡法国埃斯佩莱特市。在埃斯佩莱特前市长的陪同下，罗维孝推着挂有大

熊猫照片的自行车来
到戴维神父的故居并
登楼参观，还接受法
媒采访，成为戴维故
里荣誉市民。

随后，法国国家
自然历史博物馆为罗
维孝举行活动，罗维

夹金山野外大熊猫（高富华 摄）

孝将加盖了此行沿途上百枚邮戳的一面旗子赠给了博物馆。罗
维孝表示，西方国家曾一度掀起"熊猫热"，而这股热潮至今
未消退。希望借大熊猫文化加深中法人民之间的友谊。

雅安宝兴县大熊猫生态文化研究会副会长王勇表示，"熊
猫热"已持续了上百年，并且形成了独特的熊猫文化。作为"大
熊猫文化骑士"的罗维孝，更是以实际行动不远万里把大熊猫
文化传播给世界。

"我不敢妄言说我成功了，但我敢说我努力了，因为我圆
了一个我最想圆的梦，向世界传播熊猫文化。"罗维孝透露，
他的下一个目标是"写一本到访法兰西的书"，详细记录这一
趟"熊猫之旅"。

（记者 殷樱 高尧）
—— 中新社雅安 2014 年 7 月 23 日电

第一章
从四川到新疆　穿越风沙雨雪

出征壮行

2014年3月18日清晨，位于夹金山麓的宝兴县邓池沟天主教堂格外静谧。

罗维孝一觉醒来，正好是清晨6时30分。醒来时间一如往常，多年养成的习惯，并没有因休息环境的改变而打乱了自己的"生物钟"。

罗维孝下楼来到院内的天井中，开始锻炼身体。

只要在家不出门，罗维孝必定每天上午到周公河游泳，晚饭后在市区青衣江边走一圈。

上午游泳，晚上走操，风雨无阻，罗维孝已坚持20多年了。

此刻，罗维孝在离家100多公里的山上，下河游泳的事，自然做不成了。他今天要做的事，比游泳更重要。

在正对大门的墙壁上，已挂起了会标——罗维孝骑行法兰西出征壮行仪式。

罗维孝自然是出征壮行仪式的主角。

他今天就要从这里骑着自行车上路了，目标是万里之外的法国埃斯佩莱特市。

为了这一天，罗维孝已期待了很久很久。

其实，罗维孝骑游法国在头一天就开始了。

为了参加出征壮行仪式，2014年3月17日，罗维孝就从雅安市区骑自行车到了邓池沟。

从雅安市区到邓池沟，虽然路程只有120多公里，但全是上坡路。在骑游圈子里，罗维孝有着"爬坡王"的美誉。"爬坡王"自然名不虚传，只要汽车能上的路，他就能骑着自行车冲上去。

仅大半天时间，罗维孝就从雅安市区赶到了邓池沟天主教堂。

晚上，罗维孝就宿于邓池沟天主教堂。

陪罗维孝住进教堂的，还有孙前、司徒华、刘南康和《雅安日报》记者高尧。

孙前，是一位已经退休的老干部，曾任雅安市副市长、四川省旅游局巡视员，是国际知名的大熊猫文化学者，他撰写的《大熊猫文化笔记》（五洲传媒出版社2009年11月出

版）一书，被誉为"中国第一部探索大熊猫文化丰富内涵的专著"。司徒华，是四川省旅游协会副会长、中国十大民间工艺美术大师。这两位自称是"60后"、"70后"的老人，是从成都专程赶过来为罗维孝送行的。刘南康是跟罗维孝一起当兵的战友，原雅安通工厂的退休干部，爱好摄影，现任雅安市摄影家协会副主席兼秘书长。高尧是《雅安日报》的记者，这十年来一直关注罗维孝的骑行活动，写了不少新闻稿件和纪实作品。

邓池沟天主教堂是一个纯木质结构的房子，为了防火安全，早已不允许住宿了。因为罗维孝骑行法国的壮行仪式要在这里举行，破例让罗维孝等人住在教堂内，但管理人员一再告诫，不准抽烟。好在这五人没有一个抽烟的。

而其他为罗维孝送行的，被安排住在离邓池沟天主教堂不远处的一农家乐中。

当天晚上，夜色苍茫，习习晚风吹在身上，还有些凉意。孙前建议在教堂的天井中，点一炉木炭火。

邓池沟天主教堂有些历史了。天主教在四川有对"姊妹"教堂——宝兴县邓池沟天主教堂和彭州市白鹿书院，2008年"5·12"汶川特大地震，彭州白鹿镇白鹿书院全部坍塌，邓池沟天主教堂除了天花板有少许坍塌外，基本完好。"4·20"芦山强烈地震，距震中芦山一步之遥的邓池沟天主

146

教堂，除了山墙处的屋檐垮塌外，其他的基本完好，再次经受住了地震的考验。

邓池沟天主教堂，又名"灵宝神学院"，是法国远东教会1839年派人到四川秘密建造的最早教堂。教堂建筑面积1717平方米，中式四合院布局，法式教堂装饰。坐东朝西的教堂，被幽静的山村所环抱，远远看去，它是一个极富中国韵味的木质大屋。

大门处，是8根独立圆柱支撑起的古罗马式礼拜堂。而步入教堂的主堂，它则展现出哥特式建筑的意境，有巨大的花窗和交叉穹窿的拱顶。木楼为三层，明暗相通，栅栏环绕，四方天井，圆拱天穹，雕梁画栋，古朴幽深。

这座天主教堂，可谓法兰西圣殿与巴蜀四合院的巧妙而有趣的结合。

1869年2月22日，阿尔芒·戴维从成都出发，沿着四川盆地的边缘到了邛崃县（今邛崃市），经城西的马湖、油榨等场镇后，来到了芦山县的三汇场（今大川镇）。

在当地人的帮助下，阿尔芒·戴维翻越了海拔3000多米的大瓮顶，来到了今宝兴县蜂桶寨乡和平村，随后到了邓池沟天主教堂。

从成都到邓池沟，阿尔芒·戴维走了8天的时间。

在邓池沟天主教堂里面，有一个发现大熊猫陈列馆，里面有阿尔芒·戴维的生平介绍和他发现大熊猫的过程。

走到阿尔芒·戴维照片前，灯光有些黯淡，照片更显得冷峻。

站在照片前，罗维孝深深地鞠了一个躬。

"145年前，你从法国的埃斯佩莱特市来到这里，从此，你把大熊猫介绍给了世界。今天，我从你发现大熊猫的地方到你的家乡去，从而把大熊猫文化传递给世界。"看着阿尔芒·戴维的照片，罗维孝在心里默默地说。

邓池沟天主教堂，因世界首只大熊猫在这里发现而扬名天下，被誉为"大熊猫圣殿"。2009年8月19日，雅安市纪念大熊猫发现140周年活动在这里举行。（高富华 摄）

1826年，阿尔芒·戴维出生在法国比利牛斯山区的埃斯佩莱特市，那是一个幽静的地方，阿尔芒·戴维从小就与大自然亲近，喜欢上了各式各样的动植物。

在阿尔芒·戴维35岁的时候，他认识了一个他生命中的贵人——法国科学院的汉学家儒莲先生。

儒莲先生不仅向他介绍古老神秘、富于刺激的东方国度——中国，还为他引见了一些学术界的名流，包括动物学家米勒·爱德华兹、植物学家布朗夏尔等。1862年2月，也就是清同治元年，36岁的戴维得到批准去中国传教，自此便与遥远的东方结下了不解之缘。

行前，时任法国巴黎自然历史博物馆研究部主任米勒·爱德华兹交给他一项任务：帮助巴黎自然历史博物馆到中国采集动植物标本。

中国地域广阔而复杂，物种丰富多样，驯化历史悠久辉煌，被西方博物学家称为标本收集的"福地"、绿色财富的宝库、生物考察的天堂。从16世纪起，西方的生物采集者只要来中国，总会有意想不到的收获。无数的奇花异草、珍禽异兽，使西方探险家、搜集者、引种者每每满载而归，为博物学、生物学、分类学的完善和丰富，增添了无可忽略的业绩，弥补了不可或缺的记录。

阿尔芒·戴维的学识渊博，具有狂热的科学献身精神，与其

说他是一个虔诚的神职人员，还不如说是一名执着的博物学家。

一个本应全心侍奉上帝的神职人员，为什么会对自然的科学考察如此感兴趣呢？其实，这并不难理解，因为在西方"自然神学"昌盛的19世纪，博物学家和传教士都认为，自然是上帝"包罗万象的公开手稿"，故而通过研究自然去领承天启，便深受像戴维这样的年轻牧师的喜爱。寓神学于科学之中，阿尔芒·戴维始终乐此不疲。

阿尔芒·戴维认为，科学考察也是对上帝的贡献和自己莫大的荣誉。于是，他抱着"探索真理就是认知上帝"的神圣信条，不远万里来到了中国。

阿尔芒·戴维的中国之行，给了他"超值"的回报。他的穆坪旅程，更是把他的事业推向了顶峰。

在阿尔芒·戴维到邓池沟天主教堂的当天晚上，即1869年2月28日，他在日记中写道：

> 这里的高山和河谷都被原始森林所覆盖，使得当地的野生动物得以生存和延续下来。

阿尔芒·戴维对穆坪的判断是非常准确的。

夹金山地处四川盆地西北边缘向青藏高原的过渡地带，造就了丰富多彩的生物世界，如同一个孑遗物种的避难所。森林深处，往往树上的川金丝猴、短尾猴与树下竹林中的大熊猫、羚牛，溪沟里的大维两栖甲有着同域分布。而珙桐、野生桂花等野生珍稀植物也在高山峡谷中默默绽放，尽管是在"孤芳自赏"，但依然绚丽多彩。

直到今天，"宝藏兴焉"的宝兴县藏有多少"宝"，夹金山又夹了多少"金"，谁也不得而知。

我们知道的是，自阿尔芒·戴维在这里发现大熊猫后，从而在世界上引起了不断升温的"熊猫热"，西方学者、探险家纷纷到夹金山"寻宝"。

第十二天，即1869年3月11日的这天，阿尔芒·戴维就有了惊人的发现。

在当天的日记中，他记下了平生第一次见到大熊猫皮的情景。

在我返回教堂的途中，这条山谷中的主要土地占有者、一个姓李的人邀请我们到他家去用茶点。在他家里，我见到一张展开的，那种著名的黑白熊皮。

这张皮非常奇特，我的猎人告诉我，我很快就会见到这种动物。我听说猎人们明天就出发到野外去猎杀这种食肉动物，它可能成为科学上一个有趣的新种。

找到这种动物，一定是科学上的一个重大发现。

从这寥寥的几行字中，可以看出阿尔芒·戴维非凡的洞察力。

1869年3月23日，一位猎人给阿尔芒·戴维送来一只幼年的"白熊"。被捕获时它还是活的，但到了他手中时，它已经停止了呼吸。

1869年4月1日，猎人捕捉到一只"白熊"活体，终于呈现在阿尔芒·戴维的面前。

这是一只成年的野生大熊猫。与我们后来在动物园里见到的胖胖墩墩、雍容华贵的大熊猫相比，更显得生机蓬勃，矫健俊逸！黑毛如漆，白毛似银，实在令人着迷。

当天晚上，阿尔芒·戴维就在灯下匆匆写下了寄给巴黎自然历史博物馆馆长米勒·爱德华兹的报告：

啊！黑白熊。

据我的猎人说，其体甚大，耳短，尾甚短，体毛较短，四足掌底多毛。色泽：白色，耳、眼周、尾端并四肢褐黑；前肢的黑色交于背上成一纵向条带。我前些天刚刚得到这种熊的一只幼体并也曾见过多只成年个体的残损皮张，其色泽均相同且颜色分布无二。在欧洲标本收藏中我还从未见过这一物种，它无疑是我所知道的最漂亮可人的动物品种，这是一种不可思议的动物，很可能它是科学上的新种！

当地猎人称之为"白熊"的这种动物，栖息在和黑熊相同的森林里，不过数量稀少得多，分布的海拔也要高一些。它似乎以植物为食，但有机会吃到肉食的时候，也绝不会拒绝。我甚至认为在冬季里肉食是它的主食。

可惜的是，大熊猫离开了自由自在的野外生活，而饲养人员对它的生活习性不了解，在准备启程运往国外时，它得病不治而亡。

阿尔芒·戴维只得将这只大熊猫的尸骨制成标本。经过种种努力，当黑白熊标本运达巴黎公开展示后，立即引起了轰动。每个物种发现的第一例标本，称为"模式标本"，最为珍贵。戴维带来的就是大熊猫模式标本。

从模式标本上，人们看到：一张圆圆的脸上，眼睛周围是两圈圆圆的黑斑，就像戴着时髦墨镜，而且居然还有精妙的黑耳朵、黑鼻子、黑嘴唇……简直就是戏剧舞台上化装的效果。没有人见过如此神奇的动物，甚至有人怀疑这是造假的、拼凑的、染色的……

1870年《自然科学年报》第5卷发表了米勒·爱德华兹的研究成果。

他根据熊猫的毛皮和骨架以及戴维的报告做出了结论：这是世界罕有的动物新种，初定名为"黑白熊"（后称为大猫熊、大

熊猫），但它并不是熊类，而应单独成立一个新的分类。

米勒·爱德华兹特别注明，"黑白熊"这一名称，是戴维提出的拉丁文新种名。

发现大熊猫纪念日被定在了1869年4月1日。

因为在这一天，阿尔芒·戴维见到了第一只活体大熊猫，他对大熊猫进行了第一次科学的描述，这自然也是世界上第一次对大熊猫这个物种的科学认识。

阿尔芒·戴维因此成为载入史册的生物学家，"法兰西科学院院士""法国地理学会大师""大熊猫教父"等称号接踵而至。

1900年，阿尔芒·戴维在巴黎去世，享年74岁。在他身后，留下了让同时代博物学家们艳羡的成就。

阿尔芒·戴维在中国的12年间，共发现了189个动植物新种。他带回欧洲上千件动植物标本，新发现的哺乳动物就有63种，其中包括名扬天下的大熊猫、金丝猴、扭角羚等。他在中国发现并将活体偷运到欧洲的麋鹿，算是"歪打正着"，为世界保存了一个珍贵物种。

随着大熊猫的出现，大熊猫的发现地穆坪（今宝兴县），在西方世界成了一个神秘的地方——上帝的后花园。阿尔芒·戴维给后人留下了两本书：《戴维神甫日记》和《戴维植物志》。据《戴维神甫日记》介绍，阿尔芒·戴维从1869年2月来到这里，同年11月离开，他在邓池沟天主教堂工作了8个多月。这两本书就成了探险家、科学家到中国去的"探秘宝典"。

随后出现了一个鲜为人知的历史时期："神秘的70年淘宝史"。

从1869年至1938年的70年间，英、法、美、俄等国无数的科学家、探险家踏访中国西部，采集珍稀动植物标本和植物种子，并从这里逐渐扩大到了横断山脉。

我国西部崇山峻岭中丰富多彩的植物吸引了众多来客，从王子、总领事，到生物学家、传教士，以及欧洲大型花木公司派出的工作人员，他们纷至沓来。这股"淘宝"热潮，极大地丰富了欧洲大陆的植物资源。自此，珙桐、杜鹃、报春花、野生桂花等珍稀花卉植物"飞"入欧洲的皇家庭园和私家花园。

当然，他们最感兴趣的是，渴望在这里捕捉到大熊猫，以至于后人称这里是"熊猫圣殿"。

今天的邓池沟天主教堂，正是当年阿尔芒·戴维曾经生活、工作过的地方。

邓池沟天主教堂，依然保持着100多年前的原貌。穿过罗马柱撑起的宽敞廊道，走进大门，便是一个天井，一个四合院结构的院落出现在人们眼前。

天井很大，约有300多平方米。

站在屋檐下，罗维孝从天井往外望过去，夜空中依稀有些星光。凉风也从天井中轻拂过来，扑打在脸上，感到冰凉冰凉的。

看守教堂的老徐已在天井中生起了火，招呼大家过去。

红红的火炉，大家"围炉夜话"，清冷的天井，也有了一丝暖意。

罗维孝、孙前、司徒、刘南康、高尧围着火炉坐在一起，一包花生、几小瓶（二两）红星二锅头，是高尧在路上买的，他的本意是他单独为罗维孝饯行的。

人多了，炉火也熊熊燃烧起来，天井也热闹起来。大家举杯相约："壮士胜利归来，我们回到邓池沟再聚首！"

平日滴酒不沾的罗维孝也欣然喝下一小杯酒。

当晚，罗维孝、孙前、高尧住在一个寝室，司徒华、刘南康住在另一个寝室。

本来，宝兴县已在山腰处的农家乐为孙前安排了一个单间，按照中国的"官本位"习惯，虽然孙前已经退休，毕竟退休前官至正厅级，退休后还享受着副省级医疗待遇，让孙前住在教堂里的"大通铺"，似乎有些不妥。

但孙前执意要跟罗维孝住在一起，算是他给予罗维孝最诚挚的送行。

寝室在二楼，走在木质楼板上，"吱嘎""吱嘎"的脚步声在夜空中回荡。

罗维孝有些恍惚，似乎穿越了时空，又回到了远而又近的过去。

寝室里面只有床，其他什么也没有。洗脸洗脚要下楼，半夜解手不仅要下楼，还要绕过天井，到后院的卫生间才行。

罗维孝有些感慨，历史就这样一次次被虚构掩埋，而又一次次在尘土飞扬中浮出水面，重现江湖。一部大熊猫自然史，自然有它可以追溯的渊源，透过幽深的教堂天井，我们依然能够感受到历史深邃的伟大力量。

一时间，罗维孝仿佛在时空隧道中穿梭，一会儿是过去，一会儿又是现在，甚至还有将来……

"老罗，出门在外，别逞能，一定要灵活。实在不行了，退后一步自然宽，也不会有人说你什么的。毕竟这是你的个人爱好和个人行为，不要背什么包袱，既没有人强迫你，更又不是什么非完成不可的政治任务。"

孙前的话，又把罗维孝的思绪拉了回来。

孙前、罗维孝的床是并排的，他们斜躺在床上，先是有一句无一句地闲聊。后来聊到了正题，孙前一再叮嘱罗维孝。

对于孙前的关心，罗维孝十分感动。

"孙市长，你放心。我是不会拿生命当儿戏的。成事在

天，谋事在人。我会尽我最大的努力。就算我倒下，头也要朝着前方的路。"罗维孝有些激动地说。

由于工作原因，孙前在退休前，曾三次造访过法国阿尔芒·戴维的故乡埃斯佩莱特市，他也接待过埃斯佩莱特市前市长戴海杜到雅安的访问。2000年11月，在阿尔芒·戴维逝世百年纪念日，戴海杜率家乡亲友团到雅安寻访先贤足迹，时任雅安地区行署副专员（同年底雅安撤地设市）的孙前，从他的校友、宝兴县副县长王先忠那里得知这一消息后，主动到宝兴县接待了他们，并陪同戴海杜先生参观过这座教堂。后来，孙前率雅安市政府代表团、四川旅游代表团回访过埃斯佩莱特市。

结缘大熊猫，东西一线牵，把雅安市、宝兴县和埃斯佩莱特市联系在了一起。一来二去，孙前和戴海杜便成了好朋友，宝兴县和埃斯佩莱特市也结成了跨越国界的友好县市。

在临睡前，孙前还向罗维孝透露了一个秘密，他已将罗维孝的骑行壮举告诉了戴海杜。戴海杜表示，虽然自己已经卸任市长了，但他一定协助现任市长做好相应的迎接工作，并为罗维孝举行隆重的欢迎仪式。

孙前和戴海杜早已约定，此事先不告诉罗维孝，等到罗维孝出现在法国时，他们给他一个意想不到的大礼。

说得高兴，孙前提前透露了这个秘密。

罗维孝听了很高兴，对他的安排，连声道谢。

两人还走下床，击掌相约：凯旋归来，再一次上邓池沟聚会庆贺！

谁能想到，一个退休的厅级官员和一个草根退休工人，为了大熊猫文化，相约在邓池沟天主教堂，同住在一个简陋的房间，相谈甚欢。其实很简单，他们都有一个共同的爱好：那就是热爱大熊猫，热心大熊猫事业。

高尧见证了这一时刻，出于职业的习惯，他还用相机拍下了难得的瞬间。

当四川省大熊猫生态与文化研究会、宝兴县大熊猫生态与文化研究会、宝兴县野生动物保护协会得知罗维孝要扛着大熊猫文化大旗骑游法国时，决定在邓池沟天主教堂共同为罗维孝举行一个"罗维孝万里骑行法兰西壮行仪式"。

天主教雅安教区的三位神父岳国清、傅照清、陈勇得知这一消息后，在头天晚上就连夜赶到邓池沟教堂。在举行罗维孝出征壮行仪式前，他们三人联合为罗维孝专门做了一场"用生命感动生命"的弥撒祈福活动。

三位神父同台做弥撒活动，这是不多见的。

附近的村民们也纷纷前来参加弥撒活动，他们为罗维孝共同祈福——

愿上帝保佑罗维孝在西行路上，一路平安。

天主教雅安教区三位神父傅照清、陈勇、岳国清为罗维孝祈福

四川省蜂桶寨国家级自然保护区管理局、雅安市摄影家协会、宝兴县大熊猫生态与文化研究会、宝兴县野生动物保护协会、宝兴县文联也派代表参加了壮行仪式。

罗维孝的妻子李兆先、弟弟王成（随母姓）、儿子罗里和他的朋友赵德平来了，罗维孝的朋友刘南康、谢应辉、申荆争、张迅、杨厚、刘安、蔡蓉、李多萍、徐绍银、柯西春、高艺舰等人也来了。还有李阔、龚立新两位"驴友"陪着他，骑着自行车，从雅安市区一直骑到了邓池沟，他们也是来为罗维孝送行的。

罗维孝的很多亲友都想到邓池沟来，但由于这里的农家乐床位有限，未能如愿。因为宝兴县方面告诉他们，只能接待

15人，他们只得选代表参加。人数还是没有控制住，来了20多人，结果，有的一张床就睡了两个人，但他们并不在乎。

2014年3月18日上午10时，罗维孝骑行法兰西出征壮行仪式举行，仪式由四川大熊猫生态与文化研究会执行副会长罗光泽主持，会长、原雅安地委书记杨水源发来贺电，预祝罗维孝万里骑行法兰西圆满成功。

当地的藏族少女还向罗维孝敬献了洁白的哈达。

司徒华将他自己独创的雅篆书法作品"雄风万里"赠送给了罗维孝。同时，他还向邓池沟天主教堂赠送了一幅"熊猫圣殿"雅篆书法作品。

孙前再一次向罗维孝赠送了《大熊猫文化笔记》（法文版）一书，同时请罗维孝将此书（法文版）带到法国去，带到阿尔芒·戴维的家乡去，加盖上一路的邮戳，让这本书见证罗维孝万里骑行法兰西的伟大壮举。

为感谢大家的支持，罗维孝从家里带来了两样东西，一是他的骑游示意图，他郑重地赠送给了宝兴县；二是将他《问道天路——骑游青藏高原六十二天》一书，赠送给了为他送行的朋友们，并一一题词签名。

罗维孝是一个特别细心的人，他在签名时特别注明"2014年3月18日于宝兴县邓池沟天主教堂"。

获得签名赠书的送行者欣喜若狂，称这本书特别有意义，

一定要珍藏起来。

在此之前，罗维孝已送过一本书给高尧，但此刻他非常高兴，他又给高尧再次签名赠书。

此时此地签名赠书，意义自然非同寻常。

罗维孝在扉页上写道：

高尧老弟：

我此次单骑万里独身闯荡法兰西，你是我最好的"搭档"。感谢你全力支持助我成行！

罗维孝

2014.3.18 于宝兴邓池沟（穆坪）

情谊无价，兄弟般的友情洋溢在字里行间。

"再见了！"在众人的欢呼声中，罗维孝骑上自行车上路了。

转眼间，罗维孝的自行车就消失在了下山的路上。参加出征壮行仪式的送行人员望着消失的背影，默默地祝愿——一路平安，等待你胜利到达的好消息！

青山不语，教堂无言。

但在邓池沟天主教堂的历史上，永远记住了相隔145年的两个日子、两个人：

——1869年2月28日，法国传教士、博物学家阿尔芒·戴维从遥远的法国来到这里，他发现了"最不可思议的动物"大熊猫，并把它介绍给了世界。从此，大熊猫从深山走向世界，成为世界濒危动物的"旗舰"物种。

　　——2014年3月18日，大熊猫文化使者罗维孝从大熊猫发现地宝兴县邓池沟天主教堂出发，他将横跨亚欧大陆，单骑万里行，回访大熊猫发现者阿尔芒·戴维的故乡法国埃斯佩莱特市，把大熊猫文化传递给世界。

　　2014年3月18日，罗维孝从四川省宝兴县邓池沟天主教堂开始了万里征程（高富华 摄）

拜访领事

罗维孝骑行的第一站，是100多公里外的成都，他要去拜访法国驻成都总领事馆新任总领事魏雅树先生，感谢法国驻成都总领事馆对他骑游法兰西一事的重视和支持。

话又说过去，罗维孝骑游法兰西的理想是丰满的，但现实是残酷的。

罗维孝申请签证一事，三年间毫无回音。

突然间又峰回路转。这期间，究竟发生了什么？

其中曲折的过程，还得从头说起。

罗维孝骑行福建，一场扑朔迷离的"意外"事故，不仅让他意外地受了重伤，而且还"意外"地结了案。这一切，反正都已过去，罗维孝也不再深究。

因为罗维孝的关注点，又回到了签证一事上。

伤好了，罗维孝又开始恢复体能的训练。

经过一年多的训练，罗维孝感到浑身是劲，自然又可以骑车上路了，但遗憾的是，签证依然没有回音。

怎么办？

罗维孝有一个朋友的儿媳妇在成都一家外企工作，一打听，外企老板正是法国人。兴致勃勃的罗维孝向总领事馆副领事高宁写了一封信，并为他签名赠送了自己创作的《问道天路——骑游青藏高原六十二天》一书，托朋友的儿媳妇送了过去。

他想的是，这本书就是作为一块"敲门砖"，因为高宁不仅是一名外交官，同时他还是一个山地旅游运动专家，而自己也是一个自行车户外运动爱好者，也许这本书会起到很好的沟通交流作用。

遗憾的是，签证的"大门"，并没有被这块"敲门砖"所敲开。

一计不成，罗维孝又生一计。

罗维孝先后跑到自己退休前的工作单位国网雅安电力（集团）公司，以及雅安市旅游局、体育局、外事办等部门请求帮助，这些部门先后为他出具了证明，但于事无补。罗维孝无计可施了。他甚至还产生了给雅安市委书记、市长写信求助的念头。

一纸签证不成，拦住了罗维孝急欲出国骑游的脚步。

眼看着罗维孝为签证急得团团转，有人劝他，"老罗，你何以如此死心眼，你只要在欧共体任何一个国家签证，你就可以在欧共体的所有国家畅通无阻，自然你也就到了法国，何必非要碰倒在法国这道墙上？"

"不，我的目的是法国，我就要持法国的签证到法国。名不正'行'不顺。"罗维孝签证目标，依然是法国。

罗维孝已铁下了心："撞了南山也不回头，非要拿到法国

的签订不可！"

在长期的骑游过程中，罗维孝与《雅安日报》等新闻媒体结下了深厚的友谊。雅安日报传媒集团董事长、社长杨建光曾做过专门的统计，仅雅安日报社，先后就有15名记者写过罗维孝这个"新闻人物"。后来，杨建光也忍不住参加到了这支记者队伍中，罗维孝骑游法兰西归来后，他采写了长篇通讯《感恩行者罗维孝：千里走单骑万里感恩路》。

在这支记者队伍中，高尧是一个持续关注罗维孝时间最长的人。对罗维孝跨越国门骑游一事，给予了极大的关注，他也曾帮罗维孝出过一些主意。

看着罗维孝急得上火，高尧也替他有些着急了。

高尧主动找到罗维孝，给他出了一个主意：你先写一个"英雄帖"发到网上吧，征集同行骑游者，一起闯荡法兰西。

高尧想得很简单，通过媒体的宣传造势，让法国驻成都总领事馆对罗维孝骑游法兰西一事，有一个重新的认识和理解，从而有助他的签证。

除了签证难外，罗维孝还有另外一个难题困扰着他，那就是自己不懂外语。

不懂外语，自然无法与外国人交流。谁也无法想象，如果双方连说带比的"交流"了半天，都在"对牛弹琴"，结果会怎样？

有人建议，请翻译随同。

别说请翻译，纵然请得起翻译，翻译会不会跟他一起"穷折腾"？

罗维孝早就想好了办法，征集"驴友"，征集一两个至少懂一门外语的"驴友"一起"组队"出门，费用实行"AA制"。

由于罗维孝整天想的是如何办理签证的事，就忘了征集"驴友"一事了。经高尧提醒，他又想起了此事。

"英雄帖"首先发在了北纬网上，"驴友"热闹了起来，纷纷帮他转发。然而几经折腾，尴尬的是能出门的没有时间，有时间的出不了门。另外还有一个最大的"拦路虎"，就是费用太大。罗维孝粗略估算了一下，至少要花10万人民币。在签证时，还要提供20万存款的证明。

最终没有让罗维孝失望，有一个人报了名，那人是四川省绵阳市一即将退休的警察张丹。

罗维孝和张丹相约，各自办理签证后，约定一个时间就出门。

"英雄帖"在网上发了，《雅安日报》也发了新闻稿，同行的"驴友"也征集到了，但签证一事依然没有新的进展。

成都等地的媒体记者在网上看到"英雄帖"后，很感兴趣，认为这是一个好新闻线索，可以做一篇大文章。

记者专程跑到雅安，找上门来采访，问罗维孝何时成行？他们直奔主题。

罗维孝正找不到打开签证大门的办法，他灵机一动，开口就请成都媒体记者帮忙促成签证一事。

记者顿时一脸踌躇，我是来采访新闻的，不是来帮助你签证的。最后记者留下一句"签证一事，我们爱莫能助"的话走了，不过在离开时，还不忘采访"大新闻"一事，一再叮嘱罗维孝："一旦出征，请提前说一声。"

长时期地关注，高尧对罗维孝自然较为了解。

"东西南北中，中国在心中。"罗维孝骑游神州大地，从没有向任何一个单位和部门伸手要过赞助和资助。

"花自己的钱，走自己的路"，走得坦荡，无拘无束。就连自行车厂家主动给予赞助、原工作单位发奖金，都被罗维孝拒绝了，因为他不想被过多的名和利阻碍了自己骑行的线路和骑行的步伐。

在罗维孝眼里，一个年过花甲的人了，有了名，当不了官，也发不了财；纵然有了利，也做不成什么事了，毕竟自己已是知天命的年龄。名和利，对他而言，真的是过眼云烟。

也许正是因为罗维孝在骑行过程中，既不追名也不逐利的纯公益骑行，一直感动着高尧。

对于罗维孝困于签证一事，他看在眼里，急在心上。

高尧再一次伸出了援手。

由于工作的原因，高尧认识法国驻成都总领事馆总领事鲁索先生的翻译张露佳女士，虽然没有什么交情，但开口求人，仗着有一张熟面孔。

于是，高尧试探着与张露佳联系，让她帮忙为罗维孝签证提供方便。

他首先向张露佳介绍了罗维孝的骑游愿望，并请求她出面帮助。

高尧的话还没有说完，张露佳毫不犹豫地拒绝了。

反过来她让高尧劝劝罗维孝，请他放下这一念头。原因很简单，一个60多岁的人了，而且还不懂英语，万里骑游，横跨亚欧，路上未知的风险实在太多太大了，如果帮忙帮了个倒忙，就算他的家人不埋怨自己，自己也会后悔莫及的。

对于张露佳的态度，高尧早有准备。他也没有打算说一次就能办成。如果真的是那么简单，罗维孝自然不会等候三年无回音了。

从2013年底到2014年初，高尧一有空，不是打电话，就是在QQ、微信上与张露佳"网聊"，主题永远只有一个，讲罗维孝过去的事，说罗维孝今天的打算。

虽然张露佳一直不松口，但后来没有像先前那样，一说此事就是拒绝。紧闭的大门，似乎露出了一丝缝隙，伴随着2014

年新春的到来，一缕若有若无的春风，从缝隙中吹了进来。

看来，事情终于有了一丝转机。

"我建议你见一见罗维孝本人再说，虽然他是一个60多岁的人了，但他是一个充满激情的人。无论是谁见了他，都会被他的激情所感染。也许你也会改变对他的看法。"后来，高尧对张露佳说。

在高尧的反复劝说下，张露佳松了口，她终于答应先见罗维孝一面再说。

高尧马上把这个好消息告诉了罗维孝。

"真的？"罗维孝不敢相信这是真的。

也许碰壁的次数多了，看到"大门"突然洞开，罗维孝的第一个念头也许会是"这是错觉，这肯定是错觉，也许人家又换了道门，而且门是用玻璃做的，看上去是透明的，但是走不通的"。正如玻璃瓶里的苍蝇，处处是光明，但处处都无路，始终飞不出"光明"的玻璃瓶。

第二天凌晨，罗维孝骑着自行车还是出了门，他直奔成都。他要去看看，是不是玻璃门，要看了才明白。在他内心深处，也希望这不是一道玻璃门。"门"真的是开了。

罗维孝赶在了下午上班的第一时间，走进了法国驻成都总领事馆。

一次又一次被拒之于门外的罗维孝，这次真的是登堂入室，走了过去。

那天下午，法国驻成都总领事馆成了罗维孝的主场，骑游旗帜展示出来，密密麻麻的邮戳，见证了罗维孝这些年骑游的足迹；他用一指禅、二指禅做起了俯卧撑，让大家见识了他强健的体魄；那本盖满了邮戳的"孤本"，更是让大家感受到了他的精彩人生……

看着在场人都望着"孤本"，罗维孝会心一笑。他早有准备，变戏法似的又拿出了几本《问道天路——骑游青藏高原六十二天》，向鲁索等人现场签名赠书。他们纷纷向罗维孝竖起了大拇指，称赞不已。

鲁索当场答应给罗维孝签证，如果不是签证官有事外出了，当时就可以为他办理签证手续，让他拿到签证。

因为他们不再怀疑这个中国老头，他们相信他一定会创造出奇迹，而且他们非常希望这个老头早日成行，他们对这个奇迹的出现已迫不及待了。

几天后，法国驻成都总领事馆工作人员电话通知罗维孝，请他去领取签证。

罗维孝骑着自行车又一次从雅安骑行到了成都。到了法国驻成都总领事馆，他如愿拿到了签证。

当罗维孝打开护照的签证页一看，普通的旅游签证，他们竟然给了他一年的时间，从签证的2014年2月18日算起，至

2015年2月17日止。换句话说，在一年内他可以自由出入包括法国在内的所有欧共体国家。而一般的旅游签证期限最长只有3个月。

手捧签证，罗维孝喜极而泣。

为了这一天，罗维孝足足等待了4年。在这4年间，他出了一场车祸，而他的战友李云星，刚刚退休不到一年，就莫名其妙地咳嗽，一直无法治愈，最终因肺部感染而无药可治，撒手仙逝。病因很简单，因免疫力低下，身体抵抗能力弱，也许一个小小的感冒，也会要了他们的命。

那些日子，罗维孝认为是自己"最黑暗"、最无助的时光。

罗维孝心里明白，自己说不清是哪一天，也许会步战友李云星的后尘。

在罗维孝看来，人活着就是一口气罢了，如果一口气上不来，就意味着这个人将永远消失于这个世上。

在自己最后一口气消失前，一定要实现自己的愿望，不能把自己的遗憾带到另外一个世界去。

战友的"意外"去世，对罗维孝来说，是一次沉重的打击。罗维孝对生命、对自己的未来，突然间有了一种莫名的恐慌——

再不出门，说不定自己最后一口气说没了就没了。

命都没了，还妄谈什么愿望和梦想？

好在这一切，都已经过去。签证在手，意味着万里骑行的号角已经吹响。

罗维孝在心中告诫自己，现在考验自己的，就是自己的心智和自己的体能。

他要以燃烧自己的骨油为动能，迎接骑游路上各种未知的挑战。

他要去丈量遥远的路程，去放飞狂野的心路，去实现多年的梦想。

也许是天意，抑或是巧合。

折腾了三四年之后，按照法国签证的时间，罗维孝骑游法兰西、回访阿尔芒·戴维的时间刚好在2014年。

这一时间，正好应验了他当初的设想——

纪念大熊猫发现145周年，纪念中法建交50周年。

罗维孝一介"草民"，要做国际文化交流的大使，他担当得起？

当罗维孝要骑行法兰西、回访大熊猫发现者阿尔芒·戴维的消息传出后，有人开始说三道四起来。

走自己的路，让别人去说吧；抢别人的路走，让别人无路可走。

"这条路我不走，未必就有人走。"面对非议，罗维孝不解释，不说明，只是一笑而过，置之不理。

"位卑未敢忘忧国，事定犹须待阖棺。"

是的，"草根"罗维孝，不仅有着自己的江湖情缘，同样也有着博大的家国情怀。

参加骑游法兰西出征仪式后，罗维孝在李阔、龚立新的"陪骑"下，当天下午，他们又骑着自行车从邓池沟回到了雅安。

当天下午，罗维孝正骑行在回到雅安的路上，中新社已向全球播发了通稿。

当晚，有些疲惫的罗维孝刚回到家，座机就响了起来。电话是从天津打过来的，一个名叫皇甫华的女士打过来的，皇甫华既是"驴友"，也是"泳友"（冬泳爱好者），她曾怀揣着《问道天路——骑游青藏高原六十二天》一书，从天津跑到雅安见了罗维孝一面，然后骑车去了拉萨。

她在网上看到罗维孝骑游法兰西的消息后，马上就抓起电话，祝贺罗维孝多年的梦想今日终于实现，并期待凯旋。

话筒刚放下不久，电话铃声又响了起来。罗维孝一看，是海军某部军官朱明打过来的。朱明也是罗维孝的"驴友"……

他再一看座机显示屏，还有很多未接电话。罗维孝猜想，可能是全国各地的"锣丝"从网上看到他"万里走单骑"的消息后，打电话来表示祝贺的。

2014年3月19日，《雅安日报》《华西都市报》等媒体率先报道了罗维孝骑行法兰西的新闻。

按自己原定计划，这天罗维孝从雅安骑行到成都。也在这一天，他还要抽空去拜会法国驻成都总领事馆的新任总领事。

为了感谢法国驻成都总领事馆对他骑游法兰西的支持，罗维孝精心设计制作了一幅骑游法兰西示意图，他打算装裱好后送过去。

装裱店说，加急装裱示意图，也要一天的时间。

示意图不可能事后再送，那就再等一天吧。

本来罗维孝还打算多装裱一张送给高尧的，但被高尧直接谢绝了。

很多人求之不得，而高尧居然拒绝。罗维孝有些不解。

高尧告诉罗维孝："不是我清高，拒绝你的礼物，而是期待你早日凯旋，我要更有意义的。罗老师，如果你执意要送我一件骑游法兰西纪念品，我就要你加盖了沿途邮戳的示意图。"

"我一定如你所愿。活着回来，专门给你做一个珍藏版的示意图，上面不仅有我万里骑游法兰西路上8个国家的邮戳，还有我在途中和抵达法兰西的照片。"罗维孝说得斩钉截铁。

罗维孝决定在家再待一天。他请战友刘南康把自己送到眉山市洪雅县，他向亲家告别，再过一个多月，就是孙女罗雨彤周岁的生日了。

儿子、儿媳都在成都工作，孙女出生后，就被亲家母带到了洪雅县家中。从雅安到洪雅并不远，一条雅乐高速公路，仅需一个多小时的车程。

两家人在一起吃了一顿饭，算是提前给孙女过生日，另外也算是为罗维孝骑游法兰西饯行。

20日清晨，雨城的天空始终是阴沉沉的，随后还下起了小雨，而且还越下越大。

"雨太大了，等天晴后再走吧。"想到一别就是几个月，李兆先肯定有些不舍，她对罗维孝说。

罗维孝走到阳台，抬头看了看天色，再低头看着滚滚急流的青衣江，他摇了摇头："骑游在路上，什么样的天气都会遇到，比现在不知要恶劣多少倍的天气自然是躲不掉的。我看还是出发吧，不能再等了。"

说罢，罗维孝把自行车扛着下了楼。

"我既然站着出门，我也会活着回来的！你在家也多保重！"

罗维孝一手扶着自行车龙头，回过头对着妻子挥挥手，然后潇洒地骑上车，就一头扎进雨幕中。

罗维孝以一种既不怕死，也不去找死的超然心境和良好的精神状态去跨越漫长征途。

从雅安到成都，两地相距并不远，骑行国道108公路，路

176

妻子李兆先和儿子罗里在家门为亲人远征送行

况也不错，也许是老天爷还要作弄一下罗维孝，他才骑行了20多公里，还没有骑行出雅安地界，刚走到名山区新店镇，只听"砰"的一声，车胎就爆了。

多年的骑行，罗维孝早就学会了简单的自行车修理技术，补胎算是小儿科，他三下五除二补好胎又继续前行。

然而想不到的是，爆胎成了家常便饭，接二连三地爆胎。起初，罗维孝认为是路况差的原因，也没有太在意。由于是雨天，速度也不快，再加上不时要补胎、换胎，耽搁了不少时间。

当天，罗维孝还没有骑到成都，天就黑了。晚上只得住在离成都市区还有30多公里的新津县城。

177

21日上午，罗维孝到法国驻成都总领事馆，他把裱好并装在玻璃框中的示意图赠送给了新任总领事魏雅树先生。

在为罗维孝办理好签证手续后，鲁索就调回了法国，由魏雅树接任总领事一职。

魏雅树愉快地接受了礼物，并对罗维孝骑行法兰西的壮举给予了极高的评价："罗先生将中国文化、熊猫文化，沿着戴维神父的足迹，再次带回欧洲，是传播大熊猫文化的使者，也是中法友谊的使者。你的骑行壮举，令我们感动，你的精神令我们钦佩……"

同时，魏雅树对罗维孝在语言沟通方面存在的问题，表示了担忧。

罗维孝告诉魏雅树，加上中国在内，路上要经过8个国家，没有一个人能说那么多语种的语言，就算有人能说，还有那么多的方言土语，自然不会都懂，我只是借道而已，每天只有三件事需要交流，一是吃饭、二是住宿、三是骑行，单靠身体语言交流就行了。

若有所思的魏雅树先是点点头，后来又摇摇头，看来他既理解又不解。

如今，张露佳与罗维孝已成了好朋友。此前，她不仅协助罗维孝办理好了签证，而且还主动帮助罗维孝将骑行旗帜上的"一路骑行横跨亚欧奔向法兰西　回访阿尔芒·戴维故里"的骑行主题词，用法语和英语翻译了出来。于是，在罗维孝的骑行旗帜上，便出现了中文、法文、英文三种文字。

为了体现中国元素，罗维孝还特意在旗帜上用篆体字写下了"铁骨龙魂 万里独行"8个字。

但这8个字难住了张露佳，直译没法翻译，音译又怎么翻译？

"不好翻译，那就不翻译了，让老外看了，他们知道这是中国字就行了。"罗维孝用这8个字的本意很简单，用"铁骨"表达自己的信心和决心，用"龙魂"表达中国人固有的情感。

合影留念，挥手告别。

魏雅树和张露佳向罗维孝道一声珍重，祝愿罗维孝一路平安，早日凯旋。

途经成都，罗维孝到法国驻成都总领事馆拜访协助办理签证的张露佳女士

轻装疾进

从这天起，罗维孝就踏上了一条离家越来越远的骑游征程。

万里骑行路，且行且珍重！

罗维孝骑行法兰西，不仅牵动着雅安亲朋好友的心，还牵动着众多"锣丝"的心！

罗维孝行至绵阳，这里有他的一大帮"锣丝"在等候着他的到来。

《问道天路——骑游青藏高原六十二天》一书出版发行后，有一天，绵阳市电视台的夏清坤带着几位"摩友"慕名到雅安拜访罗维孝，他们得到了罗维孝签名赠送的书后，怀揣此书走进了西藏，走进了青藏高原。

在这支队伍中间，有一个叫张丹的，他的职业是警察，由于有着骑游这一共同语言，后来张丹跟罗维孝成了无话不谈的好朋友。

这几年，张丹骑着摩托车或是自行车，沿着罗维孝骑行过的路线骑行，他也从不同方向的四条进藏路线，走进了西藏。

罗维孝在网上发出"英雄帖"后，张丹看到后，二话没说，马上就报了名。

直到最后，在罗维孝"英雄帖"上报名的就只有张丹一个人。

在漫长的骑行路上，有人做伴，相互间有个照应，罗维孝的信心更足了。正如他以前曾说过的那句话："一个人可以走得快，但一群人可以走得远。"

罗维孝在国内转悠了近10年，他早就想着骑自行车出国门的这一天了。

就在罗维孝满心欢喜时，然而不知是什么原因，张丹突然打电话告诉罗维孝，说他不去法国了，是什么原因，张丹不说。

罗维孝很是纳闷，但他也不好多问什么。他曾经设想了很多张丹不去的原因和解决的办法，如果是费用的问题，他可以挪一点给张丹用；如果是办理签证的事，他也可以协助办理……

最后，罗维孝还是尊重了张丹的选择，他什么也没有说。毕竟人各有志，去与不去，全凭个人志愿，谁也强迫不了谁。

只是在罗维孝心中留下了一个大大的疑团，有时候，他很想当面问一声：张丹，究竟是什么原因让你选择了"临阵脱逃"？

两人相识很久了，成了知心朋友，罗维孝对张丹还是有些生气，他甚至把"临阵脱逃"这个不太好听的词，用在了张丹身上。

正是因为张丹一个"不"字，让罗维孝一时间陷到了非常尴尬的地步，险些打乱了他的计划。

罗维孝刚从福建交通意外事故中恢复过来，眼看着又要出门了，而且还是两眼一抹黑的国外，家人担心他万一又在路上出事怎么办？

李兆先说什么也不让他出门了。

"万一你在国外出事了，别说收尸了，连个报信的人也没有！"李兆先把丑话说了在前头。

后来，李兆先看着签证受阻，暗地里高兴。再也不提有没有人陪伴了，又改口称："只要你能办好到法国的签证，那你就走吧。"

在李兆先看来，签证十有八九是办不下来了，没有法国的签证，罗维孝寸步难行，就会让他出国的骑游梦彻底破灭。大大方方让他去，他也去不了。李兆先偷着乐。

谁知峰回路转，突然间柳暗花明，签证又办好了，李兆先高兴不起来了，但话已放出去，她也不好再说什么了。但她能做的，就是整天不给罗维孝好脸色看，甚至埋怨高尧"多事"，要不是他求人帮忙办了签证，老罗也出不了门。不过，她也感谢高尧帮助老罗圆了一个天大的梦想。

骑行法兰西，从计划中的"两三人"，最终成了"一个人的战斗"——万里走单骑。

那段时间，罗维孝一边紧张地进行着出征前的准备工作，一边还安慰妻子，让她高兴起来，"如果你不反对出门，说明你不在乎我。你越反对就越在乎。不过，你是反对有理，但反对无效。"

眼看着绵阳就要到了，罗维孝脑海里又一次出现了张丹的身影。

张丹，请告诉我，你到底是什么原因不去了？

罗维孝猜想，张丹肯定不会无缘无故地说不走就不走了，肯定有他不得不停下来的理由。

直到后来罗维孝从法国骑行归来，绵阳的朋友才告诉他，2014年初，张丹经常感到头昏脑涨，但他怕影响到罗维孝的骑游计划，一直没有说。就在罗维孝离开绵阳不久，张丹突然感到头部疼痛加剧，他才到医院检查治疗，原来是患了脑血管瘤，经手术摘除，现在还在恢复治疗中。

当罗维孝知道张丹"临阵脱逃"的真相后，他被惊出了一身冷汗：幸好当初张丹还算理智，没有硬撑着跟自己走。

万一张丹在路上突然发病了，我是救人还是继续往前走？生命是第一位，肯定是救人要紧。然而救人又不可避免地要耗费掉时间，自己不能按期过境，骑游法兰西一事，也许就功亏一篑了。

罗维孝一边为张丹恢复了健康而高兴，一边又为他的大义而感动。

绵阳的"驴友"许正、夏清坤接待了罗维孝，并将他的自

行车送到修理店进行了全面检修。他们发现罗维孝的行李太重了,自行车爆胎的原因,正是负荷太重所致。

他们一再要求罗维孝要"瘦身",只有"瘦身"了,才能轻装疾进。

除了行李外,罗维孝随身带了5本自己写的书,除了每次出门必带的那本"孤本"外,另外还有4本,对于这4本书,他是有安排的,连同他设计制作的4面旗帜,他准备沿途加盖邮戳后,分别赠送给法国自然历史博物馆和中国国家博物馆,另两面一是作为"传家宝"留给罗氏后人,一是为自己将来建一个骑游博物馆后留存在那里。

还有一本书,是孙前先生委托他送到法国的《大熊猫文化笔记》(法文版)。

"减了这6本书吧!"

这6本书重量并不是很重,但许正和夏清坤反复提醒罗维孝,如果你舍不得放弃,也许这6本书就是压倒你的"最后一根稻草"。

自己的书减了也就减了,拿得起也放得下,而孙前先生的书也要减,罗维孝为难了起来。

孙前创作的《大熊猫文化笔记》一书,在五洲传媒出版社出版发行中文版后,该社又相继出了英文版、法文版。法国一出版社购买了法文版权后,在法国又出版发行了法文版。

　　孙前希望这本由法国出版的法文版书，能够随着罗维孝一路西行的足迹，而加盖上所经过的国家的沿途邮戳，最后随同罗维孝的骑游旗帜和书，一并赠送给法国国家自然历史博物馆。和大熊猫模式标本一样，永久被博物馆珍藏起来，这肯定是一件很有意义的事。

　　分手时，孙前还一再嘱托罗维孝，一定要帮助他实现这个美好的愿望。

　　罗维孝最后还是狠下心来，6本书，自己的也罢，孙前的也罢，全部都忍痛割爱了。

　　他喃喃自语："孙市长，你托我办的事，只得就此搁浅了。有负你的厚望了，对不起！"不过，罗维孝相信，他的苦衷，孙前先生是会理解他的。

　　同时，罗维孝还减了一些衣服。

　　精减出来的东西，罗维孝打了一个包，就暂时寄存在许正家中。

　　这时，罗维孝突然想起了余纯顺的停留在二郎山腰处的那辆散了架的手推车。

　　这个念头一下闪过，罗维孝的表情突然出现了停顿。

　　但他的表情马上又缓和了过来。我是罗维孝，不是余纯顺。他坚信自己是能够回来的，寄存在许正家中的东西，自己一定会来取的。

第二天，罗维孝骑行在路上，行李的重量减轻了，自行车也轻快多了。

但罗维孝转念一想，不对，减得太多了。他又后悔了起来。

是的，《问道天路——骑游青藏高原六十二天》这本书不能全部减完，至少随身要带上一本。

罗维孝最想带的自然是那本"孤本"，上面除了有着对母亲的特殊纪念意义外，还有一个重要的原因，那就是在路上实在无法交流沟通的时候，自己就让这本书中的照片替自己"说话"。

想到这里，罗维孝赶紧把自行车停在路边，掏出手机，就跟许正打电话，请他无论如何也要帮他把那本"孤本"送过来。

许正答应了他的请求。

罗维孝还没有骑行到梓潼，许正和夏清坤就骑着摩托车追上了他，郑重地把"孤本"交到了他的手上。他们知道"孤本"在罗维孝心中的地位。

后来的事实证明，罗维孝重新拿回那本"孤本"是很明智的。

的确，"看图说话"不仅实用、管用，解决了他跟别人在"说"不清、"道"不明的时候，一图胜"千言"，这本书往往能起到出奇制胜的效果。

186

从绵阳市区继续往北走，就是梓潼县了。

对于绵阳市和梓潼县，罗维孝始终有一种特殊的感情，因为九院（中国工程物理研究院）曾在这里。

虽然自己只有短短的几年军旅生涯，但命运永远和这里联系在了一起，并在自己身体上牢牢地打下了烙印。但罗维孝从未后悔过。

1992年，九院搬迁到绵阳科学城。此后，这里荒废了10年无人管理，直至2002年8月，四川铁骑力士集团整体收购了旧址，在旧址上修建了"两弹城"红色旅游风景区。2013年10月16日，随着中国两弹城"两弹历程馆"的正式开馆，从此，曾经戒备森严的小山凹被揭开了神秘的面纱——为中国国防尖端科技做出了不可磨灭的贡献，在中华民族崛起的历史上留下了浓墨重彩一笔的九院旧址，"中国两弹城"开启了新的传奇。

眺望长卿山凹"两弹城"的方向，罗维孝停下了车。

"仿佛来过这里"的他默默地行起了注目礼。

良久，罗维孝骑上自行车，缓缓而去。

从邓池沟出发，罗维孝经过四川省内的成都、绵阳、广元市剑阁县后，斜插龙门山脉，经过青川县沙州离开四川省，进入甘肃省陇南市武都区洛塘镇。

全国各地都有罗维孝的"粉丝"——"锣丝"。他们在报纸上看到罗维孝骑行法兰西的壮举消息后，沿途的"锣丝"都

想在途中接待他们心目中的偶像。

刚进甘肃境内，罗维孝就接到了"锣丝"热情的电话，由于情面放不下，他只好答应和这群"锣丝"见面。

然而兴奋的"锣丝"见了罗维孝后，不是约请他喝酒、吃烧烤，就是簇拥着他反反复复拍照片，不仅跟他合影，还要和偶像的"坐骑"留念，让累得想休息的罗维孝苦不堪言。

罗维孝理解"锣丝"，但"锣丝"不理解他。他是为了追梦，而"锣丝"是为了追星。

罗维孝苦笑了起来，如果再遇上如此热情的"锣丝"，他再也受不了，这样的"锣丝"，不见也罢。

无奈之下，罗维孝干脆关闭了手机，只要是不熟悉的电话，他一个也不接，他要让自己心无旁骛地骑行在路上。

除了骑行外，罗维孝每天还有一个必修功课，那就是发短信给家人和朋友，让亲友们知道自己的行踪和一路的骑行感言。

同时，这一条条短信，也是罗维孝将来创作骑行法兰西游记的素材和提纲。

既然这是自己选择的路，就必须勇敢地坚持下去。

只有脚踏实地一步一步，一米一米地往前走，才有可能走出国门走到国外去。

我知道我此次的跨国骑行不知牵动着多少人的心，他们的心随着我一步一步地往前骑行。为感谢人们对我的关心、关注与关爱。我从今天起把我路上的所见所闻用短信日志的方式，发给《雅安日报》和北纬网与大家分享。

中国骑士罗

刚上法兰西骑行路，罗维孝发回的短信，在四川境内署名为"康巴游侠"，进入兰州后，他改名了，又成了"中国骑士罗"。到了乌鲁木齐，他再次改名，成了"CHINA骑士罗"，由"中国"替代了"康巴"，"游侠"变成了"骑士"，再由"CHINA骑士罗"代替了"中国骑士罗"，罗维孝完全进入了新的角色中，视野越来越广阔，名字越来越有国际范儿。

《雅安日报》对罗维孝的行踪进行了追踪报道，也先后摘登刊发了部分短信日志。

雨雪风沙

从2014年3月18日出发，罗维孝一路风雨兼程，4月30日终于抵达霍尔果斯口岸，一门之外，就是异域他乡了。

在这一个多月的时间里，罗维孝经受了丝绸之路变幻莫

测的气候考验，也正是气候的多变，才造就了大地上的万千景象，让他饱览了从西南到西北的大好河山，感受着丝绸古道风情万种的民族风情和民族文化。

雅安是一座名副其实的雨城，3月的雅安，草长莺飞，处处春意盎然。越往西北骑行，天气越来越冷。进入甘肃境内，犹如进入到了江南的梅雨季节，大多在雨中骑行。而据当地人介绍，甘肃历来是"春雨贵如油"。

到了武威，还意外地遇上了雨雪天气。气温骤降，寒风刺骨，对罗维孝的体能消耗较多。一路上都飘舞着雪花，雪花随着风吹，不断地往眼睛里钻。罗维孝掏出眼镜戴上，刚感觉舒服了起来，但随之麻烦事发生了，眼镜里的雾气被冰雪和冷风一吹，顷刻间镜片就会被白雾笼罩，眼前白茫茫的一片，什么都看不见。只得摘下眼镜，眨巴着眼睛向前赶。这种天气，让罗维孝有种回到当年骑行在青藏线和新藏线那雪域高原的感觉。

一路骑行，除了辛苦艰难外，最难排解的是孤寂。甘肃接近新疆边缘的这一区域，本来就属戈壁荒漠，地广人稀，很多路段几十上百公里没有人烟。除了偶尔间有车辆从身边路过，能听见汽车的轰鸣声和喇叭声外，这一路走来也就只有我那孤独的身影和单车始终与我相伴相随。

耐得住寂寞是一个行者最需要具备的自我修养与素养。铁
骨龙魂，万里独行！

中国骑士罗

出兰州后，罗维孝一直沿着国道312公路骑行。由于这条
公路的原有的路基被连霍高速公路（即G30高速公路，从江苏
连云港至新疆霍尔果斯口岸）挤占后，正在重新修建，路基
不稳，路况不好，骑行十分艰难，有时根本无法骑行，只好
推着车行进。

到了甘肃与新疆交界的柳园，走着走着，眼前没有了公
路，国道312公路消失不见了，我怎么骑过去？罗维孝一阵惶惑。

他向当地人打听，这才知道国道312公路已被连霍高速公
路完全挤占。从柳园到新疆境内的星星峡这段路，只得通过连
霍高速公路。不过，当地人很少有骑自行车的，他们除了开车
外，就是骑摩托车，都是上连霍高速公路，没有人骑自行车上
过高速公路。偶尔有外地骑游者，也是从原国道312公路残留
段翻过去进入高速公路的，至于高速公路的收费站让不让自行
车通行，交警管不管，他们就不知道了。

"在高速公路上骑行，似乎有些夸张吧。"罗维孝为了
弄清情况，他跑到进入高速公路的地方去实地考察后，得知真
的无路可走，他也只得在高速公路上骑行了。由于高速公路上

191

车流量密集，而且基本上都是大型拖挂货车，他一进入高速公路，就怕自行车与汽车发生碰撞、擦剐而伤及自己的性命。

刚上高速公路时，罗维孝尽量贴靠着应急通道边缘缓慢骑行。骑行了一段路后，慢慢地适应了过来，忐忑不安的心也开始平静了下来。客观地说在高速公路上骑行，比普通公路上骑行还要安全得多，其基本的缘由是高速公路上行驶的汽车，尽管车流量大、车速快，但完全都是"各行其道"，而且都是同一个方向行驶，这样也就减少了车辆间的相互擦剐。只是他担心自己骑行在高速公路上，被交警和路政人员发现后驱赶。

好在这样的担心并没有发生。在骑行过程中，罗维孝多次与交警相遇，他们并没有驱赶他，反而提醒他路上小心，注意安全。看来国道312公路被连霍高速公路挤占后，在此路段上就只有高速公路这条通道可走。不算是擅自闯入高速公路行驶，罗维孝这才彻底放下心来。

到了哈密，罗维孝这才得知，他委托北京一家旅行社帮助申请赴哈萨克斯坦的签证还没有办妥，旅行社建议他在新疆办理签证手续。

如果拿不到哈萨克斯坦的签证，他骑行法兰西的追梦之旅，就会梦断哈萨克斯坦，在国门前打道回府。

这显然是罗维孝不能接受的事实。

罗维孝一听，气不打一处出。

"哈萨克斯坦已近在眼前，我已兵临城下，你还没有给我办好'通关文牒'？"

他把电话打到北京那家代办签证的旅行社。

"别为我心疼钱，该花钱就花钱，钱花多少，我都认了。办法你来想，目标只有一个，那就是办好签证！让我顺利出境！"

旅行社告诉他，不是钱的问题，而是大使馆要求本人亲自来签证。

原来罗维孝拿到法国签证后，就开始向哈萨克斯坦、俄罗斯、白俄罗斯等国申请过境签证。

俄罗斯的签证很快就办理好了，同意他在俄罗斯的过境时间为5月24日至6月22日，而白俄罗斯提出了较为苛刻的条件，一是要确定过境路线，二是要预先预计床位，并要提前支付高额的房费，不然不能签证。

经罗维孝反复斟酌，他决定舍弃白俄罗斯，从新疆霍尔果斯口岸出境，途经哈萨克斯坦，再绕道俄罗斯、拉脱维亚、立陶宛、波兰、德国后，进入法国。后5个国家是欧共体国家，凭法国签证就可入境。

这样算来，罗维孝从新疆出境后，虽然要经过7个国家，但只需要办理法国、哈萨克斯坦、俄罗斯3个国家的签证就行了。

直到罗维孝从邓池沟出发后，哈萨克斯坦的签证还没有办妥。但委托办理签证的旅行社向他一再保证，等他骑行到新疆时，一定会拿到签证。

无奈之下，罗维孝打听到哈萨克斯坦在新疆乌鲁木齐有一个签证处，他想，反正我都要经过乌鲁木齐，到那里去办理就行了。他几经周折，请求新华社新疆分社给予支持。谁知得到的答复是，这一签证处，只对新疆维吾尔自治区的居民签证。

罗维孝只得把自行车寄存在哈密，然后坐火车到乌鲁木齐机场，搭飞机到北京，跑到哈萨克斯坦驻中国大使馆申请签证。

虽然费了些周折，好在罗维孝顺利取得了签证，悬在心上的石头这才落了地。

拿到了签证后，罗维孝又飞回乌鲁木齐，再乘火车到哈密，骑上自行车又继续往前赶。

过了星星峡，罗维孝就对"狂风"有了特别的感受——狂风跟在他的屁股后面追。

从红山口到鄯善县城，只有135.6公里，罗维孝整整走了11个小时。其中在45公里的路段上，后胎两次遭异物扎爆，补胎耽误了路上不少的时间。

平时检查内胎漏气的处理很简单，把打满了气的内胎放在水中，哪儿冒气就是哪儿有问题；如果没有水，也不复杂,同样把打满了气的内胎放在耳边听漏气声响。而在戈壁荒漠上,水是没有的,而风是强劲的,这两种常用的检查办法都没用。怎么办?面对瘪了气的内胎,尽管罗维孝尝试着用其他办法检查,那就是将气压加足后对着自己的额头和眼睛部位,一点一点地仔细检查,看着内胎慢慢地瘪了起来,他依然没有找到漏气点,因为强劲的风势将内胎漏气声完全掩盖。一遍又一遍地检查,换来的是一次又一次的沮丧,他始终找不到漏气点。

后来,罗维孝终于想了个办法。只见他披上了雨衣,犹如在头顶上支起了一个帐篷,他还塞上耳塞,在一定程度上减少了狂风的干扰,好不容易才找到漏气处。

补好了内胎,罗维孝又继续上路。

这里的风是狂乱而无序的,东西南北风,时时都在变幻。

逆风骑行,寸步难行;顺风骑行,狂飙突进;狂风横扫,人仰马翻。

行前,罗维孝查证过与新疆风口地带相关的资料。前几年,中央电视台曾报道过狂风将正在运行中的火车吹翻在轨道上的新闻。像火车这样的庞然大物都能被风吹翻,人在狂风面前,轻如一片羽毛,可以直接吹上天空飘荡。

而当年狂风将火车吹翻的地方,就在新疆维吾尔自治区的鄯善县,这正是罗维孝眼下要经过的地方。

见风势太猛，罗维孝无法骑行，他索性将自行车放倒在地，顺势趴在自行车下，感受并领教大自然这一"冷酷屠夫"的百般蹂躏。

呼啸狂卷的大风挟带着黄沙扑面而来，一时间飞沙走石，吹打在脸上，犹如刀割般的难受。

这里由于是戈壁荒漠，几乎没有植被，狂风吹卷起的沙尘铺天盖地，黄沙弥漫，不见天日，呼吸困难，一不小心张开嘴，满口黄沙，呛得喉咙十分难受，似乎有一种令人快要喘不过气来的窒息感。

尽管如此，罗维孝还得勇敢地站起来，顶风坚持前行。

一旦风势减弱或是风向转变，罗维孝就得抓紧时间拼命往前骑行，如同末路狂奔。倘若一直站着不动，就有被黄沙掩埋的可能。罗维孝不愿意当年余纯顺命殒大漠的悲剧在自己身上重现。

最终，罗维孝涉险过关，逃过了"风口浪尖"上的"鬼门关"。

这一路走来让人最担心的，就是从甘肃瓜州开始到新疆吐鲁番段，这里强劲而又无序的风势，让人难以应付。一路走来，从河西走廊的古浪县起沿途随处可见风力发电厂，说明这一带风力资源是可以开发利用来造福人类！

这一带的风口地带是我已知的最危险的路段，在这段路上遭遇到狂风无休止的肆虐折腾，无形中会带来很大的风险，如果遇风处置不当就有可能会就此失去生命。

我一路处处谨慎加小心，算是有惊无险地闯过了一个又一个的"风口浪尖"。

此时的我想起维克多·雨果说过的一句话："大自然既是善良的慈母，同时也是冷酷的屠夫！"

进入新疆，又将是进入了新的历程！前面未知的一切在等待着我。

中国骑士罗

在罗维孝发回的短信中，类似"大自然既是善良的慈母，同时也是冷酷的屠夫"这样的名言警句信手拈来。

2014年4月21日下午4时，罗维孝骑行到了吐鲁番。

本以为已走出戈壁荒漠和令人生畏的恐怖风口地带。罗维孝打算到邮局加盖邮戳后，就在吐鲁番美美地睡一觉。这几天一直在狂风中骑行，与"冷酷的屠夫"作对，实在是太疲惫了。

然而就在罗维孝走进邮局大厅等候加盖邮戳时，听到营业员正在说当天的天气预报，说是晚上又要刮10级以上的大风，并伴随沙尘暴，同时降温到10摄氏度以下。

看来自己来得不是时候，狂风撵着他走，想在这里停留一晚都不行。

罗维孝苦笑了起来。他只得放弃在吐鲁番住一晚上的打算，从邮局出来，他又拖着疲惫不堪的身躯继续往前赶。

与狂风赛跑，罗维孝总算跑到了狂风的前头。

新疆的气候变化莫测，这两天如同经历了春夏秋冬四季，天热时热死人，天冷时冻死人。

当地人告诉罗维孝，近20年来，北疆在这个季节还未有过如此的变化。罗维孝碰上了这样的天气，也算是上天对他的考验。

直到罗维孝骑行完这段路，他看到沿途的路上竖立着风能发电设备，他在路旁看到了一排格外醒目的大字——"中国风谷"。

罗维孝才恍然大悟，原来从星星峡开始，自己一直在风谷中穿行。

与狂风赛跑的罗维孝，并没有忘记那天是4月20日，是自己家乡雅安"4·20"芦山强烈地震一周年纪念日。

在遥远的"风谷"中，罗维孝向家乡发回了两条短信：

4月20日，是芦山发生"4·20"强烈地震灾害一周年的日子。作为雅安人，我在心里牢牢记住这个惨痛日子，灾难带给芦山及雅安周边的严重破坏。从"5·12"到"4·20"，在不到5年的时间里，雅安相继遭受两次重大的灾难!

雅安人在两次如此重大的灾害面前,所表现出来的坚强信念和意志,足以抗击重大灾难。我虽骑行在外,但我依然牵挂灾后重建中的故土家园。

我为雅安祈福!顺致问候。

此时的我虽万里独行在西行的路上,我作为雅安的子民仍为雅安祈福!

唯愿天佑赐福于故园,顺祝雅安康泰祥和。

中国骑士罗

罗维孝行至鄯善县,宾馆服务员教会他用英文字母来拼写"中国"二字后,罗维孝灵机一动,从此将他短信的署名改成了"CHINA骑士罗"。

当骑游成为我生命中的一部分时,那就注定了我是在颠沛奔波中度日,披星戴月顶风冒雨,自然是常事。此次跨国西行玩的是心跳,依托的是勇气,支撑的是信念意志力和充沛的体能,良好过硬的心理素质,平和的心态是我秉持的骑行理念。

此次跨越疆界逐梦法兰西,是我梦想的拓展与延伸,也是一次狂野的个性张扬!

CHINA 骑士罗

罗维孝每天的短信日志，他都发给了高尧。

看到短信的署名在一夜间变了。高尧会心一笑，他明白罗维孝又有了新的想法。

高尧马上给罗维孝回了条短信：

野性骑行，逆风飞扬！

我行我路，我写我心！

在高尧看来，他给罗维孝发去的这16个字短信，其实就是对罗维孝"万里走单骑，追梦法兰西"的真实写照。

罗维孝闯过了"风谷"，他又一头扎进了"雪城"。

4月22日，罗维孝的身影出现在了新疆维吾尔自治区首府乌鲁木齐市的大街上。

此时的乌鲁木齐依然寒冷。春寒料峭，竟然飞起了鹅毛大雪。大街上十分寂静，三三两两的匆匆走过的行人，也是穿着厚厚的冬装。

罗维孝把行李包里的所有衣服全部拿了出来，一股脑地穿在了身上，还觉得冷。

大雪围城，水管爆裂。从高处往下看，整个城市白茫茫一片，乌鲁木齐俨然成了一座名副其实的"雪城"。

出不了门，权当休整。

4月23日，罗维孝在旅馆里蒙头大睡了一整天。

冲出雪城

"雪城"不是久留之地，下雪天也自然不是留客天。

4月24日，看着天气稍有好转，罗维孝吃完早饭，他又继续往前赶路。

一路上残雪还未融化，但沙尘弥漫。

路上重车多，车流量也不小，罗维孝只好尽量靠着公路边缘缓慢向前骑行，避免与货车擦剐，相对要安全些。

但靠边骑行，往往又要碾压在湿滑的冰面上，真可谓"如履薄冰"。

罗维孝这天的目标是石河子市。罗维孝亦步亦趋，小心翼翼，整整花了13个小时，他从乌鲁木齐市区赶到了150公里以外的石河子市。

"无情未必真豪杰，怜子如何不丈夫。"4月25日，对罗维孝来说，这是一个特别有意义的日子，因为这天是他的孙女罗雨彤周岁的生日。

一大早，罗维孝就起了床。他没有急着出门，而是掏出手机，给孙女发短信祝福。

今天是2014年4月25日，今天对于我来说是个特殊的日子，今天是我特喜爱的乖孙罗雨彤一周岁的生日。作为彤彤的爷爷，我本该等乖孙过完生日再出行，但考虑到行程周期太长还有签证上的原因，我不得不将行期提前。我在新疆石河子市为我那可爱的乖孙祈福！

愿彤彤健康富有灵性、活泼可爱！

CHINA 骑士罗于新疆石河子

刚满一岁的孙女自然读不懂这一切，但罗维孝依然写好并发回了一封写给孙女的短信。

这是一种"基因"和"家风"的传承，这是写给孙女长大后才读的。

罗维孝用文字记录下这一切，等到孙女长大了，再给她看。罗维孝相信，到那时，孙女会读懂的，自然也是会理解的。

由于受到过境国签证时效的限制，罗维孝每天的平均行程，必须在100公里以上，才能确保自己按签证规定的时间抵达出境口岸，顺利出境。

俄罗斯签证时效期为5月24日至6月22日，过境签证有效期为30天。罗维孝算了一下，从4月26日算起，把新疆所剩路程和通过哈萨克斯坦境内的里程加起来，共有3100多公里，在剩下20多天的时间里，如果自己不加快骑行速度，就不能按时抵达俄罗斯的入境口岸。

一旦错过，就会进退两难。最终留给自己的，也许就是等着被人家"驱逐出境"。

这丢脸丢到国际上的一幕，是罗维孝不希望看到、更不愿发生的。

一个多月来的连续骑行，已经让罗维孝感觉到身心疲惫，但他又无法停下来让自己休整。他能做的，只有一样，那就是强打精神，硬挺着往前赶，剑指霍尔果斯口岸。

他要跟时间赛跑，他要向风雪征战。

纵然是狂风暴雨，纵然是雪刀霜剑，也挡不住他匆匆骑行的步履！

在出征前，罗维孝请人专门做了一本骑行路线图和"路书"。

考虑到独身上路不太安全，担心在路上出现意外，罗维孝便请中国人民财产保险股份有限公司雅安市雨城支公司的黄凯将他的护照、银行卡等贵重物品寄到伊犁州府伊宁市支公司，他在出境前去领取，同时也在伊宁市兑换出境后使用的外币。

得知罗维孝冲出了雪城，高尧向他发去了短信祝贺：

雨城风城冰雪城，

攻城拔寨所向披靡；

水路泥路搓衣路，

踏平坎坷勇往直前！

　　并嘱咐他罗马不是一天建成的，万里亚欧也不是一天能骑到的，注意休息，保持体力。

　　骑行到伊犁取包裹，尽管要多绕120多公里的路程，但罗维孝也觉得值得。

　　其实，之所以选择绕道伊犁，罗维孝心中还有两个打算，一是到惠远古城，去祭奠自己心目中的民族英雄林则徐先生。二是去看看他"心仪"已久的赛里木湖。

　　赛里木湖与青海境内的青海湖、西藏境内的羊卓雍湖、纳木错和班公湖等高山湖泊齐名，而享誉华夏。作为一名"好摄之徒"。只要一听是纯净的高山湖泊，对他都有着无法抗拒的诱惑力。

　　青海湖、羊卓雍湖、纳木错和班公湖，他都一一去造访过了，唯独赛里木湖的"芳容"，还只是依稀出现在他的梦里。

　　作为曾经的军人，在罗维孝的身上，骨子是傲骨，气息是傲气。他要用行动来告诉世人，100多年前，八国联军等西方列强用刺刀和枪炮打开了中国大门，入侵中国，今天，他作为中国特有的大熊猫文化使者，拿着中华人民共和国的护照和哈萨克斯坦、俄罗斯、法国的签证，堂堂正正、扬眉吐气地走进中亚国家，走进欧洲国家为自己敞开的大门。

罗维孝不惜绕道，执意要去祭奠林则徐，他的目的很明确，那就是要再学学林则徐身上的那股尽管在"无饷可筹，无兵可调"的严峻事实面前，依然不畏强权、不惧枪炮的浩然正气。

林则徐是中国近代著名的爱国主义者和民族英雄。他主张严禁鸦片、抵抗侵略，并以领导了著名的虎门销烟而名震天下。因虎门销烟而遭贬的林则徐，曾经从遥远的南方流放到伊犁。

100多年前的伊犁，曾是新疆"首府"所在地。远比当时的迪化（今天的乌鲁木齐）繁华多了。惠远古城是清朝时期的建筑，这里是通往中亚的重要通道。"惠远"的名字由乾隆皇帝亲赐，意为"大清皇帝恩惠远方"。如今惠远古城保留下来的有边防站、钟鼓楼和伊犁将军府等古老建筑。

林则徐抗英有功，却遭投降派诬陷，被道光皇帝革职发配，"从重发往伊犁，效力赎罪"。

林则徐忍辱负重，道光二十一年（1841）7月14日踏上戍途。同年11月9日到新疆，抵达当时的新疆统治中心惠远城，在这里居住了两年多，后又去了南疆一年多。在新疆三年多的

时间里，他没有颓废消沉，仍关心国家安危，"西域遍行三万里"，协助新疆当时的最高长官"伊犁将军"为新疆做了很多有益的贡献。道光二十五年(1845)，朝廷重新起用林则徐，先后任陕甘总督、陕西巡抚、云贵总督。1850年11月22日，林则徐卒于潮州普宁县行馆，终年66岁。

2009年，在"5·12"汶川特大地震一周年之际，罗维孝南下感恩行，从海南返回时，他特意绕道广东省东莞市，专门去拜谒虎门炮台和当年销毁鸦片的地方。

罗维孝到虎门炮台的时间，恰好是在"5·12"汶川特大地震发生一周年纪念日。

在他看来，汶川特大地震为"天灾"，"鸦片战争"却是英帝国强加给中国人民的"人祸"。虎门炮台让罗维孝感慨万千！

2011年罗维孝的东南之行，尽管因"意外事故"而半途而废，但到福建省福州市三坊七巷林则徐纪念馆参观，是他的重头戏。

走进林则徐纪念馆，罗维孝久久地伫立在林则徐塑像前，遥想170多年前虎门销烟的滚滚浓烟和军民欢呼雀跃的场面，他深为林则徐可歌可泣的一生所感动。

他默默地向林则徐塑像三鞠躬。

从华南到华东，从华东到西北，罗维孝绕着林则徐的建功立业的地方、出生的地方和曾经流放的地方，跑了一个大三角。

在罗维孝心中，林则徐是一位伟大的民族英雄，值得他景仰。

罗维孝从虎门到福州，从福州到惠远，一路追寻一路追思，他追逐先贤的岁月印痕，缅怀先辈的历史伟业，在发幽古之思的同时，也从先贤的身上获取了教益。

从奎屯经高泉，到霍尔果斯口岸已经很近了，自然要路过赛里木湖。

看似"路过"，其实这也是罗维孝精心设计出来的骑游路线。

骑行在路上，罗维孝从不拒绝"美景"和"美食"的诱惑，饱了眼福更要饱口福。

自称是"美景和美食达人"的罗维孝，对美景美食的追求，到了无以复加的地步。

骑行在青藏高原新藏线上，罗维孝已经出现了严重的高山反应，头昏脑涨，鼻血长流，到医院止血。医生劝他赶快离开阿里地区，不然会有生命危险的。他谢过医生好意，他不但不走，还停下车来，跑去看古格王朝遗址。

到了班公湖，罗维孝干脆躺在了地上，看云卷云舒，观鸟飞鸟栖，沉醉其中，乐不思蜀……

骑行在丝绸之路上，罗维孝如同闯进了自然文化的大观园，张掖的丹霞地貌，绕再远的路，他要去走一走；敦煌的洞中画廊，他也要去看一看，玉门关、鸣沙山、火焰山……他一个也没有放过，纵然是绕道，他也要去看一眼。

走进大西北，罗维孝一路打听着美食。

走到甘肃省宕昌县城，罗维孝的"锣丝"海军某部军官朱明向他推荐宕昌山羊肉，他不惜花了小半天时间，找到这家羊肉汤店，18元一份的羊肉和羊杂汤各来一大碗，美美地饱餐了一顿，吃得他直呼痛快。

对美食，他从不拒绝；对美景，他行"摄"天下。

罗维孝骑着自行车来了，他远远地看到了赛里木湖。

他停下车来，站在湖边观看。

赛里木湖海拔2073米，水域面积400多平方公里，是新疆海拔最高、面积最大的高山冷水湖。湖水除周围一些小河注入外，主要靠地下水补给。国道312公路就在湖边。

"天山明珠"赛里木湖，因为是大西洋的暖湿气流最后眷顾的地方，所以又被称作"大西洋最后一滴眼泪"。

然而，此刻出现在罗维孝眼前的赛里木湖，也许是由于气温太低之故，冰封的湖面还没有解冻，明镜似的银色湖面失去了湖光山色的映衬，显得没有多少生机。与他心目中的晶莹剔透、烟波浩渺、水天一色的景象相差甚远。

不过，罗维孝相信，春风已经吹拂过来，再过一段时间，赛里木湖一定会重新绽放它那高山湖泊应有的神奇、深邃、灵性、秀美的真面目。

此时是旅游淡季，几乎不见游客。罗维孝好不容易才碰到一个当地人。那人告诉他，湖水有半年的冰冻期，12月下旬封冻，冰厚1～2米，次年5月解冻。到赛里木湖旅游的最好季节是夏季，到了夏季，湖畔草茂花繁，山青水蓝，辽阔的草原上，幕帐点点，炊烟袅袅，牛羊成群，牧马奔驰，构成了一幅动人的牧场风景画。

除了湖光山色、草原牧歌外，早晨日出，晚霞如火，夜观流星，都值得一看。

没有看到赛里木湖的秀美景色，让罗维孝感到有些遗憾。不过他转念一想，冰封季节，也是一景，试问有多少人见过？

这样一想，自然也就乐了。

罗维孝望着"大西洋的最后一滴眼泪"，仿佛感受到了大西洋的温暖气息正扑面而来，而他万里骑行的目的地，正是法国西南部的一个小城埃斯佩莱特市，那个小城，与浩瀚无边的大西洋、地中海只在咫尺之间。

他仿佛看到了过去的一幕：在1862年初春的一个清晨，一名神甫匆匆登上客轮，离开了马赛港，他沿着东方传教之路进入到了中国。

这位名叫阿尔芒·戴维的神甫，或许他自己也没有猜到，

7年后，他在邓池沟发现了"黑白熊"。惊鸿一瞥，不仅创造并书写了东西方物种交流史上的神话，更成为中国向全世界奉献并共享的生命礼物——大熊猫。

大熊猫的发现，引出了一段漂洋过海、纵贯东西方的生命奇遇。大熊猫为媒介的文化传播，促使我踏上了横跨亚欧大陆、驰骋千万里的梦想追逐之旅。

大熊猫发现和传播的故事，至今还在流传。

冰封的赛里木湖静静地躺在群峰之间。从大西洋飘过来的微风，正轻揉着罗维孝的脸庞，似乎要为他擦去满脸的沧桑。

静静地看着赛里木湖的罗维孝，也许压抑得太久，他的心情突然间躁动起来，他心中有一团熊熊烈火，灼热着他的胸膛，焚烧着他的神经，他要把这团火喷发出来。

罗维孝再也按捺不住心中的激情了，他把自行车放倒在地上，紧握着拳头的手高高举起。

他对着赛里木湖，大声地叫喊了起来：

"大西洋，我来啦！"

"大西洋，请让你的最后一滴眼泪来见证我罗维孝——一个年过花甲的老人、一个白细胞很低的人，为传播大熊猫文化而旷野独骑的生命奇迹吧！"

刹那间，雪山回荡着罗维孝的呐喊声，此起彼伏，久久不绝……

冰封的赛里木湖

第二章

从中亚到东欧　一路狂飙突进

撞上枪口

2014年4月30日，罗维孝从伊犁哈萨克自治州首府伊宁市骑行到了霍尔果斯口岸。

霍尔果斯口岸位于素有"塞外江南"之美誉的伊犁河谷谷口，自然条件得天独厚。同时又是国道312公路（上海——霍尔果斯口岸）的最西端。

下午4时，罗维孝赶在海关闭关前跨出了国门。

一个年过花甲、不懂一门外语的中国老头，如何骑着自行车独闯世界？

霍尔果斯口岸的海关人员，每天不知要迎来送走多少"南来北往"的客人。当罗维孝骑着自行车向海关直奔而来的时候，"见多识广"的他们还是愣住了——

"这个老头要干什么？"

罗维孝把护照递给了他们。

看着罗维孝的全身披挂，他们终于明白，这是一位骑游运动爱好者，再一打听，还是一个年过花甲的"大熊猫文化使者"，他们顿时肃然起敬。

从这里出境的，除了少量的公务考察人员外，大多是到哈萨克斯坦等中亚、西亚国家以及俄罗斯等国务工的，像罗维孝这样高举大熊猫文化旗帜出境的骑游者，他们还是第一次见到。

海关工作人员请求罗维孝，要与他合影。

哈萨克斯坦海关

罗维孝爽快答应了。他很慷慨地打开了骑行"示意图"，与中国海关人员一起背对海关、面朝中国，牵着骑行"示意图"合影留念。

随后，只见他轻轻一抬腿，就出了国门。

然而，出国的骑游的确不是那么轻松。

罗维孝刚出中国海关，迎接他的不是鲜花，也不是掌声，而是一个黑洞洞的枪口。

从中国海关到哈萨克斯坦海关，中间有一个过渡带，中国海关人员告诉他，出中国海关后，应坐摆渡车到哈萨克斯坦海关，也可以骑自行车过去。

此时，已是下午4时许，罗维孝骑着自行车，跟在摆渡车后面，向哈萨克斯坦海关骑了过去，这段过渡地带大约有7公里长。

走着走着，突然从哈萨克斯坦方的岗亭里走出一名边防警官，他掏出了枪，对着罗维孝不停地大声喊道。

那人说的是中文，那人要罗维孝退回去，退到中国境内。

罗维孝跳下自行车，站在那里不动。那人依然在吼叫着。

这突然间发生的变故惊动了中国边防警察，两名警察跑过来，劝他冷静，并随即用对讲机向海关通话说明。

中国海关人员告诉那人："这名中国人已办理了通关验证手续，在闭关前，他必须进入哈萨克斯坦。"听完这段话，那人表情有些沮丧，瞪了罗维孝一眼，然后无奈地做了一个放行手势。事后，罗维孝才知道坐摆渡车是要收费的，他骑自行车过去了，自然收不到钱，因而受到了哈萨克斯坦边防警官的"刁难"。

罗维孝昂首挺胸，骑上自行车，继续向哈萨克斯坦海关冲去。

罗维孝进入到了哈萨克斯坦海关口岸。可能是刚才的冲突已惊动了这里的工作人员，罗维孝刚一进入哈萨克斯坦海关大厅，一位哈萨克斯坦的边防警察已站在门口等他，在互致问候后，边防警察把罗维孝引到了通关验证的地方，并协助他将通关表格用哈萨克文字填好，仔细地检查了他的护照和签证后，然后把他护送出了海关通关处。

走出哈萨克斯坦海关，罗维孝这才算是正式开始了在异国他乡的万里骑行。

回想刚才面对黑洞洞的枪口，罗维孝虽然相信对方不会在海关门口开枪，但给他内心一道挥之不去的阴影，他知道，前面要走的路并不平坦。

再往前走，再也不会有中国边防警察为他解围了，一切都得靠自己。

罗维孝暗暗地捏了一下拳头，不管前面是地雷阵，还是万丈深渊，他要做的，就是往前冲。

倒也要倒在前进的路上，倒也要把头颅朝着前方。

哈萨克斯坦乡村

　　走出哈萨克斯坦海关已是傍晚时分，天色渐渐地暗了下来。

　　由于哈萨克斯坦地广人稀，靠近海关的地方没有任何村落，更不可能有宾馆酒店，罗维孝只好摸黑向前骑行。大约骑行30公里后，他终于看到路边有一家外形如同蒙古包的餐馆。

　　这是一家华侨开的餐馆，老板和员工都是新疆人，都能说汉语。吃了饭，好心的老板让他住在这里，算是收留了他一晚。

　　罗维孝的跨国骑行虽然说是筹备了三四年，但由于一直忙于签证，其实在物资和思想上，没有过多的准备，2014年2月取得法国签证后，又委托他人帮忙申请过境国的签证，然后就匆匆上路了。

担心语言不通，他购买了快译通；要确定方位，他购买了GPS；在国外要途经7个国家，他开通了国际漫游……看上去，他"武装到了牙齿"，但一出国门，罗维孝就傻眼了，望"机"兴叹，有的不会用，有的不能用，就连国际漫游的中国移动也用不上，因为哈萨克斯坦没有基站……

罗维孝在哈萨克斯坦的骑游路线，长达2000多公里。他大致估算了一下，平均每天100多公里，至少需要20天左右的时间。在长达半个多月的时间里，自己不可能不跟家人联系。

怎么办？罗维孝只得买了一张哈萨克斯坦的手机卡，好在这家餐馆的员工也很热心，教会他使用。

给手机重新充值后，罗维孝发回了他在异国他乡的第一条短信。

进入哈萨克斯坦，是我轮迹亚欧跨国骑行的开始。从昨天下午起是对我各方面综合素质的考验与检验，高于智商的是智慧，我相信我会用智慧之光，去化解和处理好各种未知的"疑难杂症"。

勇者无畏，智者聪慧！

CHINA 骑士罗

野骆驼

巧遇"雷锋"

在国内骑游，罗维孝带一证一卡（身份证和银行卡）就可潇洒骑游全国。而如今，护照是必须带的，能在国外使用的信用卡也不能少，全球"硬通货币"美元要带，途经国的货币也要带。让他感到麻烦的是，兑换多了用不完，是浪费；兑换少了，不够用时，又无处兑换。

然而在语言不通、又无法直接交流沟通的情况下，要把钱花出去，对罗维孝都是不小的考验。

好在头天经过霍尔果斯口岸时，罗维孝将当地一摊贩的盐茶蛋、牛奶和馕，都"一扫而光"，全部买下，但由于运动量大，体能消耗大，他在一个上午就吃了个精光。

骑行在路上，罗维孝唯一的感觉就是饿。

祸不单行的是，车胎又爆了。

就在罗维孝在烈日下补胎时，一辆车驶到了他的面前，从车上下来了三个看上去就像当地的年轻人。

他们把罗维孝围了起来。起初，他还有些惊慌，误以为他们是劫匪。后来，罗维孝发现他们嬉笑着对自行车龙头上大熊猫图案指指点点，似乎对大熊猫很感兴趣，他悬着的心这才落了地。

既然你们不是来害我的，就让你们来帮助我，万一运气好，碰到"洋雷锋"，自然就好办了。于是，饥肠辘辘的罗维孝比画着向他们讨水喝、要东西吃。

他们不知罗维孝想干什么，看着罗维孝比画了半天，他们直摇头。罗维孝不停地拍拍肚皮、指指嘴巴，他们总算弄明白了他的意思，大笑了起来。他们转身从车上取来了两瓶水、三张大饼递给了他。

罗维孝狼吞虎咽起来，一口气就吃下了两张大饼，这才想起还没有向他们致谢。于是，他又连忙向他们鞠躬敬礼。

这三人和大熊猫算是自己的"救命菩萨"，如果他们没有好奇地下车来看大熊猫图案，也许自己在跨出国门的第二天，

就呜呼哀哉了。

哈萨克斯坦是世界上国土面积第九大国，但人口并不多，只有1700多万人，公路上几乎见不到骑自行车的，路边的村庄也难得一见。

看来在今后的骑行中，自备干粮是途中的大事。您一定及时调整自己在异国的衣食住行，来确保骑行的顺利，人是铁饭是钢啊！祝顺利快点骑出困境。

在有超市的地方买压缩饼干带上，以及在有牧民的地方找牛肉干。哈萨克斯坦国是个不搞旅行的国家，对此要有充分的准备。

皇甫华和许正分别给罗维孝发来了短信。看来，还是自己准备不足，罗维孝苦笑了一下。从此，罗维孝每天临睡前要做的最后一件事，就是准备好第二天路上的食物和水。

进入哈萨克斯坦的第四天，罗维孝骑行430多公里后，到了阿拉木图。

阿拉木图是哈萨克斯坦的第一大城市，也是中亚的第一大城市，人口有160万。苏联解体后，哈萨克斯坦独立，首都就设在这里。哈萨克斯坦无论从地理位置，还是政治经济地位，都是整个欧亚大陆的中心。阿拉木图是哈萨克斯坦的旧都，新都在阿斯塔纳。

行前，罗维孝在查找资料时，他惊讶地发现，二战初期，苏联援助中国的飞机，就是从阿拉木图起飞，在兰州交接。中国第一个"王牌飞行员"、在南京保卫战中牺牲的抗日英烈乐以琴（雅安市芦山县人），就曾先后在阿拉木图、兰州接受培训、接收飞机。

罗维孝很想去看看当年的机场，但一想这无疑是奢望，别说找机场，就连找吃、找住的地方都是一道大难题。

以前在国内骑游，吃、住、行是再简单不过的事情，有时不用开口，一个手势就可搞定，而现在却成了一道似乎双方都无解的一道难题。

走在阿拉图的大街小巷，罗维孝要找宾馆酒店，手舞足蹈了半天，人家还是猜不到了他的意思。罗维孝有些绝望了，仰天长叹，"天哪，我如何表演他们才知道我要吃饭、我要睡觉？"

最后，他把双手合在一起，放在耳边，做了一个睡觉的样子。有人露出了会意的笑脸。罗维孝一跃而起，他知道，自己的"睡觉表演"成功了！

果然，好心人径直把他带着找到了酒店。

然而，罗维孝走进去又退了出来，因为这些酒店太豪华了，不是自己消费得起的。

出发前，罗维孝倾其所有，仍然没有筹够签证时所需在银行有20万人民币存款的资信证明，还是一朋友知道后，主动借了几万块钱给他，这才解了他的燃眉之急。

尽管罗维孝有心理准备，出门就是"烧钱"，但不到万不得已，他也不会大手大脚地花钱。

这家不行，只得再找。好不容易找到一两家住宿费还算便宜的，结果人家既不收人民币，也不收美元，只认本国货币坚戈，而罗维孝在路上兑换的坚戈已经用完，手中再也没有坚戈了。

罗维孝只得垂头丧气地推着自行车又走上了街头。他漫无目的地往前走，不一会儿，走到了一个十字路口。

十字迷途，罗维孝茫然不知下一步该往哪儿走了。

要换外币，银行又在哪里？

要找酒店，酒店又在哪里？

要盖邮戳，邮局又在哪里？

……

罗维孝恨不得仰天长啸。

隔空喊话

就在罗维孝孤独无助时，突然间，他远远地就看到有人骑着一辆自行车正朝自己的方向走过来。罗维孝大喜过望，赶紧将自行车停稳，主动地向他打起招呼来。

哈萨克斯坦少有骑自行车的，在罗维孝眼中，骑自行车的跟自己是天然的"驴友"。

那人见有人招呼，跳下了自行车。

刚刚表演过睡觉的罗维孝，自然有了"经验"。只见他双手合十，叠放在耳边，做了一个睡觉的肢体语言。那人一下就"读懂"他的意图，并示意跟着往前骑行。

谁知骑行不远，那人的自行车链条突然脱落，卡住了链盘。罗维孝上前帮助他修理复位，弄得一手的油污。那人异常得高兴，从包里掏出一张毛巾，递给罗维孝擦手。

在哈萨克斯坦路遇骑游爱好者

自行车修好了，那人并没有急着往前走，而是掏出手机打起了电话。

他"叽哩呱啦"地说了几句话后，罗维孝听不懂他在说什么，也没有在意。谁知，他笑眯眯地把手机放在了罗维孝耳边，示意他接电话。

"喂，您好！"手机传来了罗维孝熟悉的汉语声，而且还是标准的普通话。

这"天籁之音"如同电击般的击中了罗维孝，刹那间呆住了，他忘了说话，随之眼泪忍不住夺眶而出。

"喂，您好！您说话呀，您听见我说话了吗？"对方没有听到应答声，又说了起来。

罗维孝这才清醒过来，电话另一边的人，在用标准的普通话跟自己说话。

"隔空喊话"，犹如从天而降的"福音"。

电话那边的人告诉罗维孝，他叫胡尔曼·谢力克，来自新疆，现供职于中国中铁中亚办事处，办事处就设在阿拉木图。胡尔曼·谢力克还告诉罗维孝，之所以接了这个电话，是因为那人是他的朋友，是当地一家基金公司的律师。

最后，胡尔曼·谢力克让罗维孝站着别动，他正好在附近不远处，几分钟后就能过来。

孤独无助的罗维孝如同溺水的人，突然间一辆大船开到了他身边，绝望的他又看到了重生的希望。

不一会儿，胡尔曼·谢力克就开着小车过来了。

他先是把罗维孝带到银行兑换哈萨克斯坦货币坚戈，然后在附近找到一家带有慈善救助背景的招待所，住宿费很便宜，1000坚戈，折合人民币不到40元。和另外几家酒店相比，这里的住宿费自然便宜了不少，走进去一看，设施也不差，罗维孝很满意。

第二天上午，胡尔曼·谢力克又陪罗维孝到阿拉木图移民局办理"落地签"。因为在哈萨克斯坦海关办理的通关时间只有5天，此期间必须到移民局办理"落地签"后，过境签证才有效。

胡尔曼·谢力克是个热心人，也很健谈，他告诉罗维孝，他毕业于陕西师范大学，已在哈萨克斯坦安家。

他还陪同罗维孝到了中国驻阿拉木图总领馆，去拜会总领事。

总领事杜德文得知后，非常重视来自国内"大熊猫文化使者"的拜会，因他有要事外出了，他专门指示总领馆工作人员给予热情接待。应允在罗维孝的"骑行示意图"、"孤本"上加盖上了中华人民共和国驻阿拉木图总领事馆的大红印章，并在总领馆牌匾前，打开骑行示意图一起合影留念。

　　还有一件最要紧的事，就是到邮局去加盖走出国门后的第一枚外国邮戳。

　　在国内骑游时盖邮戳，是一件很平常的事，邮局都会给予支持。然而哈萨克斯坦的规定是，凡不属于邮寄的信件和其他的邮寄品，原则上一律不予加盖邮戳。

　　胡尔曼·谢力克说破了嘴，营业员也不让步。无奈之下，他们只好去找邮局的负责人，好话说尽，负责人这才点头同意，罗维孝得到了这枚珍贵的邮戳。

　　邮戳上的地名和时间是谁也改不了的，邮戳上所显示的时间与城市的地名，清晰地见证了罗维孝走出国门后在异国他乡的行踪，将成为万里骑行的重要组成部分。

　　为了让家人放心，表明自己在阿拉木图有"亲人"，在离开阿拉木图的当晚，罗维孝发回了短信：

　　　　在阿拉木图所办之事相当顺利，全靠一个叫胡尔曼·谢力克的华人开车引路并全力协调。此人1975年9月13日出生，于1997年毕业于陕西师大，2003年加入哈萨克斯坦国籍，供职于中国中铁中亚办事处。

　　　　本来约好他开车将我送到32公里分岔处，由于我途中后胎被扎爆，停下补胎就与之错过了。尽管我一路上都拿着他书写的哈文问路，但回答都不尽相同，故而才出此错，这也算是给我上了一课。今后行路更应谨慎加小心，以免再走"冤枉路"。

CHINA 骑士罗

离开阿拉木图，罗维孝与胡尔曼·谢力克的情缘还在继续。

迷失方向

罗维孝与胡尔曼·谢力克一见如故，彼此都非常欣赏，但前路迢迢，送君千里，终有一别。

在分手前，胡尔曼·谢力克将一叠纸片递给了罗维孝，上面用中文、哈文对照写着：

"我要到阿斯塔纳，怎么走"；"我要住宿，请帮助介绍一家小宾馆"……衣、食、住、行，无所不包。

罗维孝很感动，执手相看泪眼，一个亲切的拥抱，胜过了千言万语。

胡尔曼·谢力克也舍不得与他分手，两人又一次相约，他们在下一个路口再分手。谁知，骑车的跑不过开车的，再加上自行车又一次爆胎，两人渐行渐远。

"你在哪里？"胡尔曼·谢力克的电话打了过来。

民居

罗维孝环顾荒漠，我在哪？

他说了半天，胡尔曼·谢力克也不知道他在哪。

两人在各自的"运动中交错"。胡尔曼·谢力克只好在电话叮嘱罗维孝，路上要小心，保证自己24小时不关机，只要在哈萨克斯坦境内遇到什么难题，随时打电话，他一定给予帮助。

而此时的罗维孝，其实已经走错了路，只是他不知道罢了。

原来在一岔路口，罗维孝再一次吃了"睁眼瞎"的亏。路牌上的有哈文、英文标识，但对罗维孝来说，如同"天书"，他只得凭感觉进行选择，结果走在了苏联以前修建的、现已废弃的公路上。

路越走越荒凉，手机信号也弱了起来，信号时有时无，总是打不通。

随着时间一分一秒地过去，天色也逐渐地变得暗淡起来。罗维孝又一次摸黑骑行了。在出国前，他曾制订了一个死规定："绝不走一天夜路。"胡尔曼·谢力克也曾告诫过他，哈萨克斯坦的戈壁滩和草原是狼的世界，一定要随着大路走，千万别想抄近路，否则遇上狼就危险了。

不走夜路，茫茫黑夜，住哪？虽然他随身带着帐篷，但防不了草原上的雪豹和狼。住在帐篷里，带给他的也许就是死亡；勇闯夜路，也许还会换来一线生机。

罗维孝决定走下去。

茫茫荒原寂静无声，天上看不见星星和月亮，地上看不见村落和灯光，他只能依靠手电筒的微弱光线照射着向前骑行。

刚才还沉浸在与胡尔曼·谢力克意外相遇的喜悦中，顷刻间又被孤独和绝望所笼罩。

罗维孝一路跌跌撞撞，晚上11时钟，按照自己"路书"上标注的骑行旅程，自己应该已到了一个叫"科帕"的地方。

但罗维孝仔细一看，他立马傻了眼，这里绝不可能是什么"科帕"，而是一个"可怕"之地，他眼前的是一个只是几户人家的荒野小村落。

罗维孝这才明白，自己走错路了，来到了一个不该来的地方。

就在发愣时，耳边传来一阵似狗似狼的嚎叫声。罗维孝转眼一看，依稀看见两条体型硕大的狼正向他扑了过来。

怕什么来什么。说时迟那时快，他一下就把自行车横放在自己面前，解下车链紧握在手中，毫不留情地向着狼挥舞过去……

就在这万分紧急的关口，他听到有人说话声，咆哮着的"狼"转身跑了回去。

罗维孝明白过来，他遇到的是狗不是狼。他一下瘫软地坐到了地上，浑身无力。短短几十秒，仿佛过了很久，他感觉到自己的力气被抽空了似的。

隐约间，有人向他走了过来，说了几句他听不懂的话，随后他们如同一对"聋子"和"哑巴"，相互用身体语言"交流"了起来。

比画了半天，谁也不懂对方在"说"什么。绝望之际，罗维孝想到了"救世主"胡尔曼·谢力克。他早就想向他打求救电话了，只是没有信号，电话一直无法接通。

这里有人居住，手机也许有信号。罗维孝打开手机一看，这里果然有信号，虽然此时已过午夜12点，无奈之下，他还是拨打起电话。

手机铃声只响了一声，罗维孝就听到了胡尔曼·谢力克的声音："我一直在拨打你的电话，但不是没有信号，就是无人接听。我估计你可能走错了路。"

罗维孝自然也不客气，让胡尔曼·谢力克与此人通话，请求这家人的帮助。

罗维孝走近一看，此人是一位俊朗魁梧的哈萨克中年汉子。罗维孝把手机递给了他，示意他接电话。他们相互交流沟通后，这人又把手机递还给了罗维孝……

手机不停地在罗维孝和这人之间递来递去，他终于明白，眼前有两条路可走，一条是按原路返回到阿拉木图再转道到M36号公路（苏联修建通往哈萨克斯坦的公路），另外一条路也可以从这里斜插到M36号公路，是一条捷径，比原路返回后缩短近200公里。但这是一条"三无"小道，在近100公里的路途上，一是无人烟；二是沿途无食物和水的供应；三是沿途无

手机信号。虽然是"三无"小道，不好走，却是一条独路，可以放心大胆地往前走。

罗维孝毫不犹豫地选择走捷径。

当晚，罗维孝住进了这个人的家中。这人热情爽朗，把他当成贵客来接待，特意把他安置在客房的软沙发床上睡觉。

次日清晨，罗维孝听到了敲门声，他起床一看，天已亮了。此人用手比画着吃东西的动作来示意他该吃早餐了。餐桌已从餐厅搬到了客厅，只见这家五口人全端坐在餐桌椅上，笑眯眯地等候着他的到来。

看到罗维孝来了，他们全都站了起来，主人示意他坐到餐桌前吃饭。

这在当地，是一种最高礼节的待客家宴。

餐桌上摆满了奶酪、面饼、蔬菜、水果和手抓羊肉，主人先给罗维孝端上一杯马奶茶，然后不停地指着盘子里的羊肉，做着示范动作，让他用手抓着羊肉吃。

走错路换来一次难得的"家宴"，昨晚的懊丧早已不见踪影，罗维孝毫不客气，大快朵颐。

吃罢丰盛的早餐，这人还特意为罗维孝拿出他家的相册来让他翻看。

礼尚往来，罗维孝也从行李包中拿出自己盖满邮戳的骑游示意图旗帜与这家人分享。

哈萨克斯坦牧场

哈萨克斯坦牧场

大家都不说话，无声地进行交流。从相互洋溢着笑容的脸上，他们都得到了极大的满足。

离开这家人时，这家善良的牧民还为罗维孝准备好了食物和水，并且给他画了条通往M36号公路的示意图。

挥挥手，罗维孝在心底里默默地祝福这家人："好人一生平安！"

走了很远，罗维孝回头一看，那家人还站在路边，向他挥手告别。

坐骑"飞"了

难题一个接一个。

离开这家牧民的当天下午，罗维孝成功地穿越了"三无"公路，又回到了M36号公路上。

心情愉快的罗维孝正骑行在路上，突然发现自行车出问题了，先是变速器出了故障，换不了挡位，他稍微一使劲，结果链条又被卡死了，再也蹬不动。

有问题，找胡尔曼·谢力克。在他的"遥控指挥"帮助下，罗维孝连人带车搭上了一辆开往阿斯塔纳的货车。

途中经过了一个不知名的城市，这位货车驾驶员带着罗维孝去寻找自行车修理店。几乎找遍了全城，没有一个自行车修理店。

一打听，这里的人以前骑马，现在不是开汽车，就是骑摩托车，几乎没有骑自行车的。

没有骑自行车的，自然不会有什么自行车修理店。

当晚，罗维孝和驾驶员只得挤在驾驶室里过了一夜。

面对这一难题，罗维孝不知该怎么办了，他向胡尔曼·谢力克打电话求教。

远水不救近火，胡尔曼·谢力克也没招了。他建议罗维孝到阿斯塔纳后，不妨打电话向中国驻哈萨克斯坦大使馆求助。

第二天，罗维孝只得搭顺风车继续向阿斯塔纳赶。

到了阿斯塔纳城郊，罗维孝向大使馆打了一个求助电话。

大使馆工作人员也许是第一次遇到这样的求助电话，他们对罗维孝跨国骑游很不解，一个退休老头在不懂外语的情况下，还骑着自行车跑了过来，他想干什么？

几经周折，大使馆工作人员答应了罗维孝的请求，帮助他联系当地的华人华侨，请他们协助解决修车一事。

同时大使馆工作人员还主动帮罗维孝联系了一家华人开的酒店，解决他在阿斯塔纳期间的吃住问题。

货车抵达阿斯塔纳的郊区，不能将货车开进城区，他们只得在此分手。罗维孝与这位驾驶员在两天的时间里朝夕相处，尽管两人一句话也没说，但彼此间的友善友爱和关切之情溢于言表。

驾驶员是乌克兰人，他掏出了几枚乌克兰硬币送给罗维孝，罗维孝也回赠了几枚一元人民币（硬币）给他。同时还将自己一路佩戴在胸前的四川省大熊猫生态与文化研究会的徽章摘下来，佩戴在他的身上。

那人非常高兴，双手捧着《问道天路——骑游青藏高原六十二天》一书，在货车前与罗维孝一起合影。

罗维孝把自行车寄存在路边的一小食店后，赶到大使馆领事部主任窦晓兵帮他联系好的宾馆。正好小食店老板的女婿要进城办事，让罗维孝搭上了"顺风车"。

住进了华人开的宾馆，说的话是乡音乡情，吃的饭是可口的家乡口味。这一切，让罗维孝倍感亲切，他找到了回家的感觉，舒舒服服地洗了一个澡，浑身轻松。

一夜无梦，睡了个好觉，醒来已是天明。

次日早晨，罗维孝刚吃完早餐，当地一华人按窦晓兵的安排，开车到宾馆接上罗维孝，一起到郊区小食店去取自行车。

找到小食店后，说是自行车已放在老板女婿的车上，电话打过去，对方关机。再找到那人留下的地址找过去，是一家拳击教练馆。而教练馆里的人说，此人外聘拳击教练，他平时不在这里，但他具体住在什么地方，教练馆的人并不知道。

顿时，罗维孝如雷轰顶。这下完了，自行车没有了，除了护照外，所有的东西都在自行车上的行李包里，10000多美元也分别塞在了自行车龙头和坐垫下，骑行示意图，"路书"和"孤本"也在车上的行李包中。

罗维孝几乎乱了方寸。

他不死心地又给拳击教练打了几个电话，电话依然是关机。这时，罗维孝冷静了下来，静静地梳理了一下自己昨天走过的路后，他请求这位华人朋友再沿着昨天走过的路线再走一遍。

罗维孝心里只有一个念头：哪怕是大海捞针，也要把自行车捞回来！

华人朋友同意了，他们沿着M36号公路在靠近市郊的路段去寻找。不知转悠了多久，这名华人朋友认为此事无望了，劝他另外想办法。但罗维孝依然没有放弃。

当小食店又一次出现在罗维孝眼里时，他的神经突然绷紧了，一个念头出现在脑海里，也许自行车就在这里！

罗维孝情不自禁地大喊一声："就在这儿！"

车未停稳，罗维孝就跳下了，朝着昨晚寄放自行车的餐厅后院冲了过去。他有一个直觉，自行车就在那里。

后院的门一打开，他一眼就看到了自己的自行车。

罗维孝扑过去，扶着"失而复得"的自行车，罗维孝忍不住掉下了热泪。

找到了自行车，罗维孝不想深究，为什么小食店的老板骗

了他？罗维孝只是在深深地自责中，为什么处处小心的自己，突然间会如此大意？

从雅安到阿斯塔纳，横跨东亚中亚，大约已骑行了5000多公里，可以说自行车和自己须臾不离。白天骑着自行车前行，晚上也要把自行车抬进寝室，没有看到自行车，自己心里就不踏实。而昨天一整夜没有看到自行车，自己还能酣然大睡，这究竟为什么？

后来，罗维孝找到了原因，也许得到了大使馆的照顾，住进了华人开的宾馆，自己有了"到家"的感觉，感到非常轻松，结果放松了警惕，险些让自行车不翼而飞。

罗维孝越想越觉得可怕。

如果自行车真的在这里丢失了的话，自己将前功尽弃无功而返。看来真的是"细节决定成败"，在骑行路上，不能有一丝一毫的马虎和大意。

罗维孝再一次暗暗地告诫自己。

自行车找到了，但伤痕累累的自行车修理一事，依然没有着落。

华人总动员，全城大搜索。阿斯塔纳的华人、华侨几乎都动员了起来，寻找自行车修理店或出售自行车零配件的地方，结果一无所获。

后来，几位来自中国在这里从事汽车修理的师傅想了个办法，他们"杀鸡用牛刀"，把自行车当作汽车来修理，零配件"照猫画虎"，手工制造。

只见几个汽车修理师傅把自行车大卸八块，大刀阔斧地进行修理，磨损的地方换上手工制造的配件，死马当作活马医，直看得罗维孝心惊胆战。

等到自行车重新组装在一起，居然能骑了，罗维孝这才如释重负。不过，在他心中留下了阴影，心里老是悬吊吊的，生怕自己一个不小心，自行车就在路"抛锚"不动了。

从此，罗维孝就像是捧着一个破碗吃饭一样，生怕一不小心就摔坏了。他一路小心伺候，只要一遇到在难路上骑行，罗维孝就会马上跳下自行车，从人骑车变成"车骑人"，他扛着自行车在路上飞跑。

在阿斯塔纳期间，又到了"5·12"汶川特大地震6周年纪念日。

今天是"5·12"汶川特大地震6周年的特殊日子。

6年前的今天，为圆我从4条不同的进藏路线走进西藏的高原梦想，我一个人骑着单车正孤独艰难地穿行在滇藏线上。现在我正行进在通往法国的路途上！肯取势者可为人先，能谋事者必有所成。

CHINA 骑士罗

在阿斯塔纳，罗维孝又结识了新朋友，除了大使馆的窦晓兵外，还有沙克什、塔力哈提、藏哈尔等人，他们都是从新疆到哈萨克斯坦谋生的。他们为罗维孝提供了全方位的帮助。罗维孝就住在沙克什开的宾馆里，吃、住全免。塔力哈提做了一本中文、俄文对照的"快译通"，赠送给了罗维孝。藏哈尔全程陪同罗维孝，为他出行担当"义务向导"……

罗维孝有了"此间乐，不想走"的念头了。

"长安虽好，却不是长留之地。"在众人的祝福声中，罗维孝继续西行之旅。

"你沿着M36号公路一直往前走，就会抵达俄罗斯边境口岸。"塔力哈提为罗维孝画了张M36号公路的示意图，并标注了沿途要经过的主要城市。

路遇劫匪

从阿斯塔纳出发后，罗维孝一路向前，倒是没有出现什么意外，一路还算顺利。

2014年5月22日下午时分，他抵达了哈萨克斯坦海关口岸，这里离俄罗斯近在咫尺。

但由于俄罗斯给罗维孝签发的过境起止时间，是从2014年5月24日至6月22日，准入时间还没有生效，罗维孝只得止步关前。

罗维孝开始找旅馆了。然而在海关附近，没有一个村落，也没有一家民居，酒店、商店和银行自然更是没有。

罗维孝不得不退回到自己刚才经过的地方，离海关35公里外一个名叫哈拉巴万克的小镇。

一个来回，就要多跑70多公里的"冤枉路"。罗维孝大致算了一下，仅在哈萨克斯坦境内，光是自己多跑的"冤枉路"，加起来就超过了700公里。

人困马乏，罗维孝在哈拉巴万克小镇的酒店里睡了一个懒觉，直到第二天下午3点过才醒来。

在塔力哈提的"遥控翻译"下，酒店派人陪同他到当地银行兑换卢布。

5月24日一大早，天色还未放明，罗维孝又匆匆上路，直奔哈萨克斯坦口岸。

进入哈萨克斯坦境内，是自己出国的第一站。罗维孝屈指一算，已过去了24个日日夜夜，在这2000多公里的路程中，不是一波未平、又起一波，就是一波三折、跌宕起伏。犹如坐过山车的经历，目不暇接，让人眼花缭乱。

从踏进异国他乡的茫然不知所措，到多少可以从容应对了，罗维孝对未来的骑行之旅，又多了几分自信。

回首过去，自己走过的路已隐没在大漠深处，向前眺望，

自己要去的路还前途遥遥尚在大洋之滨。

然而危险已悄然来临。

多年以来养成的骑行习惯，罗维孝一直靠着公路边缘往前骑行。突然间，他听到了汽车加大油门的轰鸣声已在耳边响起。

他打了个激灵，难道福建古田的悲剧又要重演？他做什么都来不及了，只是下意识地紧紧握住龙头，尽量保持自行车和身体的平衡。

刹那间，一股推力让罗维孝往前一冲，他明显感到一辆汽车的车身已擦到自行车左侧的帆布包上，左腿部下意识地朝里一缩，但未能躲过碰撞，就连人带车摔倒在地，而撞他的小车从他身边呼啸而过。

罗维孝爬了起来，并无大碍。他把自行车扶起来，正准备继续向前骑行时，那辆小车停了下来。从车上跳下来两男一女，他们手牵手地横挡在路上，并大声吼叫着，似乎是在指责他骑自行车挡了他们的道。

罗维孝心头一紧，"难道这伙人是劫匪？"神经一下子就紧绷了起来。

站在中间的是女人，染了一头的红发，看上去就不像是正经人，而此处正是人墙最薄弱的地方。罗维孝心一横，先动手为强，后下手遭殃，现在不是讲客气的时候。他决定从中间突破，用自行车撞人墙，从最薄弱的地方冲过去！

主意打定，罗维孝毫不犹豫地骑上自行车，不紧不慢地向前移动，就在眼看快要靠近这伙人时，罗维孝猛然间发力，用极快的速度朝这个女子的身上撞过去。眼看着自行车龙头就要撞向这个女人时，她突然放开手闪了过去了，自行车擦着她的身体冲了过去，冲过人墙。

罗维孝的举动显然激怒了这伙人。他们爬上车，又再次向罗维孝冲撞了过来。

自行车跑得再快，也快不过汽车。罗维孝一见情势紧急，没有减速就跳下了自行车，同时把自行车快速地推到路边的荒草中，再一次躲过了冲撞。

然而这伙人不肯罢休，他们把汽车开到了离罗维孝更远一点的前面去停住，手持棍棒虎视眈眈地站在路上。

看来这伙人不肯善罢甘休了。罗维孝知道，今天恐怕凶多吉少了。

一时间，在罗维孝脑海中不断闪现出人质遭绑架的恐怖场景和画面。他知道，如果自己落在了这伙人手里，命运自然肯定会非常悲惨。纵然不被弄死，也会被扒掉几层皮，钱财也会洗劫一空。

与其束手就擒，倒不如拼他个鱼死网破，也许还有一线生机！

他决定再次主动出击！

　　罗维孝继续向前骑行，骑行到离这伙人不远的地方，他跳下自行车，并把自行车停稳后，慢慢地从车上解下锁车的粗大链条，缠在手上。接着，他又从自行车行李包中拿出了几个鹅卵石，放在衣兜里。

　　这两样东西是他的防身"武器"，再"瘦身"他也不减这两样东西。今天终于派上了用场。罗维孝慢镜头似的动作，他想用这种俨然不惧生死的强悍举措来震慑住这伙人。

　　从内心上讲，罗维孝不愿动手，如果用这样的举动，能吓退他们，那是最好不过的事。

　　但他知道，这恐怕是自己的良好愿望。弄不好，今天要血染骑游路了。

　　罗维孝"向死而生"的勇气，让这伙人慌乱起来，似乎有了溃退的迹象，四处张望着。

　　就在这时，从罗维孝身后传来一声喇叭长鸣声。

　　随后，一声接一声的喇叭接连响了起来，最后竟然汇成了一股喇叭的洪流声。罗维孝这才回头一看，在他身后，一长溜大货车排成了长龙，驾驶员不约而同地按响了喇叭，在为他壮胆。

　　原来，神经高度紧张的罗维孝，注意力全放在了这伙人的身上，全然不知在他身后大货车已排成了长龙。

　　大货车的到来，也许在无形中打乱了这伙人妄图强行拦劫罗维孝的阴谋。最后，他们赶紧上车，从公路旁的一条小道上灰溜溜地逃走了。

兵不血刃，罗维孝又逃过了一劫。

上午10点钟，罗维孝抵达了哈萨克斯坦海关，并顺利过关，只是把他在哈萨克斯坦境内拍摄的照片全部删去了。

早有准备的罗维孝并不惊慌，他马上取出这张卡不用了，回去后是可以恢复的。

住进牛棚

出生于新中国成立之初的罗维孝，是唱着苏联的歌曲长大的。

一走进俄罗斯海关，一曲曲熟悉的旋律就在罗维孝耳边响起，罗维孝胸中也激荡起来。

而罗维孝自行车龙头上的大熊猫图案，也同样吸引了俄罗斯海关人员的关注。一名边防警官连蹦带跳地从岗亭中跑出来，一边叫嚷着，一边围着罗维孝的自行车打转。随后他恋恋不舍地回到岗亭，为罗维孝办理入境手续。

这位边防警官见罗维孝不会填写入境申请表，他用胸前的步话机招呼来另外一名边防警官帮助罗维孝填写申请表。他还热情地把罗维孝带到海关办证、验证大厅。很快就办理好通关手续并通过了验证。

最后，他还像老朋友一样，把罗维孝送到了海关门口，挥手告别。

罗维孝踏进了俄罗斯广袤的疆土。在他前面，有着近3000公里的路程正等候着他穿越。

按照行前制订路线图和"路书"来看，罗维孝在俄罗斯境内的骑行路线是，从M5号公路转至M7号公路，到莫斯科后，再转至M9号公路，就能出境到东北欧的波罗的海三国之一的拉脱维亚。

前后就是三条公路，看上去并不复杂。罗维孝不断在心里提醒自己，要格外小心留意，不要再走错路了。

进入俄罗斯的第二天，罗维孝还是走错路了。在哪儿走错的？他不知道。又从哪儿能重新回到M5公路？罗维孝只得边走边打听。

屋漏又遭连夜雨。傍晚时分，天空下起了雨，而且越下越大。刚一下雨，罗维孝就穿上了雨具，但雨水顺着帽檐往下流，直接流进了胸膛，从内衣开始，一层一层地湿透了，渐渐感觉到身上发冷，手脚发僵。再加上没有食物补充，饥寒交迫倍受煎熬，但又找不到一个遮风避雨的地方。

罗维孝在风雨中向前骑行，终于看到了房屋，走近一看，几头花斑奶牛在雨中悠闲地晃荡，原来这是一处奶牛场。他什么也顾不上了，就往里面闯。大院门口是一片烂泥，没走几步，就摔倒在地上。屋里的人听见外面的响声，两个人冲了出来，将他扶起，连拖带拽地把他扶进了屋里。

罗维孝摔了一身泥浆，缓了一口气后，他这才咧开嘴，对着他们笑了笑，他们也笑了笑，算是打招呼。

罗维孝脱下雨具清洗，扶他进屋的人也主动帮他冲洗自行车上的泥浆。

哈萨克斯坦的牧民之夜给罗维孝留下了深刻的印象，今天再一次遇上了好心人。就在罗维孝暗自庆幸时，一个体型肥胖的人冲了过来，他站在罗维孝面前不断比画着数钱的动作，嘴里发出"卢布里"的俄语发音。而屋里原先的三个人，什么也没有说。

罗维孝估计此人是奶牛场老板，是向自己要钱的。如果要在这里躲雨过夜，就得按他的要求来支付费用。人在屋檐下，

俄罗斯民居

247

不得不低头。

　　望着屋外瓢泼似的大雨，再找其他地方躲雨已不可能。罗维孝叹了一口气，掏出了100卢布递给了他。那人接过钱，装进衣兜后，冷哼了一声，就走了出去。

　　身体开始暖和起来，僵冷的手脚也不再麻木了，但难受的饥饿感再一次袭来，罗维孝感到头晕眩，出现了低血糖症状。

　　罗维孝跟跟跄跄地来到员工休息的地方，他对着刚才扶他进屋的人比画了起来，他不停地指着嘴巴，再拍拍肚皮，再夸张地做了个要饿昏的动作。两人明白了罗维孝的意图，其中一人站起来出了门，摩托车的轰鸣声由近而远。没过多久，屋外又响了起摩托车的声音。

　　那人进屋后，把一个盒子递到罗维孝手中。他打开一看，是俄罗斯常见的煎饼，原来这人是回家给他拿来煎饼。

　　罗维孝手捧着煎饼盒，向他们鞠躬致谢后，便大口大口地吃了起来。那位好心人示意他慢慢吃，别噎着，然后从桌上端起一口不锈钢锅朝奶牛圈舍走去。

　　罗维孝远远地看过去，只见他来到一头奶牛旁，把挤奶器套在奶头上，然后插上电源，奶汁便流淌了出来。接着，那人又返回休息室，开始点火煮牛奶，不久，一杯滚烫的鲜牛奶放在了罗维孝面前。

　　罗维孝平生第一次喝到从挤奶到加热，仅几分钟就喝进肠胃的最新鲜的"鲜奶",他感动得直流泪。

吃饱喝足了,那人看着浑身湿透的罗维孝,把他带到锅炉房过夜。

那一夜,对罗维孝来说,无疑是一种煎熬。从起初的饥寒交迫到后来的灼热高温,真可谓冰火两重天。

更让罗维孝难忘的是,牛奶场老板的冷漠,让罗维孝在异国他乡感受到了世态炎凉;而热心的员工,让罗维孝感受到超越国界的世间温情。

天亮后,雨势渐小,罗维孝告别热心的员工,冒着蒙蒙细雨出发了。在当地时间下午3时许,他成功回到了M5号公路上。

吃"闭门羹"

自进入俄罗斯以来,由于忙于赶路的原因,罗维孝没有吃到过一顿可口的饭菜,尽管他每天都在坚持吃21金维他,但由于没有吃到新鲜的蔬菜和水果,致使眼睛干涩、嘴唇干裂、鼻舌难受、呼吸不能自如。面部肌肉不由自主地抽搐,随后感到有些发僵,使得嘴角不停地往外流淌口水,他知道这是面瘫,或许是中风的前兆。

吃得好,是为了更好地骑行。

6月6日,罗维孝到了莫斯科。

一路风雨一路风尘。饱一顿饿一顿，生活没有规律，而且也几乎没有好好地睡一觉。颠沛流离的生活，他实在是受不了。

停下来，好好吃一顿，好好睡一觉。当罗维孝的脑海里出现这样一个念头时，就越来越强烈。

到了莫斯科，正好实现他的美好愿望。

让罗维孝料想不到的是，自己接连被几家餐馆挡在门外吃"闭门羹"。罗维孝起初并不以为然，后来，他从迎宾小姐的脸上看出了鄙视的神态。

原来，他们把罗维孝拒之门外的原因是，以为他是乞丐。

当脸膛黝黑，头发和胡须较长，衣服上汗迹斑斑，一身风尘的罗维孝出现在餐厅门时，似乎与灯红酒绿的大都市很不搭调。但他顾不上这些了，看见餐厅他就往里闯。

被无端地拦了几次后，罗维孝一下火了，我又不吃"霸王餐"，为什么把我挡在门外？

看上去这是一家有些气派的高档餐厅，他架好自行车，不管不顾地就往里走。一金发女郎站在门口，伸出一双手，把他给拦在了餐厅门外。

罗维孝没有说话，只是冷冷地看着金发女郎。他在心里想：你是开餐厅的，我是来吃饭的，你凭什么不让我进？你不让我进，我偏要进去。我进去不了，跟在我后面的客人也进不去，这餐厅还开不开？我看你如何收场？

她不让进，罗维孝既不往前，也不后退，双方都没有说话，就僵持起来。越来越多的客人都挤到了门口进不去，他们叫嚷了起来。

不一会儿，从餐厅里走出来一个人，估计此人类似国内的大堂经理，他当着罗维孝的面，大声地训斥了金发碧眼女郎几句后，就躬身示意并将罗维孝引领进了餐厅，将他安排在一张餐桌前坐下，让一服务员将一本精美的菜谱递到了罗维孝手中，示意他开始点菜。

罗维孝接到菜谱，他看也不是，不看也不是。因为他既不懂俄语，也没有进过俄罗斯餐厅，吃什么，怎么吃，他根本就不清楚，这菜还如何点？翻看菜谱，纯属是做个样子。

但他很快就回过神来，没吃过猪肉，先去看猪跑。于是，他站起来环顾四周的餐桌，想到了应对的方法。

罗维孝把服务员招呼过来，领着她朝邻近的餐桌走了过去，他边走边扫描着餐桌上的菜品，并不时用手指点他中意的菜品。

也许这种点菜方式很特别，还没有人用过，不少客人放下了餐具，都用惊诧而又好奇的眼睛看着他。

至于所点的菜贵与不贵，合不合口味，这些对罗维孝来说都不重要了，重要的是吃到了"大餐"，补充了营养，找回了脸面。

这顿"洋荤"并不贵，总共427卢布，折合人民币也就是80

元多一点。罗维孝入乡随俗，他还给了服务员40卢布的小费。

当罗维孝离开时，餐厅的老板、员工和部分客人都站了起来，向他鼓掌致敬。

解决了吃的问题，罗维孝开始找住的地方。

莫斯科是一个著名的旅游城市，罗维孝打算在这里住两三天，想一是休整一下，二是到红场走一走，看一看。他想住在红场附近方便游览。

后来，他拦住了一位骑自行车的当地人，让把他带到了离红场不远的地方住了下来。

从红场归来，罗维孝躺在床上睡觉。就在他似睡非睡的朦胧中，依稀传来了《莫斯科郊外的晚上》的音律。

熟悉的音乐，顿时冲淡了罗维孝的睡意。他爬起来一看，在酒店门口的小广场上，一群俄罗斯人正在那里载歌载舞，十分热闹。

好久没有唱过歌了，好久没有疯过了。

罗维孝二话没说，也冲到这群人中间，人家用俄语唱，他用中文唱，《喀秋莎》《三套车》《小路》《莫斯科郊外的晚上》一曲接一曲，这些有时代烙印的苏联歌曲，就是苏联留给新中国和中国人的时代记忆。

自进入俄罗斯以来，没有碰到一个中国人，直到今天到红场游览，才见到了一群来自中国的旅游者，他乡遇国人，大家很激动，谁知还没有说上几句话，导游就催促他们走了。

罗维孝途经俄罗斯莫斯科红场

10多天过去了，罗维孝的嘴巴早就闭酸了。此情此景，罗维孝再也按捺不住心中的激情了，他要放声歌唱，他要欢快起舞，而广场晚会正好给了他一个机会，罗维孝沉醉其中，一曲又一曲地引吭高歌。

语言不通，但心意相通。最终，合唱成了独唱，群舞成了独舞。直到掌声响起来，罗维孝这才发现，偌大的广场，只有他一个人又唱又跳，刚才和他一起唱歌的人都成了观众，看着他如痴如醉地演唱。

美丽的"莫斯科广场的晚上"，给了罗维孝激情与梦想。

一路的辛酸与辛劳，此刻已被罗维孝抛到了九霄云外。他需要的就是不停地唱，不停地跳。

他边唱边跳边招手，在罗维孝的感染下，越来越多的人又开始唱起来、跳起来，整个广场再一次沸腾了起来……

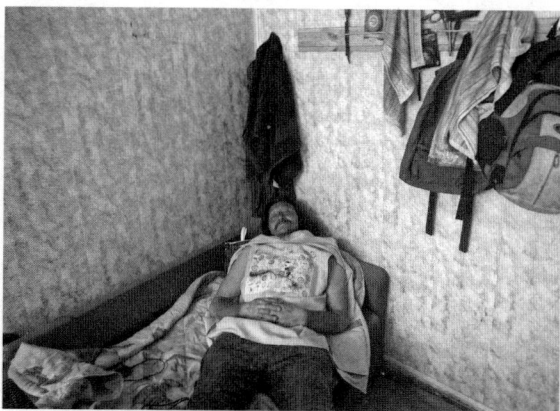

夜宿修车店

254

第三章

从北欧到西欧　斜插法国全境

欧洲漫步

2014年6月11日下午15时28分，罗维孝驶出了俄罗斯海关，进入到了欧共体国家（欧共体国家大多是申根公约成员国）拉脱维亚。

罗维孝刚进入拉脱维亚，就被一个体型高大的女警察拦住了，一双蓝眼睛直盯着他眨巴眨巴地不停"放电"。

在出发前，罗维孝通过查询，得知拉脱维亚是一个典型的"女儿国"，这里的女性比例是全球最高的，有"女儿国"之称。那人从岗亭跑出来，向着罗维孝直奔过来，但两眼就盯着自行车龙头上的大熊猫，一动也不动。

一场虚惊。

随后，又从办公室跑过来几位工作人员，他们围着罗维孝

拉脱维亚的乡村

和自行车嚷个不停。罗维孝虽然听不懂他们在说什么，但看他们的神态，吸引他们的肯定是大熊猫，而不是自己。罗维孝从行李包中取出"骑行示意图"，示意他们围过来，一起合影留念。

热情奔放的拉脱维亚女警官首先跑了过来，和罗维孝一起牵起了"骑行示意图"，其他人一看，也围了过来。拍了照片，他们这才放过罗维孝。

拉脱维亚靠近北极，每年他们都要举行"白昼节"。罗维孝骑行至拉脱维亚，邂逅了在这里做物流生意的上海小伙子朱峰。"西出阳关无故人"，在遥远的异国他乡遇见了同胞，大家都很高兴。

"我经营的货物大多来自四川。"在闲聊中得知，朱峰已在这里安营扎寨多年了，娶当地人为妻，倒腾中国货物到北欧，以前货物大多通过轮船，而现在更多的是通过"蓉欧快铁"。蓉欧国际快速铁路货运直达班列是跨国性质的运输工具，其自成都青白江集装箱中心站出发，经宝鸡、兰州到新疆阿拉山口出境，途经哈萨克斯坦、俄罗斯、白俄罗斯等国直达波兰罗兹站，线路全长9826公里。

"蓉欧快铁"将中国西部与欧洲紧密地联系在了一起，它不仅是经济崛起之钮，也是通达全球之脉，它为中国西部外向型经济发展注入快速发展的蓬勃动力，奏响古丝绸之路以来的亚欧经贸往来最强音。其运输时间是传统铁海联运时间的三分之一，运价是空运费用的四分之一。

朱峰执意请罗维孝喝咖啡，说是体验一下异国浪漫风情。得知罗维孝曾骑车到中国漠河"北极村"时，他更是一再挽留罗维孝在拉脱维亚过了"白昼节"再走。

拉脱维亚靠近北极圈，每年的6月20日是这里的"白昼节"，是观赏北极光的最佳时节。一年一度的"白昼节"吸引了全球各地的观光客。朱峰表示："罗老师，你这几天的吃住行费用，我给你包了。"

罗维孝坚定地摇了摇头，他谢绝了朱峰的挽留。

对于追求美景的罗维孝而言，"白昼节"有着挡不住的诱惑力。在罗维孝的内心深处，他一直敬畏自然，对大自然有着非常亲近的感情，将自己融入自然中去感受自然之美，是对大自然的敬畏与膜拜，他渴望自己化为"精灵"，把自己融进到大自然那寥廓无垠的天地之中，去感知它的纯净与博大！

罗维孝很想停留下来，一是休整一下，二是可以观赏到在中国"北极村"也无缘看到的北极光。但时间不等人，他还得继续赶路，只有信守承诺才能取信于人。

罗维孝还在俄罗斯境内骑行时，法国埃斯佩莱特市前市长戴海杜辗转通过孙前、高尧等人，希望罗维孝最好能在7月10日左右赶到法国，并说他们已开始做迎接罗骑士的准备了。

万里迢迢骑行到法国，有人出面接待，能减少很多麻烦，这是最好不过的事。罗维孝不想让法国方失望，他只得婉言谢绝了朱峰的好意，带着遗憾离开了拉脱维亚。

由于罗维孝骑行的过境国均为申根公约成员国，这些国家都没有设置海关口岸，无须进行烦琐的护照签证验证和填写出入境申请。

国与国之间的无障碍通行，对于跨国骑行的罗维孝来说，既是一种程序上的解脱，也是一种全新的体验。

罗维孝开始他了"行无国界"的畅游。

　　至此，罗维孝的行程已超过了1万公里，如果加上他有意无意多走的"冤枉路"，总行程已接近了1.2万公里。

　　　我已成功穿越俄罗斯，进入到了欧共体成员国拉脱维亚。

　　　　　　　　　　　　　　　　　　　　　CHINA 骑士罗

　　2014年6月13日，罗维孝走进拉脱维亚首都里加后，发回了短信。高尧收到他的短信后，马上向罗维孝回复了一条短信：

　　　朝辞穆坪雅雨间，万里亚欧百日还。
　　　两耳鸟语听不懂，轻骑已过万重山。

　　同时，高尧除了在《雅安日报》发稿外，还与新华社四川分社编辑联系，写了一篇消息稿传了过去。当天下午，新华社采用并向全球播发《"大熊猫文化使者"罗维孝骑行至拉脱维亚》通稿，境内外媒体纷纷刊发了这条"轰动性"新闻。

"大熊猫文化使者"罗维孝骑行至拉脱维亚

"我已离开俄罗斯,进入到了拉脱维亚,距离目的地法国埃斯佩莱特市只有3000多公里了。"13日,大熊猫文化使者罗维孝从拉脱维亚给家乡中国雅安的亲人打回了电话。

这是这位大熊猫的狂热爱好者在骑行1万多公里后最新的位置信息。

今年是中法建交50周年,也是大熊猫科学发现145周年。1869年,法国人阿尔芒·戴维在四川省雅安市宝兴县的大山中发现了大熊猫,并把这一珍稀物种制作成模式标本介绍给了世界。1964年,中法建交后,中国向法国赠送了两只大熊猫。2000年,在阿尔芒·戴维逝世百年之际,法国埃斯佩莱特市"戴维亲友团"到雅安追寻先贤足迹,埃斯佩莱特市与雅安成为友好城市。

"我要当大熊猫文化使者。阿尔芒·戴维把大熊猫介绍给了世界,而我要把大熊猫文化带给世界。"3月18日,四川省大熊猫生态与文化研究会会员、雅安电力公司退休工人罗维孝先生从当年阿尔芒·戴维发现大熊猫的地方雅安市宝兴县邓池沟(穆坪)天主教堂出发,开始踏上回访阿尔芒·戴维故里之旅。

　　生于1950年的罗维孝退休后，喜欢上了骑游运动，在10年的时间里，他曾三上青藏高原，骑行川藏、青藏、滇藏、新藏公路，用自行车轮丈量大好河山，中国大陆的31个省、市、自治区都有他的骑行足迹，被骑游爱好者称为"CHINA骑士罗"。

　　"再不出门，就老了。"从3月18日出发以来，罗维孝克服了语言不通、水土不服、自行车修理难等困难，独自一人骑行在欧亚大陆上，途经中国的四川、甘肃、新疆等省、区，行程4000多公里，于4月30日进入哈萨克斯坦，经过哈萨克斯坦、俄罗斯，6月13日进入拉脱维亚，总行程已超过了1万公里。预计在7月中旬抵达大熊猫发现

追星的拉脱维亚人

者——阿尔芒·戴维的故里法国埃斯佩莱特市，完成他跨越欧亚大陆、行程1.5万多公里的万里骑行壮举。

罗维孝随身携带了4面自制的旗子，用于沿途加盖邮戳，他用这一独特的方式来见证他的骑行路线和时间，并作为赠送给阿尔芒·戴维故里的礼物。

（记者　高尧）

——新华社成都 2014 年 6 月 13 日

随着罗维孝骑行路线的不断延伸，离法国埃斯佩莱特市越来越近了，关心关注此事的人越来越多了。

《光明日报》驻巴黎记者梁晓华得知罗维孝骑行法国一事后，他马上与法方联系，采访了罗维孝骑行目的地法国埃斯佩莱特市的相关人士。6月14日，该报"国际新闻"版以"国宝大熊猫科学发现的传奇"为题，报道了此事。

有"骑行侠"之称的64岁的中国四川雅安市退休职工罗维孝先生，于今年3月18日从宝兴县邓池沟(穆坪)教堂骑自行车出发，经中国的四川、甘肃、新疆出境后，途经哈萨克斯坦、俄罗斯、拉脱维亚、立陶宛、波兰、德国抵达法国，预计行程1.5万公里，历时4个多月，目的地是大熊猫科学发现第一人阿尔芒·戴维神甫的家乡埃斯佩莱特市，以传播大熊猫文化，弘扬中法友谊……

同时文中还说，法国埃斯佩莱特市早已做好迎接罗维孝的准备。

梁晓华，作为一个资深的驻外记者，他敏锐地发现罗维孝骑行法兰西这一重大的国际新闻线索，退休工人万里独骑、新丝路、大熊猫、中法建立50年……无论是任何一个关键词，都足以大做文章，何况这几个重要的关键词都集中在一个人身上。

梁晓华决定咬住不放，在罗维孝进入法国境内，他就全程跟踪采访。

高尧在《光明日报》上看到梁晓华的报道后，电话打到光明日报社，请求编辑提供梁晓华的联系方式。而在地球的另一方，梁晓华也在寻找高尧的联系方式。经多方辗转，双方几乎同时找到了对方的电话。

通过电话、手机短信、E-mail联系，双方终于在网上"握手"。高尧为梁晓华提供过去的新闻素材和背景资料，罗维孝到法国境内后，梁晓华就跟踪采访，提供前方第一手采访素材。梁晓华和高尧相约，共同做好罗维孝骑行法兰西这篇"大文章"。

法国埃斯佩莱特市也行动了起来，电话打到雅安，征求"我们如何接待好罗骑士"的意见。

这一切，高尧通过手机短信告诉了罗维孝，还给他发去了预祝成功的贺信：

路漫漫其修远兮，吾将上下而求索。

莫道前程无知己，天下谁人不识君。

精彩大戏就要开演了，主角只有一个——那就是你罗维孝！

遥望着目的地的人正向他招手，罗维孝更加意气风发。

骑行在欧洲大地上，罗维孝又有了想要"飞翔"的感觉。

2005年，他从唐古拉山上飞翔而下，那种感觉，记忆犹新。这几天，看着一望无际的原野，罗维孝要重过一把"飞翔瘾"，在无国界的欧洲大地上飞翔而去。拉脱维亚境内的骑行里程260多公里，立陶宛只有160多公里，一天时间，就可骑行一个国家。

有意思的是，立陶宛还跟雅安扯上了关系。2006年7月，联合国教科文组织第30届世界遗产大会在立陶宛维尔纽斯举行，2006年7月12日，中国政府申报的自然遗产项目正是以夹金山为标志的"四川大熊猫栖息地"，大会一致通过将该项目作为世界自然遗产列入《世界遗产名录》。这一中国稀有"活化石"动物栖息地成为中国第三十二处世界遗产。

而采写这篇消息的《雅安日报》记者正是高尧。2005年10月，联合国教科文组织对"四川大熊猫栖息地"考察评估时，高尧作为唯一特许记者曾随IUCN（世界自然保护联盟）专家考察采访，一起在宝兴县跋山涉水，野外露营，与专家结下了友谊。

当大会通过"四川大熊猫栖息地"时，专家在第一时间就从万里之外的立陶宛维尔纽斯会场向高尧发来了"大熊猫成功了！我们成功了！"的短信。

大熊猫不仅是中国国宝，还是全球自然保护事业的标志和"旗舰"物种。四川大熊猫栖息地不仅是地球历史与地质特征研究的典型区域，是陆地、海洋生态系统和动物植物演化的典型区域，更是生物多样性与特有物种栖息地的全球性典型代表。

从拉脱维亚到法国，虽然还隔着立陶宛、波兰、德国三个国家，但剩下的总行程加起来，只有3000多公里，比从雅

立陶宛民居

安到霍尔果斯口岸的距离还要短，仅比穿越俄罗斯的行程要多一点。

拉脱维亚和立陶宛，都是苏联时期的加盟共和国，位于波罗的海，国家并不大，仅两三天时间，两个国家、几百公里的路程已被罗维孝甩在身后。

经过这两个国家时，罗维孝真的"飞翔"了起来。

泥牛入海

想不到的是，刚刚体验到"飞翔"感觉的罗维孝，刚一进入波兰，就有了泥牛入海的感觉，他再也飞不起来了。

波兰的乡村雕塑

在波兰首都华沙，仅仅穿城而过，他就走了6个多小时。好不容易出了城，刚一走上了公路，他就发觉有些不对，似乎已误入了高速公路。

骑行在危险之旅上，他不敢回头，也无法回头，只得小心往前骑行。

罗维孝的判断是准确的，的确他正骑行在高速公路上，在他的身后，高速公路警察已追了过来，喇叭对着他叫喊，虽然他听不懂波兰语，但他猜想，应该是勒令他马上离开高速公路的意思。

波兰交警把罗维孝阻拦在了高速公路，示意交出证件。他只得将护照交给了交警。

交警拿到护照后，做了记录登记后，就不再理他了。罗维孝向他们多次讨要，但交警毫不理睬。

没有护照，罗维孝寸步难行。于是，他被困在高速公路上。大半天时间过去了，交警把护照还给了罗维孝，并把他带到另一条路上。

罗维孝从华沙赶往的下一站是兹盖日，他询问了很多波兰人包括交警，他们都不知道兹盖日在哪儿。罗维孝抓瞎了，只得漫无目的地骑行着。当他骑行到一座有着相当规模的城市时，停了下来。

他想，先找一个地方住下来再说。

仿佛又回了自己刚出国门时候，无论自己如何比画，他们都在摇头，似乎表示不知道他在询问什么，急得罗维孝满头大汗，不知如何是好。终于有一位点了头，示意他跟着走。

罗维孝大喜。老老实实地跟着那人走了半天，结果让他大失所望，那人把他带到了一座天主教堂，示意让他找教会帮助。

罗维孝哭笑不得。

走进教堂，总算有了一个落脚的地方。罗维孝用肢体语言表达他想找一个住宿地的愿望。

教会工作人员似懂非懂，他点点头后，示意罗维孝在此等候。

不久，一辆警车开了过来，一名女警察径直走过来，与罗维孝"交流"，她做了一个睡觉的动作姿势后，示意罗维孝跟在警车后面。罗维孝心想，"有困难找警察"，看来这是国际通用的办法。

警车在前面开道，罗维孝骑着自行车紧随在后，起初他还有些得意，在波兰还享受一盘"警车开道"的"洋待遇"。但后来他觉察出了问题，警车的速度并不慢，他使劲蹬才能勉强跟上。

找一个宾馆或酒店有多难？值得如此大动干戈？

果然不出他所料，走到半路，又一辆警车（中巴车）开到罗维孝面前停了下来，示意他下车后，强行将他的自行车抬到车上，并让他上了车。

罗维孝多次高声用中文喊停车，但他们全然不顾，一直往前冲。最后，警车好像到了一个修道院的地方，这才停了下来。

自行车被抬了下来，罗维孝也被请下了车。

罗维孝急了，直觉告诉他，如果再这样纠缠下去，自己何时能走出波兰？

这是一场"闹剧"，再也不能让警察"胡闹"下去了。

想到这里，刚才还磨磨蹭蹭的罗维孝，一下车他拔腿就往院外跑，他要把事态闹大，惊动相关部门，才能解决问题。

他跑到了一路口停了下来，一屁股坐在地上。在这里，他既看得见自己的自行车，又与修道院有一定距离，他要表明自己的态度，不到修道院。他心想，自己是一个持有中华人民共和国护照的"外国人"，在这里，作为一个过境的骑行者，只要自己没有干什么违法犯罪的事，他们不会把自己怎么样。

罗维孝相信，只要自己不接受他们的安排，自然会有"上级"会过问此事。

现在，比的是耐心和耐性。

果然不久，又一辆警车开过来了，从车上下来一位年龄较大的警察，请他上车，又沿着刚才开过来的路线，原路返回，

在一岔路口，警察示意他下车走人。

罗维孝看了看，这是什么地方？看来他们要把他"抛弃"了这里，让他"自生自灭"。罗维孝自然不让他们如愿。他不再比画什么动作，反而安安静静地坐着，再也不搭理这些警察了。

罗维孝看着警察有些紧张了，他们围在一起商量了起来。后来，看见领队的掏出手机打电话。

又过了一会儿，警察来到了罗维孝面前，跟在警察身后是一名穿便装的波兰青年。

波兰青年走到罗维孝身边，开口说话："你会讲普通话吗？"

波兰青年说的正是普通话。

他一开口，罗维孝就激动了起来，看来自己的坚持是对的，终于等来了事态的转机，警察妥协了，找来了能与自己交流和沟通的人。

有了护照被交警无端扣押了大半天的教训，罗维孝始终没有向警察出示自己的护照。而这些警察仅凭长相就判断出自己是中国人，他一边在佩服这些警察能干的同时，一边也在想这些警察也太会折腾了，一件小事竟然折腾了大半天。

这位波兰青年自称叫"亮剑"，会说波兰语、英语和汉语三种语言。

有了翻译"亮剑"的介入，双方很快握手言和。

直到这时，大家这才明白，这一切的根源，都是"兹盖日"惹的祸——

罗维孝要从华沙到兹盖日，事实上，波兰只有"日盖兹"，而没有"兹盖日"。

罗维孝询问这个地名时，市民不明白，以为上帝是万能的，好心的市民便把罗维孝带到了教会，寻找教会的帮助；教会也不是万能的，只得"有困难找警察"，于是，又把警察给招来了；警察来了，也解决不了罗维孝的难题；最后警察请翻译"亮剑"前来救场了……

波兰高速公路上的女警察

一个小地名，闹出大阵势。

这啼笑皆非的事，说起来还有点不可思议。

然而这不可思议的事，真的就发生了。

罗维孝和酷爱中国文化的"亮剑"交上了朋友。"亮剑"还把罗维孝带进了他的家中，让母亲为"中国朋友"做了一顿地道的波兰菜饭。

为了怕再出意外，"亮剑"还主动把罗维孝送到了科宁，并帮他联系好了一个学校接待所，设施不错，但价格便宜。

科宁是波兰的另一个城市，岔道很多，也是罗维孝"路书"上必经的城市之一。

丝路抒怀

由于波兰的高速公路是开放式的，也没有收费站，再加上罗维孝看不懂公路指示牌，他从科宁出发，经希维博津到德国境内的法兰克福。

在这段上，罗维孝也是一再误入高速公路。他已记不清被波兰交警拦下了几次。在波兰和德国交界处，甚至还被边防军戴上了手铐，罗维孝据理力争，迫使边防军向他道歉，并把他"礼送"到了另一条通向德国的小路上。

在罗维孝的"路书"中，波兰境内骑行的距离只有764.6

德国的古老城堡

公里，按正常骑行，也就是三四天的时间。事实上，他从6月
15日19点13分进入波兰，于6月23日15点36分离开波兰进入德
国法兰克福，整整用了8天的时间，来回折腾的骑行路程，早
已经超过了1000公里，多跑了几百公里的"冤枉路"。

最终，罗维孝从波兰的"泥潭"中挣脱了出来，他异常
高兴。

当天晚上，罗维孝躺在床上，为自己的"智商""情商"
和"胆商"量化打分。打分的结果，"智商"说得过去，算及
格；"情商"也还可以，打了73分；而"胆商"算超一流的，
接近满分线，谦虚地给了个"99"分的成绩。"9"在中国文
化中，是最大数。

罗维孝认为，正是自己的"胆商"超一流，他才能迎接逆
境的挑战，凭借自信而捍卫了人格、国格的尊严。

进入德国，罗维孝再一次嗅到了"似曾相识"的味道。

原因很简单，他骑游的线路，正好是古代的丝绸之路。而自己所经过的中亚地区，正是古代东西方经济、文化交流的"十字路口"。张骞出使西域，打通了东西方通道，后来，从陆路到中国科考、探险、传教外国人，大多也是通过"十字路口"，经丝绸古道进入中国的。而为这条古道命名的正是德国人，一个叫李希霍芬的德国人。

李希霍芬是一个地理学家，他在1877年提出了"丝绸之路"这一概念和名称。在古代，丝绸是中国的代名词，而丝绸是商道上的大宗商品而得名。

丝绸之路，仅仅是这个名字本身，就充满了神奇与神秘的魅力。大航海时代，完成了商道从陆路向海路的转移，从前繁忙的丝绸之路因此衰微，曾经的辉煌已还给了过去。

而今天，随着高铁的出现，陆路交通再度辉煌，连接亚欧通道的现代"新丝路"再度复兴，也许会连接过去和未来的辉煌。

2014年6月22日，第三十八届世界遗产大会在卡塔尔首都多哈举行，批准通过"丝绸之路：起始段和天山廊道的路网"世界遗产名录申请报告。这是中国与吉尔吉斯斯坦、哈萨克斯坦联合提交的文化遗产项目，从此，丝绸之路正式列入世界遗产名录。

正骑行在丝绸之路上的罗维孝得知这一消息后，非常激动。

骑游新丝路，正是一次漫长的地理跨越，也是一次历史的穿越。既回望过去，又走向未来。丝绸之路申遗成功，对于正一路沿着丝绸之路骑行的罗维孝来说，无疑是一个令他十分振奋的消息，为此，罗维孝称自己是丝绸之路成为世界文化遗产后的骑行第一人。

单人独骑横跨亚欧大陆架一路西行，跟随着先辈的脚步，踩踏着丝绸之路的印痕，穿梭穿行于既古老又现代的"交通走廊"，让我阅尽一路美食美景，聊发一路幽古之思。我怀着对古代文明虔诚膜拜的敬畏之情，带着对金色旅程的美好想象，放飞自由的心灵空间，脚踏实地一步一步地朝着自己的梦想靠近。对未知的求索，对梦想的渴望，让我将自身融进了"永不止息的生命之流"。

这恰如英国诗人弗莱克在他的诗中所写："我们旅行并不仅仅是为了经商，热风吹拂着我们烦躁的心，为了探求未知的渴望，我们踏上了通向撒马尔罕的金色旅程。"

"永不止息的生命之流"，这正是我"一路西行横跨亚欧奔向法兰西回访阿尔芒·戴维故里"的目的所在。

确切地说，丝绸古道的强大魅力对我有着超凡的诱惑。

后来，罗维孝写下了他在得知丝绸之路申遗成功后的感想。

摔倒在地

有了在波兰的教训，进入德国后，罗维孝骑行得十分小心。他不想再因误入高速公路而滞留在前进的路上，因为他不想折腾，也没有时间再折腾了。

你们可以通知罗维孝先生尽可能在7月10日到达我市吗？这样我们可以更好地准备一个欢迎仪式。我跟市长先生会面了，他将在市政厅组织一个仪式。

另外，我们还会去阿尔芒·戴维神父的故居，罗维孝先生可以进去，在窗户边照相。

戴海杜

德国境内的河流

戴海杜先生，法国埃斯佩莱特市原市长，他通过孙前发来邮件，询问罗维孝是否能在2014年7月10日到达目的地。

2014年7月14日，是法国国庆节，戴海杜建议罗维孝最好在国庆节前到达，便于他们组织欢迎仪式。

高尧立即将这一信息转发给了罗维孝。罗维孝在德国的骑行里程是800多公里，再加上进入法国的骑行里程，大约在2000公里左右。还有半个月的时间，从理论上是能够按时到达的。

高尧还将《光明日报》的长篇报道，编成了几条短信，一并发给了罗维孝。

《光明日报》的报道，再一次点燃了罗维孝心中的激情，他发回短信：

> 有一种亢奋的推力让我难以自持，并由此而产生出了想要狂跳起来的冲动。爽快的感觉和感受，让我情绪激昂、兴奋不已。
>
> 一个人只有血液里流淌着激情，生命才会具有活力！

20世纪30年代，世界上第一条高速公路就起源于德国，是世界上公认历史最悠久、质量高超和设施完善的高速公路。是在第二次世界大战前德国高速公路网的基础上，不断修建完成的，它提供了安全、迅速、低耗能、高效率的运输条件。

在欧洲大地上"行无国界",如果不是特别在意,从一个国家到另一个国家,并没有什么感觉,因为在欧洲大地上,看不到人工修建的边境线。

"行无国界"的骑行,已经让罗维孝体验到了飞翔的体验。而德国开放的高速公路,让他始终找不着北。从"路书"上看过去,近在咫尺的路程被高速公路拦腰斩断,结果要绕很远很远的路,才能到达。

有一天,他按照"路书"制订的路线骑行,相距70多公里的路程,他从早晨就出发,为了避开高速公路,绕了大半天,一打听,还有80多公里的路程才能到达。

天哪,时间到哪儿去了?自己又走到哪儿去了?

罗维孝险些崩溃。

由于德国的高速公路网很发达,再小心,罗维孝也有走错路而误入高速公路的事发生。

误入高速公路后,罗维孝十分紧张,他生怕波兰的悲剧又一次次上演。他已被折腾怕了,再也经受不起了。

就在他忐忑不安时,德国交警出现在他面前。好在交警没有要他出示什么证件,只是把他带离出高速公路,在小道出口处,示意他骑行的方向后就离开了。

然而让罗维孝想不到的是,自己刚在小路上骑行不久,交警追了上来再次将他拦住。

交警见罗维孝愣住了，将他的自行车龙头调了个方向，示意他跟在后面，再次上了高速公路。

这葫芦里到底卖的是什么药？难道交警还要处罚我？或把我带进拘留所什么的？

罗维孝心里直打鼓。但他已别无选择了，人为刀俎，我为鱼肉。是杀是剐，他只得听天由命了。

前面还有一辆警车在路边等候。于是，两辆警车把罗维孝夹在中间，按照他的骑行速度缓缓往前。

大约骑行约10公里后，在一岔道口，前面的警车闪开了，交警下车后，示意罗维孝可以从这里离开高速公路，进入到普通公路骑行。

就这样放过了自己？罗维孝简直不敢相信眼前的这一切。想了半天，罗维孝这才恍然大悟，原来交警担心从中途让他离开高速公路而迷路，然后又把他追了回来，破例让他在高速公路上骑行。同时为了他的骑行安全，而采取了警车开道、压道的方式，对他进行了"武装"护送。

想明白后，罗维孝感动不已，他跳下自行车，跑过去主动与交警握手告别。

同是交警，波兰和德国的差距为什么这么大呢？

罗维孝骑行在德国瑙姆堡到克拉尼希费尔德的路上，边骑行边思考，但他还是百思不得其解。

罗维孝在思考中分了神，再加上雨天骑行，视线模糊，结果自行车碾在了一颗小石子上滑倒了，罗维孝重重地摔倒在湿滑的公路上。

骑游10年，罗维孝已记不清自己已摔倒过多少次了。几乎每次出门骑行，他都有摔倒的经历。

但罗维孝记得，自己每次摔倒后，最终都化险为夷，有惊无险。

在这次跨国骑行中，罗维孝也多次摔倒，其中严重的有两次，分别在中国的新疆果子沟和俄罗斯M5号公路上。

在新疆果子沟摔倒在路旁，当时雨雪纷飞，来往的车辆很多，然而没有一辆车停下来，更说不上有人来救他了。最后是他自己挣扎着从雪地里爬了起来。

在俄罗斯，罗维孝摔倒在公路的边坡上，被自行车死死地压住而无法脱身，稍微一动，人和车就往下滑，随时都有滑下悬崖的可能，他根本不敢动弹。两名俄罗斯驾驶员看见后，主动跑过来，不顾危险地把自行车抬开，然后把他扶上了公路。

眼下，罗维孝再一次摔倒在公路上，左手肘关节与公路狠狠地碰了一下，感觉很痛，手也伸不直了。

罗维孝摔倒的瞬间，正好被他身后正常行驶的小车司机看见了，那人紧急停车，发现罗维孝的肘部擦伤流出了鲜血。他不由分说，将罗维孝扶上了他的小车，但自行车无法全部装进后备厢，便找了根绳子，把悬空在车外的自行车缚在车上，然后把罗维孝连人带车送到了他家。

罗维孝乐了，正好给自己进入到德国普通人家提供了方便。

在哈萨克斯坦，罗维孝住进了牧民家中。

在俄罗斯，出莫斯科时迷了路，一修车老板收留了他，也算是进了俄罗斯人家。

在拉脱维亚，罗维孝邂逅了在"女儿国"安家做物流生意的朱峰先生，应他邀请，进了咖啡馆聊天。

在波兰，罗维孝又走进了"亮剑"的家中。

今天，罗维孝一跤"跌"进了德国人的家中。

一次又一次地走进了沿途不同国家的人家，给了罗维孝不同的体验。而浓浓的友情，给罗维孝单调的骑行增添了丰富的内容。

语言不通，无法交流。罗维孝走进这家人的庭园一看，有大片的田野，院子附近，还有很多圈舍，估计是一个农场主。

到了这家人的家中后，男女主人先是帮罗维孝处理了受伤的地方，示意他吃水果休息，然后又热情地为他准备了一顿便餐。

男主人还领着罗维孝观赏笼养着的各种体型硕大的种兔。

最后，这家人还示意罗维孝在这里休息一晚上再走。

罗维孝摆摆手，表示要继续赶路。

那人又将罗维孝送到刚才摔倒的地方，拥抱后告别。

这一幕幕感人的场景，他们之间没有说过一句话，大家都靠面部表情和肢体语言来交流和沟通。

这一幕幕动人的瞬间，犹如早期的无声电影，看上去似乎有些滑稽，但真诚感人。

求宿无门

法兰西，CHINA骑士来也！！

历经100多天、14000多公里的骑行后，今天抵达法国斯特拉斯堡。本来是令人振奋和高兴的事，但到达斯特拉斯堡入住酒店却处处碰壁，在不得已的情况下我只好打电话向中国驻斯特拉斯堡总领事馆求助，在领事馆麻领事的协助下才得以解决了住宿问题。

CHINA 骑士罗

2014年7月1日当地时间下午，罗维孝的身影出现在了法国东北端的斯特拉斯堡。

此时，他早已疲惫不堪。

如果不是被坚强的意志紧紧包裹，罗维孝的身躯早已散架。但他依然拖着疲惫的身躯，坚持编写了一条短信，发回国内。他要让亲人知道他已进入法国了，目的地埃斯佩莱特市已

行进在斯特拉斯堡

近在咫尺。

编写完短信，疲惫向罗维孝袭来，他眼下最需要的是一张床，一张能让自己休息的床。

然而这个小小的愿望都难以实现。

从傍晚到深夜，在霏霏细雨中，罗维孝推着自行车穿行在斯特拉斯堡的大街小巷，寻找着能让他睡觉的旅馆。身后的影子，被灯街拉得很长很长。

不是客满，就是不讲任何理由地一口拒绝。

罗维孝一踏上法国土地，就收到一个"下马威"。看来，西方也不是天堂。

天下之大，难道就没有我罗维孝容身的一张床？罗维孝欲哭无泪。

在求宿无门、走投无路之际，罗维孝想到了一个电话号码，那就是他刚进入法国，手机的"国际漫游"提示，有困难可以找中国驻斯特拉斯堡总领事馆的帮助，并有相应的求助电话号码。

罗维孝试探着打了个电话。

电话打过去，那边爽快地答应了。

如果还有其他办法，罗维孝是不会打这个电话的。因为他知道，中国驻外大使馆、总领事馆的工作是很繁忙的，他不想因自己个人的小事而给他们添麻烦。他一路走来，除了在出国第一站哈萨克斯坦找过大使馆，在拉脱维亚给大使馆打电话寻求帮助外，途经俄罗斯、立陶宛、波兰、德国时，他没有给大使馆打过一个电话。

经过总领事馆麻领事的多方协调，罗维孝终于住进了酒店，一家在当地也算有些高档的宜必思酒店，一晚上的房费是134欧元，折合人民币超过了1000元。

千元一眠，何其奢侈。

这是罗维孝一路走来，最奢侈的一晚。罗维孝一咬牙办理了入住手续。他知道，自己再不住下来，就要露宿街头了，也许等待自己的，就是全身散架。

走进客房，罗维孝眼睛里只有床，他往床上一躺，就酣然入眠，什么也不知道了。

好在他还记住了——早晨有免费的早餐。

经过一晚上的休息，第二天上午起床后，美美地洗了一个澡，罗维孝又精神抖擞地走出了房间，到餐厅里吃了早餐。

事后，罗维孝这才知道，斯特拉斯堡虽然是法国的一个边境城市，但这里是欧洲议会的所在地，眼下欧洲议会正在这里召开，选举新的议长，酒店和宾馆大多"客满"，纵然有空床位，都是预订了的，于是便出现了一床难求的局面。

罗维孝决定在这里停留一晚，他要去总领事馆，感谢他们雪中送炭。

罗维孝途经法国北部重要城市斯特拉斯堡，受到中国驻斯特拉斯堡总领事馆的欢迎。图为总领事张国斌及工作人员与罗维孝合影留念

总领事张国斌得知罗维孝要来拜访后，立即做出相应安排，专门挤出时间，会见罗维孝。

浓浓亲情

当罗维孝推着自行车走进总领事馆时，让他感到意外和不安的是，张国斌和副领事闫倩已站在门口等候他了。罗维孝有些受宠若惊了。

286

　　"你别以为你只是一个从国内骑行到这里的骑士，你是一个'世界级'的名人。你扛着大熊猫文化的旗帜，纵横亚欧大陆，在做着民间文化交流的公益大事，在我看来，这对中法两国都是好事，我们理应支持。所以，我们在这里迎接你，是应该的。"张国斌一席诙谐的话后，大家笑了起来，罗维孝不由得也轻松了起来。

　　把罗维孝迎进总领事馆后，所有工作人员都来到了会议室，专门为他举行欢迎座谈会。

　　"朝辞穆坪雅雨间，万里亚欧百日还。两耳鸟语听不懂，轻骑已过万重山。"罗维孝朗诵起高尧发给自己的短信。当他念到"两耳鸟语听不懂"时，大家哄堂大笑起来。因为他们都是驻外工作人员，对语言交流沟通的重要作用，自然有切身的感受。这句话引起了他们的强烈共鸣，他们更感受到罗维孝在交流和沟通上十分困难的情况下，只身一人闯过7个不同语言的国家，这是何等艰难，需要多大的勇气！另外，张国斌建议将"轻骑"改成"单骑"，更为准确些。

　　最后，张国斌感慨地说："我们在这里接待过很多来自国内的政务、商务代表，但作为骑游爱好者，今天是第一次。一个64岁的老人，退休后不在家里安享晚年，而是把自己对大自然和大熊猫的热爱与骑游爱好结合起来，进行富有意义的民间文化的交流。而他骑行的丝绸之路，不仅路线长，而且环境恶

劣，途中有很多我们想象不到的困难和挫折，而这一切，罗维孝先生都挺了过来。的确不容易，的确不简单，的确了不起！意义非同一般。"

说罢，张国斌站了起来，当着大家的面，先是向罗维孝鞠了一躬，然而从皮夹中取出一张面值100欧元的纸币，郑重地递给罗维孝。

罗维孝拒绝了，但张国斌依然坚持要送给他，最后硬塞进了他的衣兜里。

"我知道，你是一个公益骑行者，不接受任何人的资助和赞助，我敬重你这种没有任何功利色彩的追梦行动。这是我个人的钱，钱也不多，解决不了你什么大的问题，仅仅表达我个人对你的敬意而已。你无论如何也不要拒绝，否则，你会伤了我的心。"张国斌动情地说。

本来，罗维孝还想掏出塞回去的。但张国斌的话已说到这个份上，他也为之动容。

却之不恭，只得接受。

同样的一幕，已在莫斯科红场发生过了。

途经莫斯科红场时，罗维孝曾遇到一群来自中国的游客，当时，一位游客硬塞了100美元给他，也说了和张国斌大致相同的话。

面对同样的敬意，罗维孝也无法拒绝，他只得收下。他知道，自己收下的不仅是一张欧元、一张美元，更是一份份同胞的深厚情谊。

最后，罗维孝想了一个办法，那就是回家后，把这两张具有特别纪念意义的欧元、美元装裱起来，永远珍藏，让它们见证自己在骑行路上曾遇到的这无价情义。

座谈会结束后，总领事馆还在罗维孝的"骑行示意图"和"孤本"上加盖了总领馆的鲜红印章，他们还站在大门口一起合影留念。

斯特拉斯堡侨界和学联闻讯后，强烈要求罗维孝在这里停留下来，他们要与罗维孝、罗英雄一起联欢。

在总领事馆的安排下，他们来到了位于市区最繁华地段的"大上海"餐厅，为罗维孝接风洗尘。

年逾80岁的法国阿尔萨斯华人联谊会名誉会长董家岐先生、阿尔萨斯华人联谊会副会长边杉树和当地华人（华侨）代表、留学生代表早已等候在那里，大家欢聚一堂，其乐融融。

参加接风洗尘活动的华侨华人和留学生代表对罗维孝的壮举表示敬佩和赞赏，他们说："在罗维孝身上体现了中国人民的自信和坚韧不拔的精神，让海外赤子倍感自豪！"

当他们知道罗维孝的"粉丝"叫"锣丝"时，大家都哈哈大笑了起来，随后几乎异口同声地说："我们也是'锣丝'！"

"如果没有沿途海外华人、华侨和中国驻外大使馆、总领

事馆的帮助，没有喜爱大熊猫的各国民众的支持，我简直寸步难行！"罗维孝也表达了他的谢意。

当晚，边杉树把罗维孝请到了家里做客。

他的夫人是台湾人，专门为罗维孝做了一顿台湾的风味家宴来款待，并让罗维孝在他家留宿。

为防止罗维孝迷路，边杉树和他的女儿连夜绘制了厚厚一本从斯特拉斯堡到埃斯佩莱特市的详细骑行路线图，第二天，父女睁着熬红了的眼睛，把这本骑游路线本送给了罗维孝。

2014年7月3日上午，罗维孝开始了最后冲刺的骑行，他要从法国东北部的斯特拉斯堡到西南部的埃斯佩莱特市。

几乎横穿了法国全境的骑行路程，将近1000公里。

新华社斯特拉斯堡分社记者卢苏燕听到罗维孝骑行到了法国，正在离开斯特拉斯堡的路上，她二话没说，开着汽车追了上来，对罗维孝进行了"拦截式"的采访。

梁晓华早就为罗维孝准备好了换洗的衣服。当他在打电话询问罗维孝的行程安排时，听到罗维孝嘶哑的声音，估计他病了，马上又为他准备了感冒药……

7月4日，罗维孝意外地收到一条短信：

罗老师，你好。我是中国驻法国大使馆新闻参赞吴小俊。得知你骑车来法国的壮举，我们深表钦佩。为表示对你此次活动的敬意和支持，我们想了解一下你到法国的具体行程，以便我们做出相应安排。请方便的时候跟我联系。谢谢你！

预祝你的活动取得圆满成功！

罗维孝很惊讶，吴小俊怎么会有他的手机号？后来他才知道，自己骑行法兰西一事，早已在法国的华人圈传开了。中国驻法国大使馆通过《光明日报》记者梁晓华，找到了他的联系方式，主动与他联系，准备为他安排相应的活动。

7月4日，新华社再次向全球播发了罗维孝万里骑行法兰西的通稿《追梦法兰西　花甲老翁万里走单骑》。

7月5日，梁晓华采写的《罗维孝：骑行的大熊猫文化使者》在《光明日报》上刊发，配发的照片，正是罗维孝途经俄罗斯红场的照片。

罗维孝骑行至波兰，他请"亮剑"把这张照片从波兰发到中国，高尧收到后，又将这张照片转发到法国梁晓华手里，梁晓华又发送回北京。

一张照片，刹那间绕着地球转了几圈。而罗维孝正骑着自行车孤独地前进着。

时间在一分一秒地过去，道路在一尺一寸地延伸。

追梦法兰西　花甲老翁万里走单骑

"64岁了，早已退休，职业生涯画了句号；儿子成家立业，我也完成了家庭的责任，现在该是实现自己梦想的时候了。"

6月30日夜，独自骑行100多天1.4万多公里后，罗维孝，中国四川雅安一名普通退休工人，抵达法国东部城市斯特拉斯堡。

罗维孝的梦想很简单，出生雅安的他，年幼时不时看见有西方人独行入藏，既美慕又钦佩，遂萌生了日后一定也去西方看看的梦想。随着长大后加入保护家乡大熊猫志愿者的行列，他的梦想逐渐具体化：骑行回访把中国大熊猫介绍给全世界的西方第一人阿尔芒·戴维的家乡——法国的埃斯佩莱特，把自己的梦想与保护大熊猫结合起来，让梦想升华。

梦想简单，但实现起来绝非易事。从戴维发现大熊猫的雅安市宝兴县邓池沟（穆坪）教堂出发，到位于法国最西南端的埃斯佩莱特，全程大约1.5万多公里，其间途经中国四川、甘肃、新疆，以及哈萨克斯坦、俄罗斯、拉脱维亚、立陶宛、波兰、德国，最后经法国东部横穿法国全境。可以想见，这样的行程对于一个只有小学三年级文化，不懂外语，且年逾花甲的老人是一个多么严峻的挑战。

"多少次摔倒，是路上的好心人扶我站了起来；多少次走错路，是好心人开车引领我一程；多少次天黑找不到住所，是好心人留我一夜……"说到这些，老人眼里噙满泪水，"世上还是好人多。"当然，"也有人在路上试图冲撞我，也有餐馆欺我不懂语言乱开价，但与遇到的好人相比，这些都不足挂齿。"

虽然语言不通，但老人自制的印有中国国旗和大熊猫图案的四面锦旗以及身上穿的马甲上却盖满了途经地的邮戳。"每到一个城市，我就找邮局，使用的全部是肢体语言。"老人自豪地说，这些是他一路骑行的见证，有地点，有时间，他要把它们送给中国和法国的博物馆，留给保护自然和环境的后人，当然还有自己的子孙，让他们为有他这样的前辈自豪。

"一路骑行，我不想给任何人添麻烦，寻求中国驻斯特拉斯堡总领馆的帮助实在是迫不得已。"6月30日夜抵达斯特拉斯堡后，因次日新一届欧洲议会要在位于该市的总部举行第一次全体会议，他寻遍城市，找不到旅馆。情急之下，他根据进入法国时收到的提示短信拨通了中国驻斯特拉斯堡总领馆的求助电话。"不到一个小时，领馆就帮我安顿下来。"

第二天，在张国斌总领事的真诚挽留下，罗维孝在斯特拉斯堡休息了一整天。

"这是我出发100多天来第一次停下来。因为我要在7月10日赶到埃斯佩莱特，今年恰逢中法建交50周年，雅安和埃斯佩莱特又是友好城市，那里的市长要专门为我举行一个欢迎仪式。由于坏天气，最少的一天我只骑行了40多公里；因为迷路，原地转圈的冤枉路更是不计其数；但为了守约如期抵达目的地，最多的一天我骑行了210公里，真的不敢停下来呀。"

"不过，这一天的休整太棒了。离开家人已经100多天了，我在异国他乡感到祖国亲人的温暖。"他拿出阿尔萨斯华人联谊会边杉树副会长女儿为他精心赶制的厚厚一本详细路线图，"有了这个，剩下的1200公里就不会再走'冤枉路'了。"

7月3日一大早，罗维孝整理好行装，向着他的梦想，继续前行。

临行前，他对记者说，"我就是一道流动着的风景线，我展示了中国人保护环境保护大熊猫的决心，为了这次万里行，我准备了很久，我不敢说我成功了，但我敢说，我努力了。"

（新华社记者　卢苏燕）

——新华社斯特拉斯堡 2014 年 7 月 3 日体育专电通讯

尽管有边杉树父女俩制作的骑行图，后来梁晓华也加入到了义务"导航"队伍中，但罗维孝还是要么走错路，要么找不到"路"。

法国公路很密集，有高速公路，有普通公路，甚至还有自行车专用通道。法国自行车户外运动很发达，自行车专用通道更多是为了满足骑行健身的需要，虽然骑上去感觉很好，但没有像公路那样有明确的通达目标，有很多次罗维孝被交警引入上自行车专用通道上，他一骑上去的感觉只有一个字——绕，似乎一直在绕圈子似的，就是永远到不了目的地。

绕来绕去，让罗维孝苦不堪言。

另外，由于翻译的原因，在中国人耳熟能详的"里昂"这一地名（早期中国革命者赴法勤工俭学的地方），但在法国地名中，只有"里永"而没有"里昂"，几经周折，罗维孝才弄明白，"里永"就是中国人口中的"里昂"。

1895—1897年，法国里昂商会赴中国西南考察，"与西藏接壤地区"的雅安，自然也成了他们的考察对象。这是一支"混搭"的12人的商务考察队伍，有商人、人类学家、医师、退役军官、生物、地质、气象专家，他们从越南东京（今河内）出发，经红水河北上至中国云南，先后到达贵州、重庆、四川、湖北等地考察。考察队从成都出发，经乐山到达雅安后，他们兵分两路，一路经大相岭，一路经二郎山先后到达打

箭炉，对雅安至康定的道路、茶叶运输、民族风情有比较深入的考察和研究。在他们的笔下，流经雅安的青衣江如同法国的罗纳河——

> 富庶的平原多少让人联想到法国罗纳河沿岸景致，尤其是雅河（只可通竹筏）河水颜色更是助长了这种幻影。

而在这最后的一段路上，老天爷也在有意地考验着罗维孝，这个季节正是欧洲的雨季，这里已不是"大西洋的最后一滴眼泪"，而是大西洋海风劲吹的"滂沱泪雨"，无论白天还是黑夜，大雨如注，骑行起来十分吃力。

有好几个夜晚，迷路的罗维孝还在"拖泥带水"地奔波着，他的眼睛出现了"幻影"，双眼模糊，四肢无力。

在雨夜中"遥控导航"的梁晓华，听到罗维孝越来越嘶哑的声音，再也坐不住了，"我要去救人，我不能看着他在我面前倒下！"

梁晓华突然产生了一个不好的预感，如果再让罗维孝在路上东碰西撞下去，有可能让罗维孝重蹈覆辙，像余纯顺那样悲壮地倒下——悲壮地倒在"最后一公里"的路上。

"我不能让悲剧发生！"梁晓华心急如焚，一边在网上预订车票，一边通过互联网与高尧联系——

老罗和我一直保持联系。这几天他风雨兼程，有些感冒，加上路途劳顿和腰伤，实在是筋疲力尽了，估计已达到极限，很难恢复体力和按计划前行。他自己也表示已经是60多岁的人，实在不能和年轻人比，加上老是走错路，耽误了不少路程和时间，走错的路程比他正常要走的路还要多。骑行速度已大大放慢，身体似乎也极度不舒服，多次淋雨着凉，有些发烧。

这样下去，说不定还没有到目的地，他就已经倒下。

我认为，他此行的意义重大，许多中国人和法国人都在关注和期待着他的到达，已经不仅仅是他的个人行为了，必须有一个时间安排并且要遵守计划。他原定的7月10日抵达很合适，因为7月14日是法国的国庆节，会冲淡他抵达巴黎后的活动影响。所以明天我乘火车过去，到半道上去迎接他，然后与他乘火车，或者租车携带他同行，陪他将余下的六七百公里路走完。这不仅可以节约出七八天时间，还可以使他尽快恢复体力，在接下来，埃斯佩莱特和巴黎的一系列有纪念意义的活动中，才能保持旺盛的精力。火车是最安全的方式，但从他目前所在位置去目的地没有直达车，如不返回巴黎乘直达车，就必须倒三四次车，共需12个小时多，才能抵达最接近的城市巴约纳。

为了保证他此行顺利和圆满，看来没有别的选择

了，也只有我过去陪他。我已订好了明天的火车票。明晚就可以与老罗会合。他明天还要再努力骑行70公里，才能赶到我们计划会合的城市维希。

我受法国朋友委托和报道工作需要，既被他独闯世界的勇气所感动，也为他孤立无援的处境所激励，能帮他一把，既是我的荣幸，也让我乐此不疲。

梁晓华怕罗维孝不接受他的建议，他向高尧发来邮件求助，希望大家共同做好罗维孝的工作。

梁晓华的信写得言辞恳切，感人肺腑。

高尧马上将这一邮件通过手机短信发给了罗维孝。并劝他要以大局为重，不必在意这最后几百公里的路程，是乘车到达还是骑行到达。

此时，罗维孝还在风雨中艰难地行进着。

前几天，我又被指错了路，朝着"里永"（里昂）相反的方向和路线骑行了近百公里。明天还得想法朝正确路线上靠过来。一个来回，两天的时间就这样给白白地搭进去了。

今天冒雨骑行了70多公里到达维希后，我的体能已到极限。找到邮局在路线图旗帜等物件上加盖上邮戳后，我感觉已经没有力气支撑。

这段时间是欧洲的雨季，每天几乎都在雨中骑行，雨中骑行能见度差，再加上路上车流量大车速快，在路上我的精力是高度集中，绷紧了每根神经来增加安全系数。

眼看快到目的地，安全至上才能确保把句号画圆满。

CHINA 骑士罗

收到罗维孝的短信，高尧鼻子一酸，两行热泪夺眶而出。

冲破黎明前的黑暗，绝不能让"一个战士最好的结局，就是在最后的战役中被最后一颗子弹击中"这样悲壮的事情出现在我们眼前。

高尧马上把这条短信转发给了梁晓华，并告诉梁晓华，情势已经十分危机了，绝不能让悲剧发生。

随后，高尧赶紧给罗维孝发过去一条短信：

罗老师，你能走到今天，已经很不容易了。生命是最可贵的，没有了生命，什么也就没有了。千万别硬挺，找个地方赶紧休息一下，请当地华人华侨找中医按摩一下，恢复恢复，等消除疲劳，再继续往前走。

此时，梁晓华已坐上了高铁，追赶罗维孝去了。

他要陪同罗维孝走完通往埃斯佩莱特市的最后一段路，既可照料他，也能跟踪采访。

2014年7月8日，梁晓华终于追上了浑身湿透的罗维孝。

罗维孝犹豫再三，最后，他还是听从了梁晓华的善意劝告。

当天晚上，罗维孝在梁晓华的陪伴下，坐上了从维希通往巴约纳的火车。

2014年7月10日上午，罗维孝从巴约纳火车站下车。

埃斯佩莱特市近在咫尺。

罗维孝坚持骑着自行车，行驶完最后一段30公里的路程，按时到达阿尔芒·戴维的故乡埃斯佩莱特市。

2014年7月10日，罗维孝骑着自行车高喊：埃斯佩莱特市我来了！（《光明日报》驻巴黎记者　梁晓华摄）

余音绕梁

一大早，戴海杜就开着小车出门了，他要到通往埃斯佩莱特市的路口上迎接罗维孝的到来。

法国《西南日报》、法国电视3台等新闻媒体的记者闻讯后，也赶来采访。

法国电视3台将全程记录罗维孝从巴约纳到埃斯佩莱特市的骑行过程，进行跟踪报道。

当罗维孝的身影出现在埃斯佩莱特市街头时，这座美丽的山城沸腾了，民众自发地欢迎这位东方客人的到来。

在埃斯佩莱特前市长戴海杜先生陪同下，罗维孝推着挂有大熊猫照片的自行车来到阿尔芒·戴维神父的故居并登楼参观，街道上的民众和游人向他欢呼，当地合唱团唱起了巴斯克民间欢迎贵宾的民歌。

罗维孝说："145年前戴维神父把大熊猫介绍给世界，我今天万里骑行来向先贤致敬。"他站在窗前，高举双拳，大声高喊："埃斯佩莱特，我来了！"

面对法国记者的提问，罗维孝表示，他作为四川省大熊猫生态与文化研究会会员和自行车骑行爱好者，以此表达对戴维神父的感激之情。

10日晚，法国电视3台地区新闻节目中播放了罗维孝骑行

抵达的消息。法国《西南日报》和当地巴斯克语媒体都在显要位置报道了他的相关新闻。

罗维孝成了埃斯佩莱特妇孺皆知的名人，人们遇见他就竖起大拇指，纷纷与他合影、握手、拥抱。

11日上午，埃斯佩莱特所属地区首府巴约纳市政府官员沙堡女士与当地教育、体育界人士在市政厅为罗维孝举行欢迎仪式，授予罗维孝为埃斯佩莱特荣誉市民。沙堡女士在罗维孝随身携带的骑行示意图和"孤本"上分别加盖市政府印章。

"64岁的罗维孝穿越欧亚大陆来到戴维故乡，一路风尘，骑行万里，依然满面红光、精神抖擞，令人敬佩！"沙堡女士向罗维孝赠送了织有巴约纳市徽的红领巾。并与罗维孝相约，在适当的时候，她一定到雅安喝茶，到宝兴看熊猫。

埃斯佩莱特前市长戴海杜先生曾多次到雅安和宝兴，对大熊猫有着深厚的感情。

他对罗维孝骑行法兰西的壮举由衷钦佩，他说："传播大熊猫文化、宣传戴维科学发现大熊猫、深化法中两国民间交往，推广健康、环保出行方式。我们大家都要向罗维孝学习！"

巴约纳市和巴斯克地区法国自行车和橄榄球退役名将分别向罗维孝赠送了印有高卢雄鸡图案的队服。他们希望罗维孝将带来法中民间交流更多的喜人讯息。

7月14日，《光明日报》再一次刊发了罗维孝的万里骑行壮举的通讯——《壮哉，罗维孝！——"大熊猫文化骑士"三万里独自骑行终抵法国》，罕见地把个人姓名放在主标题中，十分引人注目。

随后，中新社、《人民日报（海外版）》《四川日报》《华西都市报》等媒体相继报道了此事。

15日，在梁晓华的陪同下，罗维孝离开埃斯佩莱特市。

罗维孝想到马赛港看看，当年，阿尔芒·戴维就是从马赛港出发，漂洋过海到中国的。这里离马赛港只有几十公里了，大西洋的海风已吹拂到了这里。但考虑到已经与法国国家自然历史博物馆约定了捐赠时间，他只得一步三回头地挥别埃斯佩莱特市，应邀来到位于巴黎的法国国家自然历史博物馆。该馆专门为罗维孝举行"万里走单骑·追梦法兰西"骑行示意图旗子的捐赠仪式。

罗维孝把4面盖着中国、哈萨克斯坦、俄罗斯、拉脱维亚、立陶宛、波兰、德国、法国8个国家近百个邮戳的骑行示意图旗子交到了博物馆负责人手中。博物馆在所有的旗子上加盖最后一枚印章，罗维孝将其中的一面郑重地送到了博物馆负责人手里，博物馆向罗维孝出具了收藏证书。

在博物馆负责人的陪同下，罗维孝、梁晓华等人来到了大熊猫模式标本陈列室，他们打开骑行示意图，与阿尔芒·戴维

亲手制作的大熊猫模式标本合影。博物馆负责人表示，他们将骑行"示意图"和大熊猫模式标本陈列在一起，永远向世人诉说大熊猫科学发现的传奇故事！

同样的"示意图"旗子，罗维孝一共制作了4面，原计划分别捐赠给中国和法国国家博物馆各一面，一面传给罗氏子孙，一面留存在自己将来拟建的骑游博物馆中。

至此，罗维孝在横跨亚欧大陆"万里走单骑·追梦法兰西"的壮举上，又浓墨重彩地写上了一笔。

人类因梦想而伟大，人生因成功而精彩。

罗维孝将骑行旗帜捐赠给法国国家自然历史博物馆

历经磨难，我终于做成了一件非同寻常的大事，艰难地走完了横跨亚欧的漫长路程，饱览了沿途所经国的醉心美景，成就了我骑车走出国门的传奇人生！

让大熊猫模式标本和我带去的这面旗子永远地在一起，共同见证发现大熊猫这一历史传奇。

CHINA 大熊猫文化骑士罗

随着法国境内媒体的报道，在法国的中方机构和华人、华侨得知罗维孝万里骑行的壮举后，十分激动，纷纷邀请罗维孝去做客。中国大使馆也做了相应安排，请他到大使馆参加活动。

在法国期间，罗维孝很想去拜访一个曾经在雅安生活过的旅法华人戴思杰。

戴思杰是成都人，"文革"期间他曾到雅安市荥经县大山中当知青。改革开放后，戴思杰到法国留学。2002年，戴思杰以荥经为背景，编写并执导了一部名为"巴尔扎克与小裁缝"的电影，后改写成小说，轰动一时。电影中，知青带去的禁书令小裁缝幻想中的世界豁然明朗，他爱上了巴尔扎克的作品。最终小裁缝走出大山，去看外面的世界。

小裁缝到没有到法国，罗维孝不知道。他知道自己已经看了外国的世界，完成了使命，就该回家了。

面对一片鲜花和掌声，罗维孝却预订了从巴黎返回四川的机票，准备悄然回国。

在罗维孝眼里，从大熊猫发现者到大熊猫发现者故乡的万里骑行已经完成了，接下来的活动，无非是赞扬、鲜花、掌声。

这一切，都是过眼云烟，不必留恋。

"天空未留痕迹，鸟儿却已飞过。"

走进巴黎机场，罗维孝默默地朗诵起泰戈尔的诗句来。

他回头向着巴黎挥一挥手，毅然走出了机场大厅。

面对超宽超重的自行车箱包，机场拒绝空运。

当罗维孝掏出法国《西南日报》报纸上，安检人员看到了上面大幅照片正是眼前的人，他连忙竖起了大拇指，连声称赞："Chine（中国）！Chevalier LUO（骑士罗）！"

从安检到海关，罗维孝一路受到欢迎，他的自行车自然也一路"绿灯"放行。

7月17日14时10分，罗维孝乘坐东方航空公司航班，经上海转机，从法国回到成都双流机场。那辆骑行了1.5万多公里的自行车，也被他打包随机带回了家。

7月22日，当罗维孝的身影再一次出现在宝兴县邓池沟天主教堂四合院时，当地的村民围了上来，"这不是骑自行车到法国的罗维孝吗？"大家拥上来和他合影。

2014 年 7 月 17 日，罗维孝骑行归来（高富华 摄）

7月23日，四川省大熊猫生态与文化研究会、宝兴县人民政府在出发地宝兴县举行座谈会，热烈庆祝罗维孝"万里走单骑·追梦法兰西"活动圆满成功。

"我以强大的祖国作为坚强的后盾和支撑，有沿途中国驻外使馆的协调，有华人华侨的帮助，我这个不懂外语的中国老头，才能从中国骑行到法国，把一个中国人想圆的梦圆在异国，把历经艰难用邮戳来印证自信、自强的中国印记，永远留在了法兰西的土地上。"罗维孝向大家分享了他的成功。

罗维孝还非常感谢四川省大熊猫生态与文化研究会、宝兴县人民政府的关心和支持："我扛着大熊猫的旗帜独闯世界，尽管语言不通，存在着交流和沟通的巨大困难，但大熊猫就是一张通行无阻的'通关证',大熊猫就是一张无声的名片,帮助我敲开了一个又一个国家的大门。我骑行在亚欧大陆上,就是一道流动的大熊猫文化风景线,受到沿途各国人民的欢迎和喜爱。"

"没有比人更高的山,没有比脚更长的路。"

孙前说:"简单、坚定、孤独、壮烈。罗维孝10年来的公益骑行,没有一己私利,堪称'平民英雄''熊猫骑侠'。他是有史以来第一位从南方丝路出发,全程独行北方丝路到达法国的传奇人物,可以说是惊天地,泣鬼神;他的铁骨龙魂,向全国、全世界彰显了在'4·20'芦山强烈地震后,雅安人民不屈不挠的英雄气概;他的壮举,受到国内外广泛关注,他将永留青史。"

有着"中国大熊猫作家第一人"的谭楷(中国大熊猫文化专家、《大熊猫》杂志执行主编)先生高度赞扬罗维孝的壮举:"罗维孝有一万个理由让自己退缩,但只有一个理由让他勇往直前——不胜不休。罗维孝是我们的英雄。不尊重自己英雄的民族,无疑是一群可怜的生物。"

司徒华再一次向罗维孝赠送他专门为罗维孝成功归来的书法作品——"壮志凌云"。

从"雄风万里"到"壮志凌云",这8个字见证了罗维孝"万里走单骑·追梦法兰西"的艰难历程,见证了罗维孝"创造草根卓越业绩"的辉煌篇章。

心若在，梦还在。

罗维孝的下一个目标在哪里？

有人猜测，他在写书，

也有人说，他准备独闯东南亚，

也有人说，他要骑游南北美洲……

问罗维孝，他笑了笑，说，人生在于期待，奇迹总会发生。

路不过来，他已过去——

让我们拭目以待，期待罗维孝的又一次精彩。

2014 年 7 月 22 日，骑行法国归来的罗维孝，重回邓池沟天主教堂（高富华 摄）

尾声

"追梦法兰西"影响日益广泛

2015年1月21日,罗维孝以"为传播大熊猫文化万里走单骑"主题,入选《中国绿色时报》"2014年,美丽中国梦的十大推进者"。继《64岁雅安人罗维孝万里走单骑追梦法兰西》入选雅安日报社评选的"雅安2014十大新闻"之后,再一次成为媒体评选的新闻人物。

在《中国绿色时报》上,除了刊发"2014年,美丽中国梦的十大推进者"罗维孝等10人的事迹和照片外,该报并给予了极高的评价——

"良好生态环境是最公平的公共产品,是最普惠的民生福祉。良好的生态环境该怎么营造?它既是一株草一棵树的种植养护,也是一种奉献的精神传承、一种信仰的坚守。它关系每一个人的生活,需要每一个人的付出。如果说美丽中国梦是承载我们昂扬前进的巨轮,那么,我们今天为您呈现的10位来自社会不同岗位的人，则在2014年为巨轮的驱动贡献了自己的力量，做出了表率——他们，是人与自然和谐发展的精彩实践者，是绿化祖国大地的奋勇拼搏者，是实现美丽中国梦的不懈推进者。"

罗维孝"万里走单骑·追梦法兰西"的壮举，展示了雅安人自强、自信的精神风貌，创造了草根卓越业绩。

自2014年7月"万里走单骑·追梦法兰西"活动圆满成功以来，媒体热捧和网民热议一直持续不断，《人民日报》、新华社、中新社、《光明日报》《四川日报》等新闻媒体和新闻单位先后报道了罗维孝的壮举。2015年新年前后，新华网、人民网等媒体结合年度盘点，推出了雅安日报传媒集团董事长杨建光采写的《"感恩行者"罗维孝：千里走单骑万里感恩路》的长篇通讯。

媒体的再一次热捧，又一次点燃了网民的热情，网民热议不断——

隔着时空对望，用骑行的交通工具与自然对话。

用双脚丈量世界，用足迹绘制友谊地图。

怀揣着爱国主义情怀，他们风雨无阻，"民间文化使者"成了他们身上显眼的标签。

飞机带来的是便捷，但沿途只有机场和白云；火车呼啸而过，窗外的风景也只是转瞬即逝。但罗维孝等友好使者返璞归真，用小行为促进国与国之间的友好交流，这种真挚弥足珍贵。

一个国家、民族走向盛世繁荣，必有其敢为天下先的探索者。

在中华民族的历史上，汉武帝时有张骞出使西域，唐太宗时有玄奘天竺取经，明永乐时代有郑和七下大洋的鸿篇史诗。而今天，越来越多的民间友好使者踏上了探索世界的征途……

"虽然平凡，总有一种精神振拔心志；虽然无言，总有一种境界荡涤灵魂。"2016年1月，罗维孝获由新华社举办的"中国网事·感动2015"提名奖。

附录

彼岸的目光——法国人眼中的雅安

中国大熊猫的故乡，也是世界茶的源头，还是盆地向高原过渡的生态阶梯，更是沟通川、藏、滇各民族的地缘走廊。一条古老的茶马古道，不仅把历史和今天，还把高原风光、地理奇观、民族风情连成一线。北纬30度的历史名城——四川雅安。

在过去的岁月里，有没有法国人到过雅安？他们在雅安看到了什么？在他们笔下，雅安又是什么模样？

最早对雅安有记载的是法国传教士古伯察。古伯察到雅安，其实也很偶然，在他的"中华帝国行"的行程计划中，并没有雅安。虽然他是"礼被"到了雅安，但在他的书中，雅安给了他深刻的印象，成为他"中华帝国行"中浓墨重彩的一笔。在他的《中华帝国纪行》一书中，第一章写的就是他从打箭炉到雅安的旅程，而且对雅安的山川风物有较多的描写，为我们勾勒了100多年前雅安的大致"轮廓"。

在古伯察"途经"雅安之后，更多的法国人到了雅安，对后世影响最大的是法国博物学家、传教士阿尔芒·戴维，他在雅安发现了珍稀"旗舰"动物——大熊猫，以及其他如珙桐、川金丝猴、大卫两栖甲等动植物，雅安被誉为"上帝遗忘的后花园""动植物基因库"。雅安独特的动植物资源，成为后来西方人到雅安乃至川西一带探险探秘的"宝典"。后来，法国驻昆明总领事方苏雅、法国汉学家谢阁兰也到了雅安。

古伯察：窥探中华大地
—— 他发现了雅安藏茶

古伯察，1813年6月1日生于法国海边小城勒阿弗尔，是古伯察家族的第四个孩子。他的母亲怀孕时，曾偷偷发下誓愿：如果上帝再赐给她一个男孩，并使他活到成人年龄，那么，她愿意将这个孩子奉献给上帝，让他成为一名司铎或传教士。

1839年3月5日，古伯察一行3人坐上"阿代玛号"启程前往澳门。古伯察抵华之时，正是天主教在中国最为困难的时期。1821年，清政府在《大清律》中明确规定：不论是中国人还是外国人，任何人只要宣扬信仰、传播天主教思想，就会受到流放，乃至凌迟之刑。

后来，在澳门苦等差遣的古伯察终于获得了他梦寐以求的机会——前往清帝国最为偏远的蒙古教区传教。

古伯察煞费苦心，"以中国人的方式"给自己装扮了一番：头发一直剃到头颅顶上，发辫垂到大腿，脸上染上一层淡淡的黄色，嘴里叼了一根中国式的烟杆。甚至，他还弄来了一套中国长衫。

后来，他和另外一名传教士秦噶哗放弃去北方喀尔喀蒙古部落，改为西行，将最终目标指向了世界屋脊的西藏。

1846年1月29日，两名乔装打扮的"法国喇嘛"，经过18个月的长途跋涉，终于进入了他们向往已久的拉萨。在两个远离繁华多年的外国人看来，当时拥有4万人口的拉萨城，简直就是"一个嘈杂、混乱的世界"。

抵达拉萨不到一个月，两人还是难免被驱逐的厄运。他们在清军的押解下，回到了澳门。在澳门，古伯察一边整理两年来的资料，撰写回忆录，一边竭力说服法国政府和罗马教廷协助他们重返西藏。

古伯察完成了回忆录的整理，并取名为"鞑靼西藏旅行记"。后世诸多冒险家，如法国的伯希和、俄国的普热瓦尔斯基、美国的柔克义和日本的后藤富男等，都是此书的忠实读者。不少人还旁征博引，对《鞑靼西藏旅行记》进行过注

释和考证。有人甚至将这本小书装在马鞍口袋中，在旅程中时常翻阅。

后来，古伯察还写下了《中华帝国纪行》，讲述了他从西藏被驱逐，经四川雅安回到澳门的始末。

古伯察的这两本书，记载了他从南到北、从西到东穿越了中国的过程。

在从康定到雅安的路上，他看到了背着茶砖的背夫。在书中，他写到雅安生产、藏区饮用的雅安藏茶（南路边茶）——

"茶砖是雅州生产的，中国内地与西藏之间贸易的大宗

古伯察走过的小路（方苏雅 摄 殷晓俊 提供）

货物，很难相信这么大宗的货物每年从四川运进去。这种茶经过压制，粗粗地压成一包包，再用皮带捆紧，背在背夫的背上，他们个个背着大捆大捆的茶砖。茶砖与藏民生活习惯和需求联系得如此紧密，以至于他们现在到了如果没有茶砖就不行的地步。"

他还写到了雅安的两个城市，清溪县（今汉源县）和雅州府（今雅安市雨城区）——

"清溪的风特大，每天傍晚狂风大作，摇撼房屋，发出啸声，仿佛一切要化为碎片。"

"离开清溪县之后，我们在雅州府停留，雅州是一个漂亮的城市，有着令人陶醉的清新。我们住的客栈，有一个漂亮的大院子，供旅客住的房间环绕着大院子。"

戴　维：走进神秘天堂
—— 他发现了大熊猫

阿尔芒·戴维神父第一次发现大熊猫，是在1869年的3月11日。那天，一户姓李的教徒邀请他去做客。在李家，他看到了一张"从来没见过的黑白兽皮"，他觉得这是"一种非常奇

阿尔芒·戴维手绘的大熊猫图

特的动物"。猎人不以为然地告诉他:"这种动物有两个名字,一是黑白熊,因为它的身体只有黑白两种颜色;还有一个名字叫猫熊,因为它看上去像猫一样温顺。如果你需要,我们也会得到这种动物的,明天一早就去猎取。"

过了几天,这位姓李的猎人派人请阿尔芒·戴维再到他家做客。果然那人从深山带回了一只幼体黑白熊。本来是一只活的,"遗憾的是他为了便于携带,就把它活活地弄死了。他把这只黑白熊幼体卖给了我。黑白熊的毛皮和我在李家看到的那只成体相同,除四肢、耳朵和眼圈是黑色以外,其余部分都呈白色。因此这一定是熊类中的一个新种。"

1869年4月1日,阿尔芒·戴维雇用的猎人又带回一只完全成年的大熊猫,"它的毛色同我已经得到的那只幼体完全相同,这种动物的头很大,嘴短圆,不像熊的嘴那么尖长"。

5月4日，阿尔芒·戴维终于得到一只活体"黑白熊"。他根据"黑白熊"的体毛、脚底有毛等特征，认定"黑白熊"是熊的一个新种，他满怀希望要将"黑白熊"带回法国，向世界推荐这种新动物。

　　后来，"黑白熊"得病不治而亡。戴维只好把"黑白熊"的皮剥了下来制成标本，并写下"黑白熊"研究文章，交给了法国自然历史博物馆馆长米勒·爱德华兹。

　　"黑白熊"标本运抵巴黎时，正值普法战争，普鲁士军队已经逼近巴黎，但好奇的法国人还是为熊猫掀起了一阵热潮。"黑白熊"标本在巴黎展示后，立即引起了轰动。人们从兽皮上看到一张圆圆的脸，眼睛周围是圆圆的黑斑，就像戴着时髦的墨镜，而且居然还有精妙的黑耳朵、黑鼻子、黑嘴唇，这简直就是戏剧舞台上化妆的效果，太不可思议了！

　　西方人所不知道的、在欧洲大陆荡然无存的这种冰川时期以前生存的动物，居然还顽强地生存在东方这片神秘的大地上。地球历史上无数次灾害的重演均未能把大熊猫从自然界淘汰出去，夹金山脉等山系成了大熊猫最后的"避难所"。

阿尔芒·戴维
（资料照片 孙前 提供）

发现大熊猫的阿尔芒·戴维成为加载史册的生物学家，阿尔芒·戴维的家乡人民更是把奉他为英雄，以他为骄傲。2000年11月，在戴维逝世100周年之际，阿尔芒·戴维家乡法国埃斯佩莱特市组成"亲友团"，重走当年阿尔芒·戴维神秘之旅，凭吊阿尔芒·戴维留下的遗迹。法国驻华大使也专程来到雅安市。2004年11月，埃斯佩莱特市市长戴海杜还到成都挥铲打工，为他在雅安认养的大熊猫"戴维"挣生活费。埃斯佩莱特市与雅安市缔结为友好市，大熊猫搭起了中法友谊的桥梁。

方苏雅：俯瞰深幽峡谷

——他发现了茶马古道

一个42岁的法国人，带着刚问世不久的相机来到中国。

在随后5年的时间里，他的足迹遍及云南、四川，这里的山川湖泊、城镇乡村、街道建筑、寺庙道观，甚至贩夫走卒、乞丐犯人进入到了他的镜头里。

他叫奥古斯特·弗朗索瓦。为方便在中国工作，他还取了一个中国名，叫"方苏雅"，据说他有两个身份，一是法国驻昆明总领事，二是法国滇越铁路总公司驻云南总代表。

说起来，方苏雅跟雅安还很有缘。

1904年，方苏雅在离开中国的最后一程，他走到了雅安，就是为了考察四川至云南之间，能不能修一条铁路，将正在修建的滇越铁路，延伸到四川，与计划修建的川汉（四川至武汉）铁路连接在一起。

当年，方苏雅沿着川滇古道（南方丝绸之路），由昆明经楚雄、从元谋沿金沙江而上，进入大小凉山，穿泸定桥至康定、再行至川藏交界处，最后折转回到康定，经泸定、汉源、荥经、雅安，再取道乐山，乘船到上海后回国。

这一段路的地质条件太复杂了，崇山峻岭，沟壑纵横，海拔落差较大。在方苏雅的眼里，要在这里修建起一条铁路，无疑是"天方夜谭"。

连想象都难，就更别说修路了。虽然方苏雅的考察结论是"这里无法修建铁路"，但南方丝绸之路和茶马古道上的风物，被他永远定格在了镜头中，给我们留下了一批弥足珍贵的历史照片。

川藏茶马古道上的鸡毛小店、背夫、轿夫、马帮、茶包……这一切，全都定格在了他的胶片里。

方苏雅任满后，他带着一个紫檀木箱回到法国。

方苏雅和小他20多岁的妻子马尔芒女士回到了法国的一个小乡村，他们修建了一座名叫"小中国"的庭院，在那里过着隐居的生活。

茶马古道上的背夫（方苏雅 摄 殷晓俊 提供）

　　1935年，方苏雅病逝。他们一生没有儿女，方苏雅留给妻子最珍贵的遗产只有一样，那就是他从中国带回去的那个紫檀木箱。

　　紫檀木箱装着方苏雅收藏的中国物品、110幅玻璃底片和上千张老照片。

　　后来，方苏雅的妻子过世，箱子传给了侄子。

　　箱子里面的照片被发现。

　　一个叫殷晓俊的云南人无意中得知了此事，他不惜花了大价钱，买下了这批照片的使用权，并将这批老照片一一翻拍后，带回了中国。

2004年，成都、雅安先后举行了"茶马古道百年老照片展"，这些照片震撼世人，留下了一段永远的记忆。

谢阁兰：赞美中国汉阙
——他发现了雅安汉阙

近一百年前，谢阁兰在写给一位朋友的信中曾这样陈述自己："我生来就是为了四处漂流，去看并感受世界上所有可看与可感受的事物，我继续我的收藏系列，无疑从远东开始。"在谢阁兰的视界里，"远东"——他心目中的那个文化历险的目的地，即是遥远的中国。

1909年至1917年间，谢阁兰先后以海军见习译员、医生、客座教授、考古领队等身份三度来华，除在北京、天津、南京等地生活、工作外，还同友人在黄土高原、青藏高原、四川盆地、长江流域等地各做过两次为期半年的观光旅行和考古旅行，足迹踏遍大半个中国。在对中国古代的许多重要的文化遗址进行实地考察的基础上，他写出了多部有关中国古代陵墓建筑和雕塑艺术的学术论著，其考古成就至今为行家称道。

1909年12月6日，谢阁兰来到四川盆地，感到自己来到了一处彬彬有礼的富饶之地。他带着15匹骡马进入当时有50万人口的成都，成都的富饶和独特的文化地域特色让他非常感慨，这位法国才子用镜头对准成都，拍摄了许多珍贵的照片，并形容这是"一座世界尽头的大城"。而更让谢阁兰着迷的是这座城市中随处可以体味的川派文化。其中有大量独特的民风民俗传统，充分展现了蜀地的灵异之气。

1914年，谢阁兰带领一支考古队考察了四川汉阙。那是晚春时节，处处青翠，黄花烂漫，万物氤氲着蓬勃的瑞气。谢阁兰骑着匹白色的高头大马穿行在异域的诗情中。他曾向妻子宣称："自己心中长期沉睡着一个骄傲的神秘主义者。"现在，这位秘密的"神秘主义者"正从包裹着重重光影的真实中苏醒过来，将其撞醒的是神秘主义之物汉代石阙——中国留存于地表之上时代最早的建筑物。这是历史上首次对四川汉阙进行大规模实地考察。

谢阁兰寻访了今雅安雨城区、芦山县等地十几个汉阙，其中的很大一部分属于首次发现，考察成果后来被收入《中国西部考古记》一书中。当如此多约两千年前的中国建筑被揭示出来时，欧洲学界不禁吃了一惊。

谢阁兰到达著名的雅安高颐阙的时间，大约是1914年6月25日前后。在一大片玉米地旁的萋萋荒草间，高古雍容的石阙带给他一种欢愉的震颤——有孔的高颐碑上端缠绕着"汉代体范最美之螭龙",两头长着羽翼的神兽腰部高高耸起,蹿入他精神高地的幻象之巅。"设此次考古之行,不于雅州及芦山县见高颐及樊敏二氏之壮丽建筑,吾人必将以为四川无一完全汉碑可觅也。"

谢阁兰之前,一个叫阿隆的法国人曾实地来看过高颐阙、樊敏阙。谢阁兰之后,梁思成对高颐阙进行了实地考察。

从他们拍的现场照片可看出,阙顶上长出的灌木已有一米多高。

谢阁兰的观察十分仔细——

"雅州高颐阙上小树一株,正在助其崩解";

"别又一危险,即诸阙多环以稻田是已,阙座浸入水中,不久将为水所湮灭"。

扛着大熊猫文化大旗闯世界

2014年3月18日，"大熊猫文化使者"，64岁的罗维孝骑着自行车从世界首只大熊猫科学发现地雅安市宝兴县出发，在亚欧大陆上独自骑行115天，穿越8个国家，行程1.5万余公里，远赴法国埃斯佩莱特市(大熊猫科学发现者阿尔芒·戴维故里)，宣传大熊猫文化，在亚欧大地上再一次掀起了"大熊猫旋风"。四川省人民政府副省长、雅安市委书记叶壮称赞罗维孝"弘扬平民英雄精神，创造草根卓越业绩"。

不拉赞助　不要资助　他把公益骑行走到底

2014年7月23日，四川省大熊猫生态与文化研究会、宝兴县人民政府在"熊猫老家"宝兴县为罗维孝举行"欢迎中国勇士罗维孝万里独骑法兰西载誉归来"座谈会。雅安市委常委、宣传部长姜小林，雅安市老领导、四川省大熊猫生态与文化研究会会长杨水源发来贺信，祝贺罗维孝"万里走单骑·追梦法兰西"活动圆满成功，并向罗维孝的壮举致敬、致谢。

2014年是大熊猫科学发现145周年，是中法建交50周年。"我以强大的祖国作为坚强的后盾和支撑，有沿途中国驻外使馆的协调，有华人华侨的帮助，我这个不懂外语的中国老头，才能从中国骑行到法国，把一个中国人想圆的梦圆在异国，把用邮戳来印证自信、自强的中国印记永远留在了法兰西的土地上。"罗维孝向大家分享他的成功。

罗维孝从2005年开始骑行以来，一直坚持公益骑行，9年来，足迹遍及祖国大江南北，并跨出了国门，总行程超过了5万公里。这次骑行途经哈萨克斯坦、俄罗斯、拉脱维亚、立陶宛、波兰、德国，最终抵达法国。四川省旅游局原巡视员、四川省大熊猫生态与文化研究会名誉会长孙前说："罗维孝追求高远目标，9年来的公益骑行，没有一己私利，堪称'平民英雄''熊猫骑侠'。"与会人员表示：英雄就在我们身边，传承和弘扬英雄的事迹和精神，是时代的需要，更是灾后恢复重建的需要。

"挑战与超越，探险与寻觅，是全人类最为崇尚的进取精神。"大家共同祝愿"草根英雄""熊猫骑侠"罗维孝在未来公益骑行的道路上越走越宽广。

"燃烧自己的骨油，放飞心中的梦想。做一件自己想做的

事，走一段我想走的路，看一路我想看的景，圆一个我想圆的梦。"儿子罗里大学毕业后在成都工作，罗维孝和老伴是"吃饭挣钱"的退休老人，一家人衣食无忧。骑游已成了罗维孝生活的一部分，自己的钱自己花，自己的事自己干。从喜欢上骑行的那一天起，罗维孝就把骑行定位为个人爱好，谢绝所有单位和个人的资助。自行车厂主动提供赞助，被他拒绝了；公司要给他一笔奖励，也被他婉谢了。

他最先的梦想到西藏，西藏之行后，又有了新的梦想，骑游中国大地，丈量祖国大好河山，让自己的足迹踏遍中国大陆的每一个地方。

2008年"5·12"汶川特大地震发生时，罗维孝正骑行在滇藏公路上。他看到沿途的群众都在向地震灾区捐款捐物，雅安市成为四川6个重灾市州之一，他一看到有捐款的地方，就停下车主动捐款，并且不留姓名。回到雅安后，他就思考如何感恩，最后他决定，还是用自己的方式——骑行感恩！

2009年4月10日清晨，像往常一样，罗维孝又一次悄然上路。带着写有"大爱无疆·雅安在废墟中崛起新家园——'5·12'汶川特大地震雅安灾区市民罗维孝感恩万里行"的旗帜，他单骑东进南下，途经成都、重庆、湖北、湖南、广西、广东等地，2009年5月3日，他到达感恩行的最后一站——海南省海口市。

一路骑行一路感恩，罗维孝先后在广安市、武汉市、海口市为援建雅安的广安市和湖北、海南市民送一杯感恩清茶，"我以我自己骑行的方式，表达雅安人对他们援建之恩的谢意"。

骑行归来，当罗维孝听说雨城区正在征集抗震救灾实物时，他毫不犹豫地捐出了走过大半个中国、东进南下感恩的"坐骑"(自行车)，同时他还捐赠了一面盖满邮戳的感恩旗帜。

语言不通　水土不服　他把异国他乡闯到底

2012年，罗维孝骑遍了中国大陆31个省、市、自治区。下一站又到哪里？

2013年"4·20"芦山强烈地震，再一次重创了雅安，世人的目光聚焦到了雅安，大家在关注受灾群众的同时，也在关注着生长在这片土地上的大熊猫。

"再不出门就老了!我要当大熊猫文化使者，向世界传播大熊猫文化!"2013年底，罗维孝突发奇想，沿古老的丝绸之路远行到法国。

之所以选择法国，罗维孝有他的理由。1869年5月，法国生物学家阿尔芒·戴维在宝兴县夹金山麓发现了大熊猫，并把

这一珍稀物种介绍给了世界。后来中国送给法国的"国礼"大熊猫，就来自宝兴县。骑行法国，一是向世人展示雅安人在灾难中奋起的精气神，二是向世人报告有着良好生态的雅安，大熊猫生活得依然幸福。

"老罗要骑车到法国，简直是疯了!"朋友的劝阻，他一笑了之；亲人的反对，他说："反对有理，但反对无效。"

2014年3月18日上午，在四川省旅游局原巡视员孙前、省旅游协会副会长司徒华等人的祝福声中，罗维孝踏上了漫漫征程。

从雅安宝兴县到法国埃斯佩莱特市，两地相隔1.5万多公里。独自一人骑行在欧亚大陆上，途经国内四川、甘肃、新疆等省、自治区，2014年4月30日跨过国门，进入哈萨克斯坦，后经俄罗斯、拉脱维亚、立陶宛、波兰、德国，6月30日进入法国。7月10日，罗维孝抵达戴维故乡法国西南部巴斯克地区的埃斯佩莱特。当罗维孝的身影出现在街头时，当地民众和游人向他欢呼，合唱团唱起了巴斯克民间欢迎贵宾的民歌。

万里骑行，致敬先贤。罗维孝站在窗前，举拳高喊："埃斯佩莱特，我来了!"

7月15日晚8时(当地时间下午2时)，罗维孝应邀来到位于巴黎的法国国家自然历史博物馆，把一面盖着8个国家近百个邮戳的旗子交到了博物馆负责人手中，博物馆负责人盖上最后一枚印章后，收藏起来，并向罗维孝出具收藏证书。至此，罗维孝万里走单骑、横跨亚欧大陆的壮举画上了一个圆满的句号。

不畏艰险 百折不回 他把生态大旗扛到底

10年骑行，每次出门，罗维孝行囊中少不了两样东西，一是蒙顶山茶，二是四川省大熊猫生态与文化研究会的徽章。茶和大熊猫，是雅安良好生态的标志，他走到哪里，就把生态雅安宣传到那里。

"走出雅安，我代表着雅安人的形象;跨过国门，我代表的是中国人的形象。"

2005年5—7月，罗维孝等7名老人骑行茶马古道，之后，他产生了创作的念头，决定再一次"行走天路"——用心灵叩访。

罗维孝只念过小学三年级，写作的艰辛不亚于再上一次高原。花了整整两年时间，六易其稿，他终于写完全书。

《问道天路——骑游青藏高原六十二天》一书由四川民族出版社出版后，成为骑游爱好者的"骑游宝典"，该书多次再版。

出版社邀请罗维孝到北京签名售书，他二话不说，骑着自

行车就上北京了。

从宝兴县邓池沟出发,"西游"法国,更是有着不可想象的困难。遭遇抢匪,靠着机智和灵活摆脱;语言不通,差点被送进修道院;体力不支,摔倒在公路上,好心人将他扶起来;车子坏了,正好碰到一英国骑友,主动帮他修理……

15000多公里,罗维孝一米一米向前走;115个日日夜夜,罗维孝一天一天挺过来,目标越来越近,但罗维孝的体力似乎已到了极限,有很多次,罗维孝担心躺下去就再也起不来。病了、累了,自行车坏了……罗维孝有一万个理由退缩,但"挑战自我,不胜不休"的誓言支撑他不畏艰险,百折不回。

68岁的埃斯佩莱特前市长戴海杜先生曾4次访问雅安。他对罗维孝的壮举由衷钦佩,经他牵线,巴约纳、埃斯佩莱特、法国国家自然历史博物馆先后为罗维孝举办庆祝和捐赠活动,当地官员沙堡女士向罗维孝赠送礼品,并表示有机会一定到雅安"喝茶看熊猫"。

扛着大熊猫文化大旗闯荡亚欧的罗维孝,回到雅安后,再一次进行"心路"的跋涉,创作出了《行无国界》长篇纪实游记,为"万里走单骑·追梦法兰西"活动画上了圆满的句号。

本书在创作过程中，得到了中共雅安市委宣传部、雅安日报传媒集团、国网四川电力公司、国网雅安电力（集团）公司、宝兴县委宣传部、四川省大熊猫生态与文化建设促进会、雅安市文联等单位的大力支持，也得到了孙前、谭楷、司徒华、杨水源、姜小林、韩冰、李蓉、寇青、杨建光、黄昆、左宇龙、马军、杨洪媛、张燕、董伟、杨茂雄、王先忠、张毅、程虎、谢代涛、廖晨淞、余洋、汤小强、陈果、卫铎、肖继鸿、高家棣、皇甫华、刘南康、谢应辉、宋心微、余晓莉、杨超、毛炯林、胥珍鸣等领导、专家、亲友的帮助和指导。

作为《行无国界》的"姊妹书"，同时在一家出版社出版发行，这在出版界是不多见的事。四川文艺出版社吴鸿、张庆宁、余岚、彭炜等领导和编辑为该书的出版付出了心血。

特此鸣谢！

由于水平有限，差错和疏漏自然在所难免，敬请读者朋友批评指正。

高富华

2016 年 8 月